南方周末文丛之杂谈录

每天都过愚人节

《南方周末》 编

马 莉 选

二十一世纪出版社
21st Century Publishing House
全国百佳出版社

图书在版编目（CIP）数据

每天都过愚人节：杂谈录 / 南方周末编著. –– 南昌：二十一世纪
出版社, 2011.11(2022.4重印)

（南方周末文丛）

ISBN 978-7-5391-7074-9

Ⅰ.①每… Ⅱ.①南… Ⅲ.①杂文集—中国—当代Ⅳ.①I267.1

中国版本图书馆CIP数据核字(2011)第230292号

每天都过愚人节　　　　　　　　　　　　《南方周末》 编

策　　划	张　明	
责任编辑	文　欢	
出版发行	二十一世纪出版社（江西省南昌市子安路75号　　330009）	
	www.21cccc.com　　cc21@163.net	
出 版 人	张秋林	
经　　销	新华书店	
印　　刷	北京金康利印刷有限公司	
版　　次	2012年2月第1版　　2022年4月第3次印刷	
开　　本	700×1000mm　1/16	
印　　张	20	
字　　数	310千	
书　　号	ISBN 978-7-5391-7074-9	
定　　价	32.00元	

赣版权登字－04－2011－674

如发现印装质量问题，请寄本社图书发行公司调换0791-6524997

序　那些渐行渐远的名字

马　莉

　　大约15年前，我编过一本"芳草地"的结集，并写过一个序，一晃，又一个15年将要过去了，再次把芳草地结集，我心中有一种难言的感慨，不是感慨时间过得真快，而是感慨，我当年的那一批老作家，与我一起走过了20年的"芳草地"的老人，现在大多已经不复存在了，他们是冯亦代、张中行、萧乾、梅志、绿原、蓝翎、端木蕻良、何满子、公刘、牧惠、许洁泯、李士非、陈荒煤、李佩芝、吴方……编辑这本集子时，重新看到他们的名字，再次阅读他们的文章，回想起当年在电话中向他们约稿的情形，他们的音容笑貌，一下子浮现在眼前。我的眼睛有些湿润。

　　这些都是当年我责编的"芳草地"版面的老作家，那时他们还不老，而我，还年轻，他们对我，对我编辑的这块小小的"语言的家园"，倍加呵护，有求必应。他们用自己的双手支撑起了我这个随笔版面上空的一片蓝天，我至今感恩这些老作家，没有他们，我是编不好我的版面的，没有这样一群好的作家，我们的报纸是办不成的。在这里，让我向他们深深地鞠躬。

　　要说的话很多，就此打住罢，诗人聂鲁达有句诗："我喜欢你是寂静的，好像你已远去。"如今我离开我的编辑岗位，而他们，确实已越走越远，那些我曾经熟悉的身影，正静静地睡在我耕耘过的，不，是我们一起耕耘过的清香的芳草地上。

　　我忍不住找回我15年前写的序言，也放在这里，如此，对"芳草地"的叙说显然就完整了——

　　"收集在这里的散文随笔，大部分是《芳草地》版1995年所发表的作品精选。回想起来，编《芳草地》已是第5个年头了，我大致算了一下，5年，大约270期吧，也就是200多万字吧，这个数字饶有意味：5年，是半个世纪的十分之一，在时间的历史长河中它只是短短的一瞬，但对于一个有限的生命而言，它却不仅仅是短暂的一瞬了。

对于我而言，作为一个编辑，其责任不仅仅是编出令个人喜欢的好稿，也不仅仅是编出令读者喜欢的好稿，做到这一点其实不难，但远远不够。对于我而言，做到这一点充其量也只能算是一个不思考的懒汉编辑。一直以来，我始终抱着这样的信念——阅读的信念，面对着当代那么多优秀的作家和作品，我有什么理由不阅读他们呢？

阅读他们，倾听他们，不同的面孔，不同的灵魂和不同的心态。有悲壮和崇高，有正义和痛苦，有爱以及恨……一些博大，一些精深，一些纤细，一些拙朴，那些跳动着的心！

我很骄傲我能站在本世纪末这样一个很适合我的角度，去观察和思考这个时代的场面和人物，这个时代的精神和气质。

我想这将是一个难以忘怀的时代吧。因为毕竟，这个时代保留了它应该保留的东西，譬如正义和伟大，譬如同情和关怀……譬如，这样的一本书。

尽管只是很少很少的一部分。但，这还不够吗？

在这个世纪之末的黑暗之夜，我的朋友问我：我们还阅读什么呢？

是啊，这也正是我思考的问题。

到处是灯红酒绿和五彩缤纷，到处是嘈杂和热闹的声音，到处是虚幻和伪装。我想，面对这一切，阅读就成为我们生存和谨慎选择生存的第一需要了。

如果说，仅仅是阅读这些优秀的篇章，那么5年，我已是阅读了200多万字了。这个数字当然不多，但，也不算少。

面对这些优秀的篇章，我们有什么理由不结集成册出版，让下一个世纪的人们也能够像我们一样，满怀着热爱的心情去阅读和欣赏呢？

我们有什么理由不让未来的人们认识和了解我们这个时代的风貌呢？

我们没有理由，我们也似乎没有别的选择。"

2011年11月5日于宋庄

目录

4

二

复制的历史

三

从前，山上有座庙

237—274

四

戏说打鬼

275—310 ▼

五

爱闲说

一

对监督者的监督

和平年代的牺牲

莫小米

那是一片神秘的土地，荒凉的地表掩藏着曾经辉煌的古代文明，令所有钟情文物考古的学子们神往不已。

然而都只是来去匆匆，有几个人肯真正生活在那鬼地方？大地也是守口如瓶的，对于只想来此捞点儿学术本钱的人，它决不会向他们吐露点什么。

只有一个年轻人在三十年前毅然前往，直到今天还留在那儿，如今已是研究成果卓著的老教授。年轻人是被那片土地迷住了。

三十年后的今天，有个临近毕业的女大学生也想去，她曾听过老教授的课，她非常想去接他的班。女大学生是被老教授迷住了。

老教授确也想物色一个传人。他自己驾车，带着女大学生在那片他无限热爱的土地上奔了整整一个月，试图唤起她对这片土地的同样的情感。他曾以为自己成功了，因为女学生已决定留下来，然而他很快又发现这不过是海市蜃楼，因为女学生根本分不清她所热爱的究竟是这片土地，还是迷上了热爱这片土地的教授。

一个月的考察之后，教授特意带女学生去了自己的家。他的家就安居在那片土地边缘的小镇上，一个现代文明远未到达的边陲小镇。她认识了师母以及他们的两个孩子。

她看到师母高大而粗悍，模样及脾性都是狂风飞沙历练过的。教授说，当年跟着自己来到这儿的是一个柳叶般纤弱的写诗的女孩，在此安家后，环境的艰苦及生活的磨难销蚀了她所有的温柔、甜蜜与浪漫，唯有这样她才能伴着他在这个地方待到今天。

她看到教授的两个均已成年的孩子，很明显是因为自小没受到良好的教育，变成了与父辈完全不一样的人，儿子买了车跑运输，跑累了回家喝酒吃肉倒头大睡。已出嫁的女儿，从外表到内里已与当地妇人无异。

只有教授本人，尽管时间过去了三十年，他仍如刚来到这里时一样，激情满盈，精力充沛，面对永远开掘不尽的宝库，始终睁大了天真而好奇的孩童般的眼睛。

当然，他十分清楚自己失去了什么，或者说牺牲了什么。如果说战争年代最大的牺牲是为祖国和平事业牺牲了宝贵的生命，那么和平年代一个人最大的牺牲便是：为祖国建设事业牺牲了深爱着他的、同时他也深爱着的亲人。

战争年代的牺牲轰轰烈烈，和平年代的牺牲了然无痕。谁又能说教授妻儿这样的生存一定不好呢？边陲小镇上的人不都这样活着吗？

战争年代的牺牲在瞬间完成了，和平年代的牺牲却要人承载一生。

战争年代的牺牲绝对无私，而教授的牺牲是无私还是自私，谁能定论？

当女大学生看到这一切后，理智完全战胜了情感，她再也没有勇气接老教授的班，确切地说，她怀疑自己能否作出如此巨大的牺牲。权衡再三，她离开了这片被深深诱惑过的土地，回到出生地的沿海城市，坐进了现代化的写字楼。

两性的迷宫

李育杭

在一个村子里，所有人都是彼此熟悉的。阿猫阿狗，彼此看着长大，互相知根知底。张三娶妻，李四丧父，红白喜酒上桌，都是村里人的集体经历。在村里，哪个女人是哪个男人的老婆，你明明白白，一点儿装不得糊涂。想勾引人家阿娟吗？那你可得小心，她老公阿龙脾气火暴，不是好惹的。

换了城里人，他或许压根就不知道，或者索性不想知道——他想要接近的那位女士，她的先生是谁？就算知道，他在乎吗？就算在乎，他一定退缩吗？

彼此都熟悉的一群人，虽然也有很多猫三狗四的瓜葛，很多可以追溯到很远很远的故事，却不会有很多让你看不明白的东西。村里人对村里人，彼此是透明的。你没法迷惑对你很知底的人，而他在你心目中也决没有多少神秘感。村里人对村里人，隐瞒或吹牛都很难奏效，尔虞我诈的游戏在这里显得多余。

只因村里人玩人际关系的游戏缺少了两个必要的条件：一是参与游戏的人数足够多，二是这么多的人来历不明，且还彼此隔膜。人少，关系清楚，那就玩不转。

城市则完全满足这两个条件。我们玩"捉迷藏"的天地大得多了。城里的男女彼此遭遇、接触、往来，不仅机会无限，途径多样，花招、手法也层出不穷，还有更多的游戏套路，更多的朝三暮四。城里人经常会让村里人看不懂：有的谈恋爱谈了十年还一事无成，有的却是相识不几天就做夫妻了。城市迷宫方便了两性的自由，甚而，应当说这种现代式样的两性自由，很大程度上是由城市迷宫引发并创造出来，就像经济学上讲的供给创造需求的情形。宾馆、舞厅、酒吧、咖啡馆之类，已预先为陌生男女的"偶遇"设下了圈套：适当的场合、可产生满足感的消费享受和进一步刺激欲望所需的气氛、情调，都在向他们展现眼前的"猎艳"之乐，身后的"露水"之便，由此成全了现代城市两性的一夜风流。城市世界也由此留下了诸多文化和道德问题的悬念。

偶然性充斥于这座迷宫，既在两性间起着随机而发、异常活跃和加快催化的撮合作用，却也让"露水"很快蒸发。高度活跃，所以很不稳定，就像城市里隔三岔五兴起的时尚，喜新厌旧，快速周转。城市世界的两性关系持久力大不如在乡村社会的情形，婚内、婚外都是如此。村里一条汉子可以和一位寡妇一辈子姘居下去，并不是他有多么忠贞，多么道德，实在因为偶然性的缺乏让他没有别的选择。他那里"偶遇"太少，更遑论"艳遇"了。

城市世界的另外许多问题，也或多或少与这种造成人们擦肩而过的偶然性相关。既是擦肩而过，若在街上做了什么亏心事，城里人通常就比乡下人更容易消除惭愧，毕竟这周围没有人认得我是谁。

迷宫也因此方便了罪恶，给骗子带来极大好处，任他屡屡得手，骗了这家又骗那家，或至少是东方不亮西方亮。

但迷宫也鼓舞着弃恶从善、改邪归正的道德感召。娼妓们赚足了钱之后，若想从良，只需从城东搬到城西，开个小店当老板娘，便从此弃旧图新了。

城市毛病很多。城市也就是这么点儿迷人：总在变戏法，总有弯儿拐。

面目不清的城市

北 村

我生活的这座城市是面目不清的。为什么说它面目不清呢? 一位乡下的亲戚来城里找我, 大概是坐了一昼夜的车坐糊涂了, 一下车就问: 晚上6点钟了吧? 为什么把上午10点钟看成晚上6点钟呢? 因为天空被水泥厂的烟尘笼罩, 它甚至让人看不清楚城市的高楼大厦。

我居住的这个城市跟别的城市没有什么不同, 该有的都有, 商场、医院、娱乐场所等等。但你就是看不出有什么特色。十年前比较旧一些, 十年后比较新一些, 商场盖成了二三十层的高楼, 娱乐场所也种类繁多起来, 酒吧几百家, 酒吧中落之后, 又冒出茶楼近百家。不过, 还是看不出这个城市有什么特色。

我一直想记住这个城市, 所以我一直在寻找它能让我记住的地方, 比如一块什么纪念碑, 一座旧书院遗址或者什么我没有见过的东西, 稍微让我震惊一下, 可是没有。

原因之一是因为一切都太新了, 真是日新月异。那些不断拔地而起的星级酒店还没有封顶之前, 我就料想它日后会是怎么一副模样, 这不免让人非常扫兴。我并不反对新东西, 如果在我所居住的城市某个视野宽阔的海屿突出部位突然矗立起一座形如悉尼歌剧院一样的建筑, 我可能会欣喜若狂的, 因为总算找到了某个标志性建筑。而中国所谓标志性建筑永远是一些电视塔之类。

不要小看生活在平庸城市的痛苦，我还要继续渲染它。我认为这是一件严重的事情。我们每日与之对视相处的竟然是这样一个毫无想象力的场景。我几乎每隔两三天就要骑摩托车到郊外一次，虽然我能去的也不过是那一两个熟悉的村庄，但它没有让我产生厌烦的感觉。城市每天都在变化，但我看上去了无新意，村庄经年不变，但每一次去都能让我呆上几个钟头。

因为村庄里有花有草，有树有山石，有流水，有芭蕉，有一种芭蕉腐烂的微酸的气味。有时一阵风吹过，还有一点粪的味道，或者动物身上的骚味。

而城市里有什么呢？主要是人，然后是人制造出来的东西，此后是人制造出来的东西再制造出来的东西。人制造汽车，汽车再排出废气。

城市的垃圾基本上是无用的，乡村的垃圾可以循环。工业废气恐怕是有百害而无一利了，而牛屎可以肥田，田里长出植物，植物养活人类，植物还能清洁空气。

城里的一切基本上是有用的东西，东西太有用了，用完了就完全成为废物，成为十分讨厌的东西。

乡下的东西很多是没有用的，没有用的东西拿来看一看，说一说，玩一玩，发一点感慨，写一首诗，唱一首歌。

可以少吃一只鸡，但用不着用催长素圈养大批的鸡；可以让它们在树下自由觅食。我们和人的造物少打点交道，神的造物就会多亲近一些，日子就会日久常新。我想所有的生命都充满这个道理。我的一位澳洲的朋友曾感叹：再这样下去，真是鸡没鸡味，肉没肉味，人没人味了。

"把玩"

刘绪源

写完了《美的文体》（载7月17日《芳草地》），总觉得意犹未尽。因为我忽又记起了今年春天在一本我所心爱的杂志上读到的编者按语。

那按语里记着我的几位朋友送给编辑部的意见，其中一段说到："……有时似乎多一些俏皮，多一些'把玩'，多一些'名士气'。这些东西，有亦可，但不可多。一多，形成时尚，就会耽误一代人。"我很知道这些朋友的追求，也一向爱读他们的文章，但对于这段话，却不免感到失之偏颇。

其实多少年来，对于那种带点儿"名士气"的人生方式，我们的评判常常是过于严酷的。在民族文化的发展史上，许多对人生与艺术感受特别细微，能够深入人心并且具有永久价值的学术作品或文学小品，就正是在"把玩"的过程中完成的。远一点的如周作人、俞平伯、林语堂、梁实秋、丰子恺；近的如萧乾、黄裳、舒芜、汪曾祺、张中行、郭风……他们的文章，不论是议论还是创作，几乎都渗透着"把玩"的意味。即使执著顶真如叶圣陶，忠厚踏实如朱自清，一丝不苟如大学问家钱钟书等，在提笔为文时，也都留下了"把玩"的痕迹。为什么他们所写的学术论文，总让人读得有情有味，能将学术观点融入散文式的文体中呢？究其原因，我想是学术之于他们，在某种程度上也仍是一种"把玩"，而决不是完全理性的累人的操作。

对于"把玩"的"玩"字,人们恐怕存有误解。其实这同"搓搓麻将白相相,国事管他娘"之类的人生态度,是不可同日而语的。如译成比较专业化的概念语言,那么,"把玩"近于"审美"。人类从精神上把握世界(包括把握自己的人生),主要运用两大方式,即"审美"与"思辨",亦即艺术的方式与理论的方式。后者清晰、严谨、瘦硬而枯燥;前者浑然、朦胧、丰腴而有味。但在把握世界的深刻性与完整性上,前者未必不如后者。《红楼梦》的深刻内涵远远超越了同时代的理学与经世致用之学,就是一个极好的例证。由于主客观条件的限制,当运用思辨的方式进行表达成为难能或简直不可能时,人们是很容易转入"把玩"中去的。魏晋与晚明的知识分子"名士气"特别重,就正与当时的时代气氛有关。我们在作出评判时,还得多看看那时的"典型环境"才对。

一般说来,理论家多用思辨,作家多用审美;"学人"多用思辨,而"才人"多用审美。钱钟书被誉为"才人加学人",于是我们便在钱著中处处看到了"把玩"的痕迹。钱钟书序自己的《谈艺录》曰:"虽赏析之作,而实忧患之书也。""赏析"者,赏而后析。而"赏",不正是"把玩"的又一别称么?可见,在"把玩"中,也是可以包容忧国忧民的大心思的,也可以寄托对于民族文化的巨大的责任感,并且也可能做出真正具有永久价值的煌煌大著来。

"老实话"

高洪波

　　"老实"一般连着厚道、忠诚,甚至笨嘴拙舌,殊不料读建筑学家陈从周先生的《帘青集》,发现他有独特的解释。

　　陈从周有一日劝茅以升先生少参加应酬活动,因为90岁的人了,像一盆名贵的根雕盆景,随便搬来挪去,极易损伤。由此陈从周总结道:老年人要服老,要"老实"。茅以升先生还真的听从了他的建议,从此绝少参加无谓的应酬活动。

　　陈从周先生的"老实新解"很令我佩服;茅以升先生从谏如流的风度更让人钦敬。我觉得在人生态度上,二老都是够老实的。

　　《宋稗类钞》中记载过一位朱新仲的"人生五计",即人生五阶段,共有生计、身计、家计、老计和死计。这人生五计,颇切合当前人们常说的人生如战场的比喻,既然是战场,当然就须有计谋策划,战斗方案。前三计略去,"五十之年,心怠力疲。俯仰世间,智术用尽。西山之日渐迫,过隙之驹不留。当随缘住运,息念休心。善刀而藏,如蚕作茧。其名曰老计"。"六十以往,甲子一周。夕阳衔山,倏尔就木。内观一心,要使丝毫无慊。其名曰死计"。抛开消极因素不谈,从养生学的角度上讲,朱夫子的后两计不无借鉴意义。尤其是"随缘住运,息念休心"和"内观一心,要使丝毫无慊"两条,实在对应得上陈从周先生的

"老实"。

当然，中国社会讲究尊老敬老爱老，一些应酬场合拉一些老名人老领导老前辈，能壮声威和显示出高规格，至少证明会议主持人的手眼通天。殊不知这样一来，可苦了一些老人。有的颤颤巍巍一上午赶三个会，累得血压升高心律加快；有的强打精神枯坐半日，会上的内容一点也不明白；有的需人搀扶费力挪动衰老的身躯；有的请人代读冗长的发言；有的索性由轮椅推出、推进，极像一种"残酷的展览"。每逢见到这场面或电视镜头，我内心不由得涌出一种悲凉，真想大喊一声：救救老人！

救救老人，需内因外因并举才能达到目的。陈从周劝茅以升先生言，属内因，内心平静，不受外界干扰，以不变应万变，自然免去了许多应酬，或者说老年人要安于寂寞，善刀而藏。说到外因，便不能不涉及到前面提及的拉大旗做虎皮的不良风气，拿老年人当牌打，遍请名流意在抬高自己，实在不足取。

中国人敬老，敬的是老人们成熟的智慧、超群的见识，或者说敬老敬的是睿智和历史。如果敬老成为一种夸张的、变形的时尚，掺进了浅薄的功利以至于给人一种"残酷的展览"感，就得引起人们的注意才是。

这是我的"老实话"。

藏起屠刀，立地成佛

林顺大

　　读者一看这题目，便知道这是同"放下屠刀，立地成佛"这句话对着干的。到底是放下还是藏起屠刀然后能成佛，确实值得考虑，我以为。

　　南唐李后主李煜可谓是个独一无二的皇帝诗人（乾隆只能当诗协主席，而且"诗协"会员满可发展上亿，但却未必称得上诗人）。只因当皇帝，他写诗之余，也曾使用过屠刀，杀过忠臣谏官和小民百姓。周帝国的殿前都检点赵匡胤政变成功，从一位7岁的小皇帝夺过手中皇位之后，下决心收拾这位早就称臣纳贡于周朝的南唐小国。李煜派去求饶的大臣徐铉对宋太祖说："李煜对贵朝就同儿子侍候老子那样，又没有什么过错，干吗非得消灭他不可？"宋太祖说："父子能分成两家吗？"兵临城下，李煜只好投降，当了个违命侯。彻底放下屠刀的结果，是被第二任皇帝宋太宗用"牵机毒"把他毒死。宋朝可以说从一开始就是一个疲惫不堪苟且偷安的皇朝，而且曾立下过誓言不杀大臣，但是，对于放下屠刀只能填词的李煜却没有轻轻放过。不准成佛，只准成鬼，而且临死前服下的毒药还是让死者痛苦不堪的"牵机毒"。之所以如此下场，无他，屠刀已经放下之故也。古古今今，放下屠刀而得李煜下场的皇帝何止一人？

　　相反，当年军阀混战，打了败仗，只需把军队暂时交给部下亲信，然后通电下野出洋，马上平安无事。时机一到，又重新把藏起的刀拿将起来。民国初年，北伐时代，某些军阀屠杀革命分子不遗余力；眼见革命将胜利，赶紧通电起义，俨然革命同志。屠刀几曾放下？抗战时期，投降日本的汉奸，在日本投降之后，悄悄送上人事，声明曰：奉命曲线救国。摇身一变而为爱国人士。诸如此类人物之所以游刃自如，关键在于他们从来未放下屠刀，而这屠刀还甚至可以为对方提供用场。如果老老实实把屠刀放下，他就很难混得下去。"有枪便是草头王"，此之谓也。

何况，既然曾手拿屠刀，他的职业，不是杀猪，便是杀人，习惯成自然，彻底放下屠刀，实非易事。据说当惯剑子手的，眼睛总喜欢盯着对方的脖子，那目的，是观察从哪里开刀更便当。这类人，尽管文明世界已经取消了砍头这种刑罚，他大概总手痒痒地想着试试屠刀和自己手艺的。杀不成猪，杀羊也可；要不然，杀老鼠也能过瘾。

这一层，是老实巴交的老百姓必须认识到的，否则，很可能傻乎乎地把脖子送给他们过瘾。

今日的贪污犯、昔日的造反派，何止一人？这又是老大见证。

大企业的时光倒错

伍立杨

　　九十年代以来，曾有多家大型民营企业崛起。但不到几年时间，这些拥有数亿、数十亿资产的企业就给拖垮、坍塌，像流星一样一闪而过，留下曾有的绚烂在人们的印象中已成为"立此存照"而已了。

　　报端披露这些企业家往往都年轻气傲，学历也高，但他们多崇拜曾国藩，崇拜官商一家的晚清商界行贿高手胡雪岩，而其管理方式的荒诞更超乎常人想象。某企业总裁将大型商事视为会战，成立会战前委，下辖几大"野战军"和一系列"兵团"、"纵队"；另一家把内部整顿称作"延安整风"，员工要给总裁写思想汇报；又一家则成立市场前线总指挥委员会，除了以"鞍钢宪法、大庆经验、三老四严"来灌输以外，尚在各省办事处设立政治委员一职。（参见1998年12月9日《作家文摘》）

　　可以说，这些企业的倒台与颓败与他们这种荒唐不切实际的幻想是一物的两面。中国企业家缺乏在商言商的传统，时代虽已进入知识经济的序列，而他们的思维、理想、潜意识却还在动荡的战争年代，至闹出十几个人的销售部也称作纵队、兵团。不要以为这是天方夜谭，这些称号番号实际已进入其经管运作系列，这样久而久之，他们往往就视幻为真了，俨然以指挥千军万马的四星五星上将自居，一时间感觉好得不得了！

于是，一切个人说了算，家长的感觉急剧膨胀，专横之风由是集成电路般布满思维，大脑的空间也给这种"良好"的感觉占据。想起太平天国后期，洪秀全手下大将已无可用之材，惟一兼有良将良相于一身的李秀成诸多建议以不合"天"心而视作悖逆。一八六四年，洪天王斥李秀成书谓"政事不用尔理。朕铁桶江山，尔不扶有人扶；尔说无兵，朕之天兵多过于水，尔怕死，便是会死……"充满矛盾，惶恐，自大，哀怨的神情。其所言完全与当时节节衰败的实情不符，只是打肿脸充胖子的作为。今之某类企业，不是通过劳动（生产）和贸易来积累财富，而是通过贷款，变成钱滚子、摇钱树——与财富增长相悖的金融交易来达成过度增长，这实际上是以纸币重新分配社会物质财富，妄想以钱生钱。他们头脑里只知货币就是财富，殊不知那只是财富的符号而已。这种以军事建制来规范企业管理，以战争方式来运作商业贸易的种种怪诞形态，完全与经济规律背道而驰。其头脑里的侥幸心理促使他以下赌的方式及战争非常规的决策来对付商业活动，并以此掩盖企业自身的短处和种种不足；面对商业对手，则必怀一种敌视心理而力图吃掉人家，而非平等共荣的自由贸易；面对企业内部，则必怀一种洪秀全心理，视员工管理层为奴隶，一有不合，呼天诛之，一至溃败，除怨天尤人，捶胸顿足外，别无起死回生之良法。

盗亦有道非常道

舒 展

当今世界的盗窃，具有专业化（很内行）、智能化（计算机）和多样化的特点。大的团伙不但长期潜伏、组织严密，而且拥有武装、领地和跨国的联络网点。古代中国打家劫舍盗跖式的干法，相比之下，未免小打小闹太原始了。

要成为大盗，不懂得盗之道，成不了气候。这一要义，庄子《胠箧》中盗跖讲得很明白。大强盗须具备五种品德：能推断室内所藏——圣；冲在前头——勇；最后出来——义；判断能不能下手——智；分赃均匀——仁。"盗亦有道"，盖源于此。随着时代的发展，干盗窃营生的规律也有变化，手段也更现代化。首犯或主犯已不用冲在前退在后来显示勇和义了，分赃也不能搞平均主义，必须按策划组织所显示的智力与勇敢来切割大小悬殊的贼赃份额。

中国有娼妓史、流氓史，尚未写出贪污史、盗窃史。如果有识之士打算写中国盗窃史，我认为发生在今年3月15日哈尔滨市农业银行动力办事处那起128万元的金库盗窃案，是很有剖析价值的。

三个歹徒雇了四个民工，在金库隔壁空房内，用大锤铁钎砸墙凿洞，用气焊割断10根钢筋，将一尺多厚的水泥砖墙打一豁口，100多万人民币被席卷而去。他们每天上班时间干活，夜间停工，整整砸了三天半。噪声吵得连邻居也到银行办事处来提意见抗议；连耳朵有点聋的主任也感到声音震耳；还有几个人也觉得响动异常，向负责人和保卫科长作了报告。尽管这个单位有12名保卫人员，却没一人对龚隆隆的砸墙声表示过怀疑。建国以来特大金融盗窃案，就在光天化日和银行人员的眼皮子底下发生了。经过干警22天的破案会战，罪犯——落网。6月3日，玩忽职守的七名工作人员也依法被分别判处徒刑。

这起案例，至少可以拍一部专题片。那一锤又一锤的砸墙巨响，固然是真正的挖社会主义墙角，但我觉得，那沉重的轰隆声，是对麻木的责任心一次又一次的敲打！轰隆——！轰隆——！连邻居老太太都受不了了！连一尺多厚的水泥墙都砸透了！连耳朵有点聋的人都觉得异样了！……可就是敲不醒大锅饭铁饭碗养成的比华老栓更麻木的昏庸愚昧！

要论这作案手段，除了气焊之外，比盗跖还原始。主犯们并未亲躬，谈不上勇与义；分赃更无仁字可言。然而他们在推断室内所藏、何时下手等方面，则可谓"上智"。特别是大盗们对大锅饭铁饭碗所养成的麻木不仁的厚重，对岗位责任制的虚设，对工作人员责任心的空无，了如指掌，藐视到家，从而造就了罪犯们的"智"和"勇"，使这一大案具有讹诈、变相抢劫的特色，以致于铤而走险开始，而实际上却以并无危险告终。许多小偷大盗，都总结了油田好盗，火车好扒，公家好偷的经验，这一具有中国特色的盗之道和非常道，实为西方和古代所罕见。

1911年，人们以为帝制改为民国，这下可好了。孰料，1928年孙中山陵墓行将竣工时，南京出现无稽谣传，说石匠要摄收幼童灵魂以合龙口之举；于是许多幼童左肩各悬一红布，上书歌诀，以避邪险。谣歌曰：人来叫我魂，自叫自当承；叫人叫不着，自己顶石坟。鲁迅曾为此写过一杂文《太平歌诀》。他说虽只寥寥20字，却将愚民对革命者的感情道得淋漓尽致，竟包括了许多革命者的传记和一部中国革命的历史，它使那些掩藏黑暗的文学家在厚重的麻木面前变得婆婆妈妈。他们欢迎喜鹊，憎恶枭鸣，只捡一点吉祥之兆来陶醉自己。

1949年10月之后，人们以为公有制占了主导地位，半殖民地半封建的民国变成了社会主义的中国，这下可好了。孰料，混社会主义有理，吃社会主义有功，油瓶子倒了也不扶的懒汉败家子不断繁衍，顶石坟的是已故革命先烈，倒霉遭殃的是一些优秀干部和具有超人承受力的伟大的中国人民。

大盗小偷们深通我方之道；可我们对他们的不断的耳提面命，直至用铁锤钢钎当教具却麻木不仁。如果再不觉醒，鬼混下去，渎职者和候补渎职者愈来愈多，那么，真就活该被开除球籍了。

有的空头理论家一听球籍问题（最早提出的是毛泽东于1956年8月），便认为是否定成绩，于是挥舞棍棒，吓人籍口。那么，请他们听听那轰隆轰隆的敲墙之声吧，请他们对新的华老栓厚重的麻木作出解释吧。

改革之路已经走了13年。要让败家子们的日子一天也混不下去，只有走深化改革这一条路。惩办，固然可以儆戒效尤者，但真正使主人像个主人，洗净奴才式的麻木，唯有改革一途。

与其理睬空头理论家的吓唬人的狂叫，不如下功夫研究大盗之道的非常之盗。

德国不会拯救瑞恩——兼与龙应台女士商榷

骆 爽

1998年秋冬,中国传媒最热衷于讨论的电影是斯匹尔伯格导演的《拯救大兵瑞恩》,给我印象最深刻的有两篇,一篇是美国人写的,大意是斯匹尔伯格突破了过去那种讴歌战争的模式,把战争的残酷表现出来,但影片最后有点画蛇添足——来了一段爱国激情,又是国旗飘飘,又是瑞恩要家里人告诉他是好人,剥夺了观众自己的思考。另一篇是女作家龙应台发表在《南方周末·芳草地》上的,她在德国的电影院里与德国朋友观看这部影片,得出了一番独到的心得——她步出影院,与德国朋友相视一笑,一部美国人的作品!难道当时德国的士兵不在战壕里思念家人?难道德国的母亲们不在为战场上死去的儿子肝肠寸断?美国人拍的电影德国人的形象当然是丑角,假如这部电影由德国人来拍⋯⋯

作家总想搞点独出心裁的文章,我是非常赞同的,而且我认为这种权利神圣不可侵犯。我为龙应台女士这篇文章能发表而高兴,但我却不能赞同龙应台的观点。龙女士似乎是想说人性是应该超越国界的,你美国人流血悲痛,难道我德国人流血就没有感觉吗?这听起来有点像《威尼斯商人》中的夏洛克控诉人们迫害犹太人的味道:"难道犹太人就没有眼睛?没有感觉?你们刺我们,我们不会流血吗?"但是人性不建立在对他人的同情和爱上,人性中恶的部分就会很快地挥发出来,就会很快变成兽性。我想几百年来人们不同情夏洛克正是因为他作为犹太人，虽然也是受害者，但他的报复超出了人性范围——他要一个善良的无辜者割下几磅肉！

按说，纳粹德国的士兵、盖世太保们也未伤着我骆爽一根毫毛，但我骆爽对纳粹德国和它的体制、它的运作者的痛恨，绝不下于纳粹的受害者。所以我不觉得斯匹尔伯格丑化了什么德国纳粹战士；固然有一些不幸的德国青年和少年儿童充当了纳粹的炮灰，但你总得承认大部分的德国人当时是支持纳粹的，没有他们，纳粹也不可能上台。当东欧一个个小国沦入德国人的手中时，当西欧在纳粹的铁骑下呻吟时，狂欢的不是那些战士和他们的父亲、母亲以及德国的少年儿童吗？战后德国哲学家雅斯贝尔斯说："每个德国人都是有罪的。"在把极权主义推上前台和支持极权主义的运作上，如果不是每个德国人，大概百分之九十九的德国人有罪总不至于冤枉吧？

对纳粹德国等形形色色的极权主义的厌恶和痛恨，应该基于两点：1、它是穷兵黩武，侵略和奴役了他国人民；2、它是搞愚民政治，蔑视人性的，它对于本国的不同意见者必须迫害，对自己的人民也是十分残暴的。

假如《拯救大兵瑞恩》由德国人来拍——这个假如基本上是不存在的，有点像幻想小说。德国人可能拍出《刺杀希特勒》、《莉莉·玛莲》，但决拍不出《拯救大兵瑞恩》。因为德国的元首希特勒先生早就教育人民："生命是什么？生命就是民族。个人总是要死的。"纳粹德国只把民族看成至高无上，而个人只不过是苍蝇、草芥一样的玩艺儿，尤其是人的生命。爱娃这样说："宁肯死一万个人，也不能让德国人失去他（希特勒）！"所以在纳粹德国这样的国度，指望发生拯救大兵瑞恩的故事，那不是指望天方夜谭发生吗？

在人类的悲剧面前，我这个素来喜欢幽默的人无法笑得起来——在人类为自由而战的悲壮中，我也只有肃然起敬。我喜欢《拯救大兵瑞恩》这个故事。

我有一万个理由相信：纳粹德国不会拯救他的瑞恩、他的汉斯、他的奥托以及他每个活生生的人民，相反他把人民推进火坑；纳粹德国也不会派出一队战士把一个儿子送给悲伤的母亲，你没有听见爱娃小姐在说："宁肯死一万个人，也不能让德国人失去他"吗？

东史郎的意义

朱也旷

　　由江苏教育出版社出版的《东史郎日记》是一本独特的书，在某些方面，它比任何电影、甚至比《拉贝日记》及外籍人士的证词更能反映那场给中国人民带来深重灾难的战争。

　　本书的视角也是独特的，作者是一位在华参加过许多重要战役的日本士兵。他当年在热烈的欢呼声中离开了故土，他的母亲送给他一把刻字的匕首，激励他"毅然赴死"，而他本人也希望成为天皇陛下最忠勇的士兵。从三年后的一张照片上可以看出，他的确实现了当初的心愿：28岁的东史郎身着戎装，踌躇满志，胸前别着多枚勋章——极可能包括那枚象征最高荣誉的金勋章。谁都知道，在战争年代获得这类荣誉要靠什么。

　　这位日本士兵有一个习惯，喜欢偷偷摸摸往本子里记点什么。无论是在六十多年前的1937年，还是在世纪末的1999年。在战场上，对于经常要在战壕里过夜的普通士兵，每天很难有灯下平静的半小时，把当日发生的事记录下来，因此日记的产生颇费周折：作者利用一次战斗和另一次战斗之间的休整期，匆匆记个大概，并在数年后对其进行了整理。准确地说，这部"阵中日记"是带有回忆录性质的。

　　写下这些文字的作者在保持对天皇效忠的同时，还保持着另一种效忠

——忠实于真实，忠实于所见所闻，所思所感，忠实于铭刻在大脑里的记忆。军国主义的流毒未能完全蒙住他的眼睛和心灵。在战斗时，他是士兵；在杀人放火时，他是刽子手；在作记录时，他是见证人。

当东史郎记下他们"无情地刺死"一车厢"敌人"的伤兵时，他是在忠实于真实；当东史郎记下他曾偷偷放掉五个中国妇女时，他也是在忠实于真实。战斗的场面他记下了，休整的无聊他也记下了；巨大的落日、飘零的红叶他记下了，发臭的尸体、藤条箱里的婴儿他也记下了；对少年恋情的追忆、对静子小姐的思念他记下了，嫖妓逛窑子、逼迫女人脱衣服的事他也记下了……他的笔触甚至没有放过搜身时内心涌起的猥鄙之念。即便是这种纯属私人性质的行为，在和平时期，把什么东西都往日记里写的，也不是常人都能够做到的——绝大多数人习惯于掩饰，习惯于有意无意地遗漏，那些试图让他人、让后人看到这些东西的人自然更是如此。可以想象，在被称为"大东亚圣战"的狂热年代，要做到"以一个人的立场加以如实记录"，是需要怎样的勇气呵！

就我个人的阅读经验，迄今为止，还没有哪部日记像《东史郎日记》那样，能够一下子就使读者置身于写作者所处的场景中去。这是一本令人喘不过气来的书，几乎每一页都在流血，都有悲惨的和不堪入目的事情发生。机枪的扫射声，炸弹的爆炸声，军靴声与刀剑声，士兵们倒下的身影，伤员们痛苦的表情……这些在战争中常见的景象已退居其次，不再重要，已让位于一些更可怕、更触目惊心的事实。当野口一等兵赞叹某队长在处决十六个中国劳工的刀功时（第三卷三月份日记），我感到极大的痛苦。可是再翻过十页，同样的场面又出现了！这一回在技术上更精确，生理上的反应更使我无法读下去，仿佛那把刀就架在我的脖子上，时刻准备不偏不倚地砍下去，且不让刀刃受到丝毫的损坏。这种生理反应是看图片时所没有的，至少没有这么强烈。依照通常的观点，图片的冲击力应该比文字更强烈，但在读这本书时，我时常感受到相反的情形：它使人受不了，它所揭示的深埋于岩层下面的真实，使得许多优秀的战争小说和电影、图片黯然失色。它理应成为一部反思战争、呼唤人类持久和平的教科书。

一个人要把这种岩层下的真实公布于众，需要十倍甚至百倍于写下它们的勇气。这意味着他将去捅马蜂窝，将触犯一群有势力的人。毫无疑问，这也意味着他将失去生活的安宁，在白发苍苍的老年再次走上战场。这一回，战争的性质变了, 但战争的残酷程度却一点也没变。他不断地受到恐吓和威胁, 成了罪该万死的人, 并被授予诸如 "叛徒"、"卖国贼" 之类的 "荣誉" 勋章。"六年来与他们斗了整整两千个日日夜夜", 也许除了东史郎本人, 没有第二个人能够真切地体味到个中的滋味。

作家川端康成用他的《雪国》、《千鹤》等作品给世人带来了日本的美, 晚年的东史郎则用他的真诚的忏悔和顽强的斗争给世人带来了日本的良知。对于中国人, 我想后者更为重要。这位耄耋老人痛苦的表情所反映的不只是他个人的良知, 而是存在于许多普通日本人心中的良知。正是这种具有一定普遍性的良知, 构成了两国人民最终达成真诚和解的基础; 假如有朝一日, 这种良知失去了普遍性, 那么和解的基础也就不复存在了, 对于两个都有着众多的人口, 虽一海之隔但相距并不遥远的国家, 这无疑是可悲的。

对监督者的监督

舒 展

在当前商品经济的大潮冲击波面前，执法人员首当其冲地经受着严峻的考验。强化检察机关的职能，当然是必要的；但检察人员犯了法怎么办？他们的权力就不需要更加有效和严格的监督吗？

河南省郑州市检察院前检察长刘某，曾经在撮合一台面包车买卖中，获赃款1万元；还将办案中追回的公款，挪借给个体户，6000多元的利息也揣进了腰包（1992年7月27日《瞭望》）。广东省中山市检察院前检察长黎某，将办案中追回的赃款270万元，借给十几家企业，非法获利18万多元，用做工作人员年节补贴和接待费用（1991年2月19日《南方日报》）。

检察院是监督执法的。其中个别意志薄弱者利用权势以身试法，这样的案例向我们提出了一个严肃的问题：监督执法的人率先触犯法律，这对于神圣法律的亵渎，不比执法犯法更加严重吗？那么，谁来监督监督者呢？

莎士比亚的喜剧《一报还一报》中安哲鲁有一段台词："我们不能把法律当作吓唬鸟儿用的稻草人，让他安然不动地矗立在那儿，鸟儿们见惯之后，就会在它头顶上栖息而不再对它害怕"（第2幕第1场）。

监督犯罪的成了罪犯，法律就不仅仅是个稻草人式的摆设，而是必定成为对国家机器运转中的一种可怕的腐蚀剂，成为坏人与坏人沆瀣一气的保护伞，它比外敌入侵更无形更厉害。

对监督执法者的监督，从原则上讲很好说，加强法制，发扬民主，有法可依，有法必依，违法必纠，执法必严。这些话，连初通法学的人也会倒背如流。问题在于措施的具体化与实行。法制建设也是一项巨大的系统工程，光有设计图纸是不行的。对此详加备述，也不是一篇小文可以胜任的。我只想讲一点关于破除人治旧观念的问题。

"四人帮"完蛋之后，法学界曾经展开过一次有意义的讨论，即关于人治与法治的问题（详见群众出版社《法治与人治问题讨论集》1981年版）。我是拥护以法治国的观点的。记得1980年夏，邓小平同志曾经转述过毛主席的一段话，说斯大林严重破坏社会主义法制，这样的事件在英、法、美这样的西方国家不可能发生（《邓小平文选》293页）。小平同志还说："制度好可以使坏人无法任意横行，制度不好可以使好人无法充分做好事，甚至会走向反面。即使像毛泽东同志这样伟大的人物，也受到一些不好制度的严重影响，以至对党对国家对他个人都造成了很大的不幸。我们今天再不健全社会主义制度，人们会说，为什么资本主义制度所能解决的一些问题，社会主义制度反而不能解决呢？"

1957年下半年，连"法律面前人人平等"、"法院独立进行审判"、"检察院独立行使检察权"都当作右派言论大加批判。1959年更是把"要人治不要法治"的口号喊得响彻云霄，连政府部门中的司法部和法制局都被取消了。谁要强调法治就说你反对党的一元化领导，谁要有与党的负责人不同的意见，也会飞来"反党"的大帽子。于是以言代法，以权代法，谁的权力最大，谁就具有法律权威。法律虚无主义大肆泛滥。康生有句名言："什么宪法！马克思主义就是最大的法！"还有人说："宪法？宪法还是我们制定的呢！"于是在一部分司法公安干部之中长时期形成了"千举报万举报，不如政法书记一声笑"，"顶头上司保护伞，胜过法律三不管"的现得利的人治观念。权力不仅不互相制衡，而且形成官官相卫，继而发展成"守法吃亏，违法有利"；"抓住了算我倒霉，抓不住我就发大财"的赌徒式的机会主义思想。这正是极个别的公安局长、法院院长和检察长敢于以身试法的重要原因之一。这种人身依附关系，说穿了就是所谓"投靠学"。归根结蒂，不是人治是什么？

人治思想，由来久矣。

"执法在傍，御史在后"（《史记·滑稽列传》），对于权力高度集中的皇权社会的旧中国，只不过是徒具虚名而已。早在秦汉之后，中国政府机构中便设有专职的监察官员——御史。然而，即令有监察制度，最后还是靠人治。比如明世宗朱厚熜时，重用严嵩长达20年。御史王抒参劾严嵩，反被关进监狱杀害。严的儿子世蕃倚仗其父权势，卖官鬻爵，按照官缺的肥瘠程度进行标价索贿，官场形同市场。另一御史邹应龙（即周信芳拿手戏之一《打严嵩》主角）眼睁睁拿奸佞无可奈何，直到趁朱厚熜后来对严嵩有所疏远之机，才在大学士徐阶的策划下弹劾成功。至于像明末拜阉宦魏忠贤为干儿子的御史崔呈秀，更是一个贪污大王，凡揭发过他秽行的仇家数十人，均被一一陷害致死。他设计的《东林点将录》，可说是开了历史上谗害忠良开"黑名单"的先河，直到崇祯朱由检即位，魏党失势，崔呈秀才在姬妾狂欢滥饮之后自缢而死。

可见，御史个人品质固然重要，而制度的好坏却是具有决定因素的。一部中国古代法制史，严格讲来是皇权与官僚的人治史；法律对百姓是锁链，而对皇亲权贵则不过是孩子们玩的猴皮筋而已。

不彻底清理人治思想，法制建设，何云乎哉！

佛也救不了金翠莲

牧　惠

　　金翠莲父女从渭州郑屠的魔掌下逃了出来，在雁门县当了赵员外的外宅也即是自立门户的小老婆，自我感觉良好，似乎是由粪缸跃进了糖缸。见到鲁智深，又跪又拜，连连谢恩，并告诉他："前日老汉初到这里，写个红纸牌儿，旦夕一炷香，父女两人兀自拜哩！"

　　果然是糖缸吗？

　　在渭州，金翠莲想做郑屠的小老婆而不得，还需天天到酒店卖唱去偿还那根本不曾到过手的三千贯卖身钱。在雁门，金翠莲做成了赵员外的小老婆，"衣食丰足"，小家庭除了一个小厮，还有一个丫环，俨然主子。前后相比，显然有了改善。不仅金老父女，就连鲁智深，也觉得这是天上地下。

　　在法国例如巴尔扎克的小说里，资产阶级往往以互相诱奸对方的妻子为乐事，用不着讨小老婆、设外宅这种麻烦。在封建社会的中国，讨小老婆、养外宅则比较盛行。小老婆之多，当然以皇帝为冠军。他们每个小老婆都有单独的宫院，内宅也即是外宅。养外宅的不外乎一是《三言》、《二拍》中某些小说描写过的行商，除了在本地的家里有妻室之外，有如抗日战争期间的"抗战夫人"，还在经常来往的地方设置某些所谓"两头大"的"商业夫人"。既有人伺候他茶水饭食，又不需住旅舍嫖娼，既节约又卫生，十分合算。一种就是宋江养阎婆惜和赵员外养金翠莲这一类的外宅了。从阎婆惜同金翠莲的情况可以看出,这种外宅,有种种不同待遇:或比在家里受大老婆虐待的小老婆好,或比在大家庭中同大老婆分庭抗礼的小老婆差。但是,玩物的身份却难有质的差别,即如阎婆惜,宋江认为既然不是正经夫妻,相对也比较随便、放松。她爱上张文远,宋江并不干涉,只是不上门便了。可是,没有宋江一纸休书,没有退还她的原典文书,"偷来的锣鼓打不响",阎婆惜仍嫁不成张三。

赵员外比宋江更富有金钱和社会地位,就连五台山文殊院的智真长老也得买他的帐,把一位众僧认为"形容丑恶,相貌凶顽,不可剃度他,久后恐累及山门"的杀人犯也收为徒弟。找着这样的孤老,在一般人看来,该是福气。然而,恐怕也正因为如此,同阎婆惜比,金翠莲的地位差了一皮。鲁智深来她家,赵员外以为她引什么郎君子弟在楼上喝酒,不问情由,带了三二十庄客打上门来,一口一声"拿将下来"、"休叫走了这贼"!金翠莲乃赵员外所属的、谁也不准挨碰的玩偶,如此而已!

在郑屠手下,金翠莲是想做奴隶而不得;在赵员外那里,金翠莲暂时做稳了奴隶。

在人的尊严被蔑视,女人连人的地位也未必有的社会里,不少女人不以金翠莲这种奴隶地位为耻,反而恣意追求这一目标,以为是上上待遇。这种情况,在皇宫里的三千佳丽们中特别突出。王昭君与毛延寿式的矛盾和恩怨,几乎哪一个朝代都有。隋炀帝那里还有一位侯夫人因此而自杀。可见,有时候,想当一位稳稳当当的奴隶也不是易事。

鲁智深是在那个社会的真和尚,真菩萨,真佛。但是,真佛又如何?

可悲的是,不仅鲁智深,就连作者本人,评书人如李卓吾、金圣叹,都以为金翠莲已经得到"解放"。更可悲的是,在这以后,还有不少人(其中包括男人)希望自己能找到一位"赵员外"。

共和国不能忘记

吴　非

　　在庆祝共和国五十周年的时候，看了电视台"共和国不会忘记"人物事迹介绍。其中有黄继光、邱少云、向秀丽、雷锋、王进喜、钱学森、袁隆平等英雄模范。五十年的历史中，值得铭记的人物太多太多，铭记他们的名字，是每一位有爱国心的公民应有的情感。

　　在这批名单外，还有另一些英雄模范，他们是彭德怀、顾准、张志新、遇罗克等人。他们全都是因为真理而蒙冤死去的。无一例外的是，他们全是思想者——有独立人格的思想者，如果没有他们的抗争，中华民族近五十年来的历史将会让后人感到羞耻。正因为有了他们勇敢的抗争，思想解放运动才成为一种可能，实事求是作风的重提才成为一种可能，改革开放政策的制定和执行才成为一种可能，而这一切，在于他们的主张代表了亿万人的心声。我们祖国，需要勇敢的思想者，需要有独立人格的革命者。

　　这篇短文写完上面的话，我去参加一个会，遇南京大学一位教授，不谋而合，他谈到了同一问题。据说他曾向有关人士建议过，对方回答是"不要找事儿了"。

　　我对这"不要找事儿"的回答是很熟悉的。多年来，有的人总是认为"找事儿"就是"不合作"的代名词，乃至把"找事儿"当成对立者。我们可以先不作推究，先看一个事实：那些"事儿"究竟是谁"找"出来的？——如果没有1958年的大跃进和浮夸风，没有饿死人，就不会有彭德怀的"找事儿"；如果没有违背经济发展规律，践踏民主法制的胡干蛮干，就不会有顾准的"找事儿"；如果没有反动封建的"血统论"甚嚣尘上，就不会有遇罗克的"找事儿"；如果没有倒行逆施的"无产阶级文化大革命"，就不会有张志新的"找事儿"……当然，"找事儿"者没有挡住"前进的步伐"，"找事儿"全都死于非命，而且领略到封建专制时代刑戮的余韵，然而他们没能挡住的那"步伐"却是朝着历史发展反方向的。

所以我想的是，如果五十年间从一开始就能包容"找事儿"，那我们的国家肯定会比现在更加富强。所以，我认为，对那些真正做到"要为真理而斗争"的人们，共和国同样不能忘记。

含羞草的冤屈

牛　汉

　　必须先说明白，这篇文字，不是童话或寓言，也不是借题发挥的杂感，是根据我的一次经历写的。其中有一些玄想，也许超越了物质世界，现成的语言难以规范它的不定型的内涵，只能如实地记下当时的感悟。

　　十年前，正值亚热带火辣辣的夏季，我有过一回海南岛之行。我忘情地徜徉于五指山下，无意中闯入了一大片（事后估计面积有一平方里）野生的含羞草。本来是想越过它到远远望见的一条溪流去冲冲凉，万万没有料到意外侵入了一个属于圣洁生命的世界。事后人们对我说，我践踏了含羞草。由于受生物学命名的影响，我一向莫名其妙地把含羞草归入生物界的女性类。因此，冒犯了含羞草使我真正羞愧得无地自容。我一生不能原谅自己。

　　当时，在我的面前展现出一色茸茸的青草地，它的袒露而静穆的、非人间的气度，一下子将我镇住。我感到它似乎不仅只是一片葱郁的草野，而是我求索多年的幻梦中的境界。我禁不住地朝它狂奋地奔去，恨不得立即匍匐在它神秘的胸怀之中。而那条在远远的前面用明亮的眼瞳召引人的溪流，我已完全忘在脑后。当我踏上这陌生的境界的第一步的刹那间，觉得脚下有异常的动感，近于蠕动或震颤。"这草地会动！"我几乎喊叫起来，身子不由自主地晃悠着，像是触及到什么动物的有弹性的肌肤。为了不致使躯体和心灵失去平衡，我本能地仰面躺了下来，并且舒适地把四肢伸展开。我高声地叹了口气，甚至想唱一支山歌。但是我的沉重的头颅、肩背、腰身，以及体内的所有器官，有着微微向下沉落的感触，我顿时惶恐不安，正如科学哲学家波普尔说的，想摆脱对未知事物的恐惧。我想立即站起来，当时以为站着比躺着要安全。可是挣扎几回都未成功。草并不高，脚底却踏不到实处。这种异常的感触，我曾经历过一回，那还是70年代初，深夜从向阳湖的草丛中走着，陷入一片隐秘的沼泽地，几乎送了命。遇到这类危难，只能猛跑，一站定人就陷落下去。我终于从含羞草不平静的胸怀中站立起来，我头脑发懵，不是朝外遑返，而是着了魔似地向含羞草的腹地跑去，跑了很远，仍没有摆脱掉脚下的沉落感。偶尔回过头望望，在我刚走过的梦境般的草地上，赫然地出现一个个洞穴似的踪迹，有如凹印上去的。再往前看，我躺过的地方，深深地还躺着一个大大的人形，仿佛我将自己的躯壳留在那里。确切地说，它是我的生命的轮廓。我居然有那么庞大！我恍惚沉迷在梦游中。几十年来，我一直患有顽固性梦游症，我下意识地感到可能又犯病了。我在含羞草的领域一定奔跑了很久很久。

当地一个牧童把我喊叫了出来。他指着面前的被我践踏得千疮百孔的草地说："这地方不好随便进去，连牛都不肯进去。"他的口气十分严肃，他又解释道："牛低头想吃它，用舌头什么也卷不上来，草叶从牛的嘴边鬼一样溜了！"难怪附近的旷野上只有这一大片草地既平坦又丰美，像神圣不可侵犯的国土。

我的脚踪，我的人形，过了几个钟头仍烙印般地呈现在含着草的肌肤上。我羞愧地垂下头，我的罪恶的踪迹对这一片圣洁的草地的侵害有多么地深重啊！草叶的眼睑仍闭合着，不愿意看见我这个丑陋的粗人，嫩绿的草茎仍朝下坚韧地弯曲着，忍受着我给予它的伤痛。我羞愧得抬不起头。

含羞草在风险丛生的大自然界，抗争命运的坚毅不屈的精神，令我无比的钦佩。含羞草哪里会在侵犯者的面前现出丝毫的含羞的表情？"含羞"是人文世界的语言，跟认定的含羞草毫无干系！含羞草的历史是悲壮的，它的生命是智慧而不容侮辱的。

那一年我对含羞草（姑且沿用这个名字）作了深入的思考，想写一首诗献给它，终未完成。我的自然知识有限，上中学时生物老师说，含羞草为什么会"含羞"？因为它的叶片一旦受到外界的侵扰，叶脉中流动的水分就会回流到茎部，叶片因失水而萎缩地闭合起来,是含羞草生存的本能。这说法是否合理我无法判断。不久前我的外孙女对我解释过含羞草的奥秘,我觉得也有道理,可以补充上面的说法。她说,含羞草本是热带植物,热带多雨,亿万年来,这种平凡的草类由于经常遭到暴雷雨的袭击,叶片被击打得残缺不全,影响了它的生存。经过无数万次教训后,产生了对暴风雨抗争的本能,叶片的闭合成为它生存的本能了。动物有条件反射的本能,植物似乎也有,我相信。

现在,回到我写这篇文字的初衷,我是怀着愧疚的心情而为含羞草辩诬的。"含羞草"这个名字固然美妙,而且使侵犯者的罪过不但得到解脱,而且还可从弱者的苦痛之中得到意外的美感,这是多么荒谬的事情!

经科学家的证实,含羞草并不含羞,为什么不能为它更换一个符合它本性的名字?我真不理解。

活在边缘

殷国明

活在边缘，我们不得不重新理解我们所处的时代。说不定我们得彻底改变自己的生活观和文化观。活在边缘是痛苦的，但是边缘在今天的世界上确实是诱人的。因为"边缘"比中心更充满机会和希望，更具有发展前途。在这个世界上，不仅有边缘人，还有边缘科学和边缘文化。它们是以一种新的姿态出现的，吸引着千千万万的人向"边缘"移动。这种情景我在广州的美国领事馆前充分感受到了，同时也从中国数百万计的人涌向广东、海南的浪潮中感受到了。

纽约的丰富多彩，其重要原因之一就是，它是由许多"边缘"构成的；它是一个政治经济文化的世界性中心，而且是一个多元的中心。无数的边缘人在这里生存，构成了各种各样边缘性的生活，同时创造了各种类型的边缘文化。就拿中国人的生活来说，就是一种特殊的边缘形态，这里不但有唐人、法国人、俄国人、日本人、朝鲜人等，同样是这样。所以，活在边缘，自有边缘人的苦闷、焦虑，也有边缘人的责任和意义，关键看你怎么活。所以活在边缘的人有自己的优势。特别是文化人。至少他能吸收多方面的文化因素，思考问题也必然会更广阔些。今天的世界是一个多向多边发展的世界，广泛的世界经济交流必然会使各个国家和民族的利益关系更为紧密，也就必然会逐渐消除地域和文化上的封闭性，使原来意义上的中心逐渐解体。所以，会有更多的人涌向边缘，同时也使边缘人所扮演的社会角色越来越引人注目。

也许将来的一种新的文化就是从这边缘开始的，历史学家将要用重笔描绘的就是那些最早背井离乡的人，那种看起来是不伦不类的文化。就这点来说，最好不要轻视活在这边缘的任何一个人：他们可能身无分文，可能在餐馆洗盘子，也可能在给人帮佣，丝毫不引人注意；他们在本国的时候，很可能是教授、学者、作家或研究人员，若干年后他们之中很可能有人做出引人注目的成就。文化的边缘地带成了藏龙卧虎之地，蕴藏着各种各样神奇的创造力。

但是，是不是所有活在边缘的人都能意识到这一点呢？显然不是，尽管他们都在以各种形式参与着这种历史的创造，因为他们首先承受的是痛苦和孤独。

几个老乡

吴 方

在电视上看连续剧《北洋水师》，便想起20多年前看的电影《甲午风云》。那时激动，现在还免不了激动，也真替古人着急。都快100年了，那场落得把台湾和辽东半岛像割肉一样割给人家的败仗，想起来就揪心。打仗总有胜败，但败得那么糊涂那么荒唐，真叫孙子兵法的发明者及其后人感到奇耻大辱。这一仗暴露出清朝的腐败无能，而最令人扼腕的是，长城之毁，实多出于自毁。

海战及北洋水师的覆没，只是战争的一个方面；陆战，从朝鲜打到辽东半岛，是整个战局的另一个方面，情况就不大广为人所知。其实是更为糟糕，清军屡战屡败，屡战屡退，金瓯一发不能收拾。当时有歌谣讽刺是"文官三只手，武官四只脚"，文官多一只手，大概是贪污或者裹乱，武官多两只脚，则是形容逃跑之速了。

甲午之战的陆军开始以李鸿章的淮军为主。李鸿章以组织淮军镇压太平天国起家，手下将领颇多其老乡。他是安徽合肥人，他用几个老乡带兵，可是老乡只有给他抹黑的劣迹。一个是叶志超，身为去朝鲜作战的最高指挥官，守平壤时，指挥不当不说，一看情况不好便准备逃跑，后来英勇牺牲的左宝贵不得不派人监视他，恐怕摇动军心。平壤陷落之际，叶志超先是乞降，后是弃甲曳兵只顾逃生。逃到安州，本可固守，仍狂奔500里不止，直至渡过鸭绿江，惊魂甫定，而战局已不可收拾矣。

第二个要数到卫汝贵，所率部军纪甚坏，守平壤，打仗不行，却长于抢掠奸淫。卫汝贵自己还私吞了八万两饷银，据说是留作女儿的嫁妆资，一时军士大哗，触敌即溃。尤可耻的是，他老婆给他的家信，其中有"戒勿当前敌，遇敌辄避走败遁"等语，被日本人缴获，引为笑谈。

第三个老乡为龚照玙，官至北洋前敌营务处兼船坞会办，节制守卫旅顺的各军，最为贪生怕死之徒，先是听说金洲失陷，便慌忙逃跑，被李鸿章斥回；至旅顺战事紧急，又私自化装潜逃，卒至人心溃散，敌兵未至，而炮台已不守了。

李鸿章的这三个老乡，后来均遭问罪被逮，被刑部大堂判为"斩监候"，其中卫汝贵被光绪皇帝朱笔改为"斩立决"，绑赴菜市口处斩，临刑大呼冤枉，大概是觉得：几个同乡罪名差不多，为何偏偏杀我呢？据说这几位都没少行贿，还特别要走李莲英的路子，在慈禧太后跟前有巨款孝敬。只是卫汝贵的手法尚不够到家罢了。叶、龚两人关在大狱里，因为能够上下行贿的关系，过得像在家一样的舒服日子，不仅食前方丈，呼三喝六，还可让家中侍妾来狱值班伺候，全不以丧师辱国为念。真可说腐败到家了吧。

庚子年叶志超、龚照玙被赦脱身，叶不久即病死。龚则回乡后，还要给自己过六十大寿。当时也有个老乡张六先生，叩门求见，见了龚照玙便说："六哥，你把咱国的旅顺送到哪儿去了？"龚大窘，连呼逐客。第二天是六月初六，正是龚照玙的生日。龚家大门上有人贴上一副寿联，上联是："称六太爷，上六旬寿，欣占六月六日良辰，六数适相逢，曾听得张六先生，大踏步闯进门来，口叫六哥还旅顺。"下联是："坐三年监，陪三次斩，赚得三代三品封典，三生愿已足，最可怜达三故友（指卫汝贵），小钱头不如咱洒，冤沉三字赴黄泉。"

不失耻辱心，爱国心的，也是老乡。

看电视、读史书之余，也许应该想到，因腐败而自毁的教训，不仅在打仗用兵，而且在别的事业上，都是沉痛而不可忘的。

跨世纪的一代"？"

潘凯雄

　　我们这一代舞文弄墨者曾经是以那样齐整、那样令人不可小觑的姿态出现并存在于文坛的。善良的长者们慈祥、宽厚乃至不无羡慕地称我们为"跨世纪的一代文学新人"，我们自己又何尝不是以此而充满自豪的呢？曾几何时，当商品经济大潮滚滚袭来之际，这一代还能够保持队形、不乱不散地跨入下一个世纪吗？这很难说。

　　这一代所面临的惶惑、所面临的贬值，哪怕是暂时的惶惑、暂时的贬值实在太多了。当他们头悬梁、锥刺股式地秉烛夜读，为文凭而拼搏成功的时候，文凭的价码却一落千丈；大学生分配难，硕士们找工作难，苦苦熬出的博士换来了"最傻的"称谓；当他们兢兢业业、勤勤恳恳地工作，为职称而一级一级地艰辛地往上攀登的时候，职称却不过是一纸名不副实的空文：干好干坏一个样，反正是熬年头，干与不干一个样，干导弹的抵不上卖茶叶蛋的；当他们废寝忘食、耗尽心力地爬格子，制造所谓精神食粮的时候，却又不能不为这精神食粮的销路而犯愁：出书难、出书慢、出书少、稿酬低，有时甚至还要倒贴钱。如此贬值、如此错位，即使是一时的偏差，都不能不令这一代惶惑复惶惑。

　　这一代所面临的诱惑、所面临的选择机会日益增多并且将越来越多。尽管这一代中执著地痴迷、衷情于文学者不乏其人，尽管文学梦总会有人做，但终究有人特别是这一代中的不少人将会走出文学的梦境。当他们睁开眼睛看现实、看现世的时候，自然会发现种种足以或可能实现自我价值的诱惑之巨大、机会之众多远非文学这一行当所能比拟。与其可怜巴巴地为自己的著述得以面世而求东家、告西家，不如自己也倒腾起书号，既能发发小财，也能顺顺当当地出书；与其每日煞费苦心地在格子上耕耘，不如强记几个洋字母攻下一个"托福"，再拉上几个洋关系一走了之。或嫁给一个洋佬或娶一个洋妞，稳稳地拿到一张卡片，再抖抖地返乡作文明状；与其辛苦一年换来区区数千元稿费，不如索性下海倒它几手，炒它几把，没准也能弄它万把十万的；与其作严肃的文学探索，不如切准一般消费者的欣赏趣味作迎合，再借助于大众传媒，侃出来便是，既有名，且获利……再不济的，练练摊打打工，其所得也未必低于爬格子。如此诱惑、如此机遇，这一代怎能不为之所动容？

面对惶惑、贬值、诱惑、机遇的多重挤压，这一代舞文弄墨者还愿意继继顶着"跨世纪的文学新人"这样的"桂冠"吗？窃以为未必。倘个人不是非正常辞世，这一代的跨世纪将是毋庸置疑的。然而，在他们中间，虽然可能出现文学家、艺术家、思想家，但更可能出现"跨世纪的老板"、"跨世纪的掮客"、"跨世纪的倒爷"、"跨世纪的炒家"、"跨世纪的官员"、"跨世纪的移民"……一言以蔽之，除去那些执著于文学而矢志不改者（不是天才就是庸才）外，更多的将纷纷以不同的姿态、不同的角色跨入新世纪而断断不会再拥挤于这条狭窄的文学之路上。凡此种种的选择，对这一代而言，既可谓之无可奈何，也可说是一种积极的适应。在本文行将结束之际，还有一句败兴的话不吐不快。在社会的急剧变革和转型面前，谁又敢保证不会出现一批既焦灼不安，又不思进取，既无所适从，又不甘于淡泊的人物呢？可以断言，这种无从确认自我位置的人必将为社会前进的步伐所淘汰，他们将成为"跨世纪的一代废物"。

来去自由

钟 复

　　龙应台主政台北市文化局的消息,已是尽人皆知。这自然引发了争论,像她这样以批判著称的作家,到底该不该进入体制?有人不理解,认为她失了人文知识分子的贞操,终将无法立起自己的牌坊了。

　　这里有必要对所说的体制先行定义。从广义上来说,我们生活的政治环境就是体制,对它是无法摆脱的,就像无法摆脱空气。即使辞职在家,居委会也会三天两头让你去办准生证,你说不生,老太太们就问你为什么不生,你说不为什么,老太太就同情地看着你,认为你有苦难言;国家的大政方针就是这样通过老太太的执著具体而微地捕捉你。那些不满龙应台最新选择的人指的是狭义的体制,即指权力部门。我同意从划归狭义的体制出发,弄清人文知识分子与体制的关系大有好处。

　　有人认为,体制是人文知识分子的噩梦,是变节线路的终点站。我理解以这种角度观察龙应台的人。它能用很多事例佐证,比如不少高风亮节的人,是不进入体制或进入后被厌恶与放逐的;这么说来,龙应台将来的命运,就是被放逐,如果她没被放逐,则说明已经同流合污了,安享她曾经批判过的东西。这种人,我们都知道,简直是垃圾,我们又不缺垃圾,所以必须反对龙应台的选择。

　　这个推理过程对龙应台是不公平的,因为思想家与体制的关系,有一种全新境界——当然，它应由出色的思想家与出色的体制共同创造的。

我要讲的是福柯的故事。福柯一生就是所谓的麻烦制造者，从小说话尖酸刻薄，以取笑他不喜欢的同学为乐，有人甚至看见他手持匕首追打同学。这些少年意气的事倒也罢了。问题是福柯一辈子都在追打体制。最过分的是，1971年，福柯组织了名为"监狱情报组"的运动，出了一系列鼓动的书，他在第一本《不可容忍》（当然是合法出版物）中所作判决如下：不可容忍的有：法庭、警察、医院、精神病院、学校、军营、出版物、电视、国家。何其猖狂，说实话，我都不敢看了，我可是个受过良好教育的人。换句话说，福柯的批判已经超出我们所谓善意的标准了，在我们这儿，幼儿园的孩子都能对他的廉洁进行道德批判。福柯这老小子没到过中国，所以他一路狂了下去。到了1972年，"监狱情报组"鼓噪了一大批知识分子上街去了，体制派出了共和国保安部队，冲在最前面的福柯涨得满脸通红，和阿兵哥推推搡搡、肌肉隆起——这说明思想家也需要强壮的身体。

对这样的人，体制恨之入骨，让他吃点苦头，也是可以理解的，毕竟闹腾得那么凶。但事实上，福柯的日子过得不错，1970年12月在法兰西学院讲了第一课，进入了法国大学机械的圣地之圣地。也许你会说法兰西学院不是我们所说的体制，这说明你对法国大学的独立性与傲慢有所了解。但是之前的1968年，戴高乐政府曾考虑任命福柯为国民教育部高教司副司长，几乎已成定局，福柯的贺电都收到了不少；由于反对者攻击他的同性恋，最终没有当成。这又有什么关系，正是福柯在街上玩命的时候，提议他当法国广播电视局局长的声音却不少。这些没当成的官并不妨碍福柯在体制内的作为，他是高等教育委员会的十八个成员之一；在年轻时漂泊动荡的生活中，他多数时间是代表法国进行文化交流，驻罗马尼亚大使曾请求他担任自己的文化参赞。

福柯与体制的这种关系，法国的知识分子和体制却觉得正常，知识分子认为：反叛与行使权力都是实现理想的方法，既然说别人行事不力，有机会为什么不亲自实践一把？体制认为：接受批判与迎纳贤才都是自己的职责，批判是才能的重要体现嘛。这种关系造成福柯一会儿在大街上，一会儿在体制内，来去自由。我第一次知道时瞠目结舌，好半天才把嘴合起来，像个傻子。因为这击碎了我原来熟悉的二元论：批判还是顺从？进入体制就得有顺从的品格，想说腻歪的话，趁早滚蛋。谢天谢地，我终于知道了二元论以外的东西，没吃过猪肉，但总算看过了猪跑。所以我觉得龙应台的选择是件正常事，能以批评家的身份进入体制，本身就是批评家的胜利；万一实现不了抱负，再回来写文章，又有什么大不了的。

《摘果子》　　　　　　　　　　　　（英）克莱·雷登

李鬼多矣

牧　惠

　　李逵上了梁山泊,却有一位李鬼在李逵故乡冒充黑旋风。真李逵回家接母亲上山享福,同假李逵狭路相逢。假李逵不识真李逵,自称黑旋风要对方留下买路钱,气得真李逵要杀假李逵,"劈手夺过一把斧来便砍"。恨的是:"这厮辱没老爷名字","坏我的名目"。

　　想当初,李逵不过是戴宗手下的小牢子。要银子去赌钱,曾向店家强借;强借不成,就闹得不可开交;然后以借小钱赎大钱的名目骗宋江10两银子去赌;赌输了,竟动手抢……在正人君子眼里,他也配谈什么名目?

　　然而,哪一位《水浒》读者不喜欢这位粗鲁得连什么叫粗鲁都不懂的黑凛凛大汉呢?金圣叹曾以"妩媚"二字评他,用得极妙。这位黑大哥,即使是说谎话骗钱,即使是使蛮抢钱,却又是极天真无邪得前无古人,后无来者!"嗟乎!世安得有此人哉!"、"嗟呼!世岂真有此人哉!",这就是李逵的好名目。对于什么鸟皇帝都不在乎的李逵来说,造反是好名目,劫富济贫是好名目,浑身透出一个"真"字,更是绝好名目。而李鬼却打着黑旋风的牌号去欺侮那些在饥寒线上挣扎的芸芸众生,偏偏以假乱他的真,是可忍也?孰不可忍也!

　　冒名顶替,大半都是冒好人的名目者居多。有谁肯去假冒秦桧?说不定马上死在乱棍之下。道理很明显,既然冒假,总想从中干点坏事、捞点好处。李鬼想借"黑旋风"这三个字吓得人丢下包袱发小洋财，六耳猕猴变的孙悟空想假冒唐三藏队伍去取经万代传名。戏台上的真老包、假老包又何尝不是如此！

冒名不成，则有套近乎一法。"我的朋友胡适之"之类是一种，俄国有高尔基中国来一个高尔础是一种。唐朝诗人李白名扬天下，于是有一位也姓李的，到处学着李白的风格写些"豪迈"的诗句，号称李赤，似乎他就是李白第二。苏东坡在《东坡志林》说，他曾读到李白十咏，"疑其语浅陋，不类太白"，后来才知道这是李赤冒名的赝品。据说，李赤因假冒而不得善终，"为厕鬼所惑而死"，大概是掉到粪坑里饱餐而"嗝屁"吧？

自从商品经济发展，冒牌的假货让人眼花缭乱，就连废品铜也有过假货，加上某些新闻工具时兴"广告文学"、"后门新闻"，假作真时真作假，真真假假，消费者用了名不副实的假货仍以为真，一直给蒙在鼓里。即以精神产品而论，自称香港作家的大陆人，装腔作势作唱歌状的假唱表演，名为"辞典"却远非辞典者，大大的有。即以辞典而论，如果都买来，可以琳琅满目地把书柜塞满好几排。当然，其中也确有有益于读者的著作，但如"辞典"先生有知，肯定会如李逵那样大喝一声："休要坏了俺的名目！"

坏了李逵名目，李逵当然不干，但是，这毕竟是个人之事。想当年，如果让假孙悟空的阴谋得逞，由他带着真通关文牒（也即今日的护照）伙同假唐三藏一行去取经回来，能保证他取的是真经吗？到那时，远不是如李逵、李鬼那样只凭板斧的强弱可以分出真假，何况人家又有通关文牒为证，真唐三藏有口难辩，只好自认成假唐三藏。歪嘴和尚哈哈大笑，看你如何是好！可怕的是这种李鬼的繁衍。

旅游

■

王　蒙

　　万里长城吸引着八方的游客。不仅八达岭，还有慕田峪，修茸一新，缆车、旅店、餐馆、咖啡厅……一应俱全。附近农民也忙于向中外游客兜售土特产，创收换汇，利国利民。又成立了高规格的"长城学会"。还举办了"爱我中华、修我长城"的征文与捐款活动。真好。

　　感天动地的岳飞的坟墓也是一个重要的旅游点。虽然地方不大，逛头不多，票价却不低，连利用岳坟的空殿堂举办的画展也跟着沾光，买门票的时候便同时强迫卖给你展览票，想不买也不行。

　　中国是一个古国，又是大国，哪儿都能寻找出文物古迹，历史故事，山川名胜，搞旅游确是大有可为。人们看长城的时候未必再那么关心秦始皇的功过，孟姜女的痛哭，北方民族与中原民族的战战和和，以及这样一个超级城墙到底在军事上所起的作用怎么样。人们看到的是一个伟大的、不可思议地壮观的、再拷贝不出第二个来的城。人们看岳飞与秦桧的铜像的时候也会为似懂非懂的忠臣遭陷害的故事而嗟叹、而激昂，但我多少有些怀疑那些向跪着的假秦桧啐口水的人如果生活在宋朝会表现得怎么样，如果人人这样忠奸明晰，也就没有岳飞的荡气回肠的故事了。外国人从岳坟里能看出什么名堂，更是只有上帝知道了。

去故宫的人未必关心西太后、光绪、珍妃、瑾妃的恩恩怨怨。去十三陵的人未必关心明成祖夺取帝位的决绝。去大佛寺的人未必关心佛教及佛教在中国的传播变迁历史。去华清池的人都爱杨贵妃吗？去山西洪洞县的人对苏三能想象出一些什么来呢？关心又怎么样？又爱又能想象又怎么样？游客罢了。台湾旅美诗人郑愁予的诗写得好：

我是过客，

不是归人。

没找着原文，引错了就太对不起啦。一切都迅速地成为历史，历史有很好的旅游价值。我们这一些人又将留下什么，供后代游客买票呢？

妈祖与李贽

朱健国

　　偷闲到八闽梦游了一圈，醒来痴痴，昼夜放不下两个名字：妈祖与李贽。谁说旅游快乐？

　　湄洲岛上，妈祖玉体高12米，头依蓝天，脚玩山颠，含笑欣赏至高至诚的崇拜——脚下一片金碧辉煌的群群妈祖庙，来自世界各地的善男信女，万头攒动，像山下的海浪一阵一阵涌来，成千上万的金钱留给妈祖，星罗棋布的香火献给妈祖。

　　泉州城里，汽车不通的古巷，"李贽故居"苟延残喘。三米来宽，两米余高，朽木古瓦于左右牙医小贩的堂皇店堂之挤踩蹂躏中，无语凝噎；别期望耗资百万的大理石巨雕，一级两尺见方的画像也已虫尘俱满；偶来三两个蓬头秀才，一走便只剩两株瘦石榴，两副破楹联；没有香火，没有金银，20来平方米的庭园厅房，只见寂寞，只见凄凉，只见愤懑。潦倒的赡养者和孤凄的画中人相对无言，形影相吊眼红欲泪时，不远处一座灿烂的妈祖庙——天后宫——又响起了朝拜者暴雨般的鞭炮，欲出的泪珠又吓了回去。

　　怎么也想不通——妈祖和李贽身后待遇何以如此霄壤之别？

　　她和他都是福建人，妈祖生于湄州岛，李贽降于泉州城，相隔不过百十里。两人都姓林，李贽本叫林载贽，只因要避祸避讳，才改名；妈祖原名林默，虽然早生李贽近600年，却很可能与李卓君是本家。两人的最大相似处，在以一心为民作己任。妈祖为民的方式是处处助人为乐。短短28年生涯，她驾一叶扁舟，天天奔驰于呼啸大海，救急扶危，在惊涛骇浪中挽救无数渔舟商船，为民祈福，求雨祛病，无所不及。李贽着眼点不在于为民做形而下的具体好事，而是远远超越当时的统治者思维，以《焚书》、《藏书》等异端学说倡人道、反封建，为中华民族突破形而上的思想禁区而抛头颅，洒热血。公安三袁的"性灵"文学源于李贽的"童心"说，谭嗣同的"中国未有为改革的流血者，有之，请自嗣同始"之壮举，与李贽"志士不忘在沟壑，勇士不忘丧其元，我今不死更何待，愿将一命归黄泉"的绝命诗大约颇有渊源。尔后的百日维新、辛亥革命、五四运动，都不能说没有李贽的贡献。迄今以来的思想解放运动，都隐隐有李贽这个"中国第一个思想犯"（蔡尚思语）的呐喊。

如果要分别这两个好人的价值，学者专家的天平上李贽可能居重，因为他不仅是济人一时之危，而且给华夏指引未来，泽及子子孙孙。如若妈祖与李贽分属两个不同领域的好人，无法比较孰轻孰重，那么，不妨等量齐观，一视同仁，共享尊敬是了。

然而实情不然，两个好人，身后远若天壤。妈祖28岁升天后，民间传说她得道成仙，顶礼膜拜，享受观音老母之礼遇，一切好事都说是妈祖保佑。于是朝庭一次一次赐封褒封，妈祖由"夫人"、"天妃"、"天后"，直至"天上圣母"，列入国家祀典，宋代褒封14次，元代褒封5次，明代褒封2次，清代褒封15次。直到今天，全世界各国都有妈祖庙宇，1987年10月还有纪念妈祖逝世1000周年国际学术讨论会在福建隆重召开。可李贽呢，生前就遭明宗御批："敢倡乱道，惑世诬民"，传令把李氏著作"尽搜烧毁"，缉捕治罪。尽管他已76岁高寿，还拿进诏狱，折磨得他以剃刀自刎。死后虽为史家革命者私心向往，但历代统治者总是避之千里惟恐不远。

如果有一天，李贽和妈祖两人邂逅了，他们会说什么？妈祖也许直率地说：我虽然生前确实为人做了不少好事，但郑和七下西洋成功，康熙统一台湾，已是我死后数百年了，我哪里有功劳呢？可人们偏说是我保佑的结果，如今20世纪90年代，一些人改革成功了，一些人生财有道了，也都说是我护国庇民，这似乎应了1900年梁启超和孙中山到台湾朝拜我，馈赠我的一联："向四海显神通千秋不朽，历数朝受封典万古流芳"，然而我实在愧惑。我不明白，人们为什么要把我的功德扩大千万倍，把一切好事归功于我，让我成为他们永远幸福的偶像。依我说，你李贽先生，一代哲人，亘古狂士，才理当千秋景仰! 我乃一个塑造的形象，而你是一个活生生、完整整的人，身有英名，死有学术，《焚书》、《藏书》继续代表你存在，人们不为你筑庙进贡，岂不真是"不问苍天问鬼神"么?

　　李贽听罢，也许含笑道: 这有什么奇怪的，我早知，我和我的书都不会受欢迎，所以我的书便叫《焚书》、《藏书》。我与你妈祖不同呀! 你好比是园丁，给人栽花，这不论好人与恶人都会喜欢; 我像是郎中，以给人治病行善，不少人不相信自己有病，更怕人家知道自己有艾滋病，华佗不是死于曹阿瞒刀下么? 此其一。其二，老百姓喜欢你，也许因你本是一个虚无，谁都可以在你身上寄托自己的理想与心愿; 而我，生有人，死有书，不容半点张冠李戴。更难办的是，老百姓虽知我的主张好，但都知我这种人薄命，这社会永远容不了我，靠我是靠不住的，与其指望一个难于生存的哲人不若寄望于冥冥之中，托愿于你，反而更觉实在。或许，人们崇拜你，而不膜拜我也是某种失望的迹象，有了这失望，才有了对你的希望，你不过是一个希冀的符号而已。正如西方人信上帝，上帝也就是一个希望吧，有无其人，并不重要，没有实在，更其方便。

　　也许李贽、妈祖还说了许多话，也许他和她并未见面，永远也不会相逢，其身后兴衰热冷的底蕴，任凭后生去猜谜。

拿来主义就是拿来主义

林 希

鲁迅先生倡导"拿来主义",其最高使命是要使人"自成为新人",进而使文艺"自成为新文艺"。但是,"拿来主义"的口号一经提出,它很快就超越了作人与为文的区限。面对着西方文化的巨大冲击波,"拿来主义"早已成了一条涉及到国家前途、民族命运的根本大计,因之它也就成了国人多少年来争论不休的热门话题。

其实,"拿来主义"本身并没有什么多义性的概念内涵,鲁迅先生当年首倡这一口号时,只作了极简要、却又是极准确的"界定",所谓的"拿来主义"就是"我们要运用脑髓,放出眼光,自己来拿。"(《且介亭杂文·拿来主义》)如此而已,此外没有任何更多的理解。

"拿来主义"口号的提出,是在1943年,彼时的鲁迅先生已经完成了从进化论向辩证唯物主义的思想飞跃,"拿来主义"口号本身,正是要以实践作为检验真理唯一标准,更是一种具有无产阶级革命家博大襟怀的政治主张,是一种体现了彻底的唯物主义者无所畏惧精神的政治主张。

当年,鲁迅先生提出"拿来主义"口号时,是曾经觉察到社会抵制"拿来"的情况势力的。其一,如"尼采就自诩过他是太阳,光热无穷,只是给予,不想取得";其二,"先有英国的鸦片,德国的废枪炮,后有法国的香粉,美国的电影、日本的印着'完全国货'的各种小东西。""我们被'送来'的东西吓怕了。"那么,面对着这两种势力,我们还敢不敢去"拿来"呢?鲁迅先生的回答是肯定的,"总之,我们要拿来"。

然而不幸的是,几十年来在我们拥戴并实践着鲁迅先生提出的"拿来主义"主张的过程中,常常自觉或不自觉地因种种说不清楚的原因,在不时地修正着鲁迅先生所倡导的"拿来主义"。

修正之一,是给"拿来主义"强加了许多附加条件,尤其是受原来的世界格局的多年影响,许多人总是以为"拿来"的东西多姓资,而姓社的东西又不知去哪里拿。于是为了保险,唯一的办法就是架空"拿来主义",以先验论的偏见代替"拿来主义"。其实哩,社会主义是无产阶级的伟大创举,它是一种顺应历史发展趋势,推动历史前进的革命实践,而"拿来主义"的目的,正是推动我们的革命进程,壮大社会主义的精神物质力量,社会主义的东西原不是可以伸手便拿到的,要求伸手只"拿来"姓社的东西,很可能是缺些这起码的常识。

修正之二,是要求只"拿来"符合"国情"的东西,只"拿来"有利的东西,一旦发现在"拿来"的过程中带进来了我们不想拿的东西,那么宁肯停止拿来,也不能接受"送来""抛来"的一切。对此,鲁迅先生当年是有过答复的:"看见鱼翅","只要有营养",可以吃掉;即使"看见鸦片",也可"送到药房里去,以供治病之用"。因为害怕"送来",害怕"抛来",就不敢拿来,就不允许拿来,实际上只能使自己永远不会成为新人。当然,此中还有一个十分复杂的"国情"说,什么是"国情"?怎样的拿来有悖于"国情"?落后就要挨打,当年的列强侵略最不符合国情了,但是帝国主义的洋枪洋炮才不管你的国情,可见,国情有时是会被人强迫改变的。按照马克思主义的观点看问题,根本的国情就是进步,因为运动是事物存在的唯一形式,那么一切能够加速国家进步的,一切能够增强国力的,便全是符合我们基本国情的,而那种"只是给与,不想取得"地自诩是太阳的主张,才是根本有悖于基本国情的,我们为此吃过的亏,便是为错误付出的学费。

当前,改革开放的春风已是愈为强劲,回忆前一段时间社会上对于"拿来主义"的有形与无形的修正和抵制,使我们痛惜不仅浪费了宝贵的精力,而且还贻误了难得的历史机遇。"拿来主义"一直面对着来自右的破坏和来自"左"的抵制，但是，从发展社会主义生产力，提高我国的综合国力，推进我们的物质与精神文明建设的根本利益着想，唯有"拿来主义"，才是历史明智的选择。当然，这只能是原原本本的"拿来主义"，而不是还带附加条件的"拿来主义"。

所以，说来说去，还只是四个字，"拿来主义"就是"拿来主义"！

《工人与鸟》 　　　　　　　　　　　　　　　　　（英）阿·派克

强人怨

蒋子龙

　　这些年我接触了许多企业家,每个成功的企业家都有自己的风格,自己的绝招,包括个性和个人生活。

　　男企业家和女企业家差别尤其大。

　　没有人把成功的男企业家称为"男强人"。而成功的女企业家常常被人叫作"女强人"。仿佛女人不"强"不能成功,不"强"就当不了企业家。男企业家有"后顾之忧"的不多,更少有"后院起火"的,起了"火"也不怕。女企业家则不然,为成功个人付出的代价更大。有人唯恐"后院生变",而"后院"又偏偏容易"生变"。

　　她,本是回城的"知青",当过临工,泥瓦匠的下手,以后承包了一个商店。能干,能说,会修饰自己,也会打扮丈夫和孩子,让他们吃最好的,穿最好的。房子是她搞的,里面的装修布置是她亲自设计,亲自找人施工,亲自监工验收,总之家里外边都是她亲自操持。她吸取了别的不幸的"女强人"的教训,决不只顾工作不顾家,更不回到家里还谈工作,惹得丈夫厌烦。她兴趣广泛,刻苦想把自己修炼成一个"上层妇女",带着丈夫打网球,听音乐会,进歌舞厅。丈夫原有一份比较轻闲的工作,他越轻闲越不嫌轻闲,干脆就不去上班了,游手好闲,玩游戏机,看录相。中午到她的单位去吃,晚上一家人在家里变着法儿地吃,享受家庭乐趣。这不是很美满吗?

当然,他有点不争气,变成了老婆的附庸。这又有什么不好? 她就是要养着他,把他打扮得体体面面的,当个"专职丈夫"。这样他必须依靠她,离开她就玩不转,因而他就不会背叛她。这比找个能干的丈夫要好。男人太能干了往往不能容忍老婆比自己更能干,甚至会要求女人要为他做出牺牲。更不能接受老婆比自己名气大、地位高、挣钱多的事实。那些有事业心,有自尊心的男人给"女强人"造成的悲剧还少吗? 既然自己成了"女强人",还是有个"专职丈夫"安全可靠,不必担心后院会"起火"。

某一天她身体不适突然回家,撞见自己的床上躺着位更年轻的女郎。她的丈夫并没有被吓坏,甚至轻轻松松地就说出:"如果你不高兴咱们离婚。"原来他和那女郎已妍识多年,并且不断地把她挣的钱慷慨地送给那女郎。他感到在她面前自己不像丈夫,更像儿子,尽管他还比她大一岁。只有在这个女郎面前,他才感到自己是个男人,是"大丈夫"。

既然是自己把他惯成了游手好闲的二流子,要么容忍他的吃喝嫖赌等恶习,要么离婚。她被这样一个人背叛和抛弃,觉得比那些被能干的男人抛弃的"女强人"更不幸!

有人说,男人和女人是不同星球上的居民,从来不能互相理解,因而产生了无穷尽的生活戏剧。

一方强,另一方的个性就有被淹没的危险。为保有自己的生活,便会抗争。倘是男方强,女方往往从对方的成就中获得自己的满足,引以为荣,甚至甘愿牺牲自己,取悦于丈夫。即所谓"每个成功的男人背后都站着一个女人"。

倒过来则不行。成功的女人背后不一定站着个好男人。甚至正相反,女人要成功就得战胜男人,也许还会吓跑男人。

成功就是争取变化,而任何改变都会带来风险。你变了,你的配偶也得变,没有人能保证两个人会朝哪个方向变。男人和女人可以在一次次相互冲击中携手前进,这是越变越好。但也可能会分裂。

"女强人"永远都面临着怎样克服传统的根深蒂固的性别偏见,如何使家庭生活和职业生活协调一致的问题。

其实世界上有不少成功的乃至伟大的女人背后都站着一个强大厚道的

男人。

也许东方的男人即使坚定地站在了女人身后,勇敢地毫无保留地支持了她,也不愿站出来炫耀自己。

日本东京一家女性综合中心开办了"男性改造讲座",风靡一时。她们宣称自己的目的是:"从前许多被作为女性问题来研究的课题,实际上是男性问题。我们希望能重新评价男性的生活方式,以改善男性与女性之间的关系。"从来都是男人教女人,现在该轮到女人教男人如何做人了。

中国也正在开展这项"改造男人"的运动——这就是许多地方都在热热闹闹地评选"好丈夫"、"好家庭"。有人怀疑最后能不能评出一个公认的"好丈夫"。因为没有一个男人是大家的丈夫,又怎能"公认"其好坏呢? 我倒觉得这种活动是妇女动员全社会的力量教导男人应该怎样当丈夫,当男人。

女人因男人而定义,男人因女人而存在。男人会当丈夫了,"女强人"的感情悲剧就会少一些。

亲近的仇人

莫小米

人活一世，真正亲近的人并不多。

但仇人绝对是亲近的人之一，绝对是。

一定是因为曾经亲近才成为仇人的，没有过深入的了解，细密的接触，无怨无恨，无缘无由，何仇之有？

一旦结仇之后看似人隔万里，其实无时不咬牙切齿、耿耿于怀，把心分给爱人的时间不会比分给仇人的时间更多。

不同的是，为爱人而沉醉，为仇人而发奋。

有一对曾搞同一学术课题研究的好友成了仇人，人虽走远，却都注视着对方的动向。一个说，工作再忙，别人的文章我可以不看，但他的文章定要找来看；另一个说，我孜孜不倦地研究、写文章，就是为了给他看。他们还是互为对方而存在。

仇人一日化解，应该是最亲密的朋友。

死了仇人，其寂寞与失落不会亚于死了爱人。

爱人有可能是假的，仇人却绝对是真的。

为人处世小心翼翼、生怕与人结仇的人，很难得到真朋友。

人类一思考，上帝就发慌

■

潘多拉

"法轮大法"及其操纵的"法轮功"被取缔后，众多前"法轮功"信徒幡然醒悟，纷纷站出来揭露李洪志"老师"的种种欺世盗名的伎俩，同时表示了自己当初一不小心误入歧途的悔恨。久而久之，笔者作为旁观者也冒出了一个想法：依你现在所具有的常识水准、逻辑思维和理性判断能力，当初为何竟然会误入歧途呢? 须知上述水准和能力都是很难速成的啊。

"子非鱼，安知鱼之乐"(《庄子·秋水》)，我没有做过李"老师"的弟子，自然不能完全弄清楚李洪志诱人入瓮的技巧，但有一点我似乎可以肯定，那就是李洪志充分利用了普通中国人的独立思考、独立判断能力的缺失，以及崇拜权威、迷信神力的传统思维方式，以大一统、超稳定为目标的传统文化，一贯强调统一，因此从来不鼓励独立思考，不曾有意识地在民众中间培养自信、自尊、自主、自觉的生活态度。

在这种文化传统熏陶之下，普通中国人或多或少或明或暗都有一种自卑情结，都觉得命运不是掌握在自己手中(在有些时候，普通人的命运的确不是掌握在自己手中)，必须寻求一个比自己强大一百倍、伟大一千倍的东西作为庇护神或精神寄托，因此不是巴望那种"鞠躬尽瘁、死而后已"的好皇帝好清官，就是膜拜那些"劫富济贫、仗义疏财"的侠客和"无所不知、无所不能"的特异功能"大师"。李洪志起先不过是说练"法轮功"可以包治百病,部分地俘虏了练习者的理性之后,接下去就危言耸听地宣告地球要爆炸、人类要毁灭,在彻底被摧毁了自信的信徒们的恐惧而期待的目光之下,蹩脚的小号手李洪志便顺理成章地登上了"救世主"的宝座。

在"法轮功"被取缔之前,一名自称"贪生怕死迷恋红尘但仍想做好人的前'法轮功'资深学员和地区领袖"的青年,写了一封题为《猛回头》的公开信。他说:"既然连李老师也得想办法搞房子、车子、票子,那光练功也不能让我拥有一切,我还得在这个尘世中生活下去,我就还得念完我的博士学位,……想办法找工作……想办法弄绿卡……我不想因为信了'法轮功'而卷入政治纷争,更不想被有野心的人所利用当炮灰、堵枪眼……"

这名正在攻读博士学位的前"法轮功"资深学员为何能先于大多数学员幡然醒悟?依笔者之见,主要还不是因为他有知识、有文化(君不见狂热地信奉"法轮大法"的"知识分子"并非个别,甚至还有大学哲学系的教授公开发表文章,论证"法轮大法"是"彻底的唯物主义"),而是因为他保持着独立思考、独立判断的能力。相反,称"法轮大法"是"彻底的唯物主义"的哲学系教授,在接受唯物主义教育和教授唯物主义时本身肯定就缺乏独立思考,因而不是一个真正的唯物主义者。一个人如果不能坚持独立思考,别说是一个文化水平低的普通人,就是钻研很深的哲学教授,对国家做出过重要贡献的大科学家,也难免落入李洪志之流的"救世主"的圈套。如果他们今天在李洪志被集中"揭批"之时表现出的"幡然醒悟"并不是独立思考的结果,那么他们明天同样很可能被张洪志、王洪志用另一套似是而非的"理论"迷惑得服服贴贴,乖乖地拜倒在另一种权威的精神控制之下。那名博士生的可贵之处在于,他加入"法轮功"组织也许纯粹是为了锻炼身体,这应当说是一个无可非议的目的,然而当他修炼"大法"超出了锻炼身体的范畴,被引导向对李"老师"的个人崇拜,甚至被利用作为实现其政治阴谋的牺牲品时,独立思考和独立判断的能力使他产生了警惕,由警惕而怀疑,由怀疑而"猛回头",终于与李"老师"一刀两断。

1985年5月,捷克作家米兰·昆德拉在领取耶路撒冷文学奖时,引用了一句犹太谚语:"人类一思考,上帝就发笑。"他解释说,人类愈思考,所谓"绝对真理"就离他愈远,以致上帝也忍俊不禁;人类愈思考,人与人之间的思想距离就愈远；"个人"之所以区别于"人人"，正因为他窥破了"绝对真理"和"千人一面"的神话。那些所谓的"大师"、"救世主"们正是一些企图炮制"绝对真理"神话的人，当普通人通过自己的独立思考看清了他们一派美言、胡言、狂言、妖言背后的真相，他们的第一感觉肯定不是可笑、开心，而是恐惧、发慌……

一个李洪志的神话破灭了，它昭示着以往好多类似的"救世主"神话的可笑与可怖；今后有"大师"若再要玩"没有我就没有你"、"我是你的大救星"那样的把戏，恐怕就得提高几个档次才行，毕竟人只会一天比一天更聪明，一天比一天更会独立思考。

替荆轲喊冤

林 非

看到过一篇谈论恐怖主义的长篇大论, 文中竟不分青红皂白地将荆轲说成是它的鼻祖, 着实是厚诬了这位坚持正义和力抗强暴的古代壮士——荆轲分明是要去制止恐怖的暴政, 却被称为恐怖主义的开山祖师, 岂不是一桩冤哉枉也的事情, 而且也显得牛头不对马嘴。

当20世纪即将告别人类之际, 恐怖主义的狂潮竟愈演愈烈, 往往凭借着先进与精密的科学生产手段, 在高楼大厦、公共场所或通衢大道中间, 制造大规模的投毒、爆炸和杀伤事件, 扰乱着整个社会的安宁秩序, 形成了众多人群的惶恐不安。当今的恐怖主义分子确乎是人类的大敌, 其中有些人由于在自己的经历中碰到过艰难或挫折, 他们不是去认真地加以克服和奋斗, 却形成了极端仇恨和疯狂破坏整个社会的阴暗心理; 更多的还是受命于某些政治或宗教组织内部实行专制独裁的罪恶势力, 不断地进行此种残忍与凶恶的活动。那些专制独裁的寡头为了巩固和扩张自己暴虐的统治, 把耗费重金训练出来的爪牙们, 派往世界许多角落进行针对人类的恐怖活动。恐怖主义是针对和侵犯整个人类的暴行, 而荆轲的行动却是针对着暴虐的专制统治者, 其目的是为了拯救受害的百姓。两种行为的目标完全相反, 怎么能混为一谈呢?

对于荆轲这种正义的行动, 古往今来都已形成了共识, 从陶潜的"此人虽已没,千载有余情",直至秋瑾的"殿前一击虽不中,已夺专制魔王魄",人们充满了无限的憧憬与向往。两千多年前那一首"风萧萧兮易水寒,壮士一去兮不复还"的慷慨悲歌,确实是鼓舞了多少为正义而搏战的仁人志士们。荆轲在出发之前反复商议好的目标,是对秦王嬴政进行挟持或刺杀,由于种种原因均未能成功,然而他企图惩罚专制暴政的英勇精神,无疑是永存于历史的一股浩然正气。不久前我还曾读到过好几位作家描摹荆轲的作品,我自己也曾满怀激情地撰写过这样的篇章,听说即将上映的电影《荆轲刺秦王》,也洋溢着此种振奋人心的浩然之气。

当然在整个世界都实现了民主的政治体制之后,像刺杀国家首脑的此种行为,肯定就绝对地不同于像荆轲那样针对专制暴君的正义行动,而具有异常野蛮和血腥的性质了,必定会受到公众的憎恶和谴责。罪恶的恐怖主义跟荆轲正义行为的迥然相异,本来就是泾渭分明的事情,千万不应该加以混淆。这牵涉到如何对待自己民族辉煌的历史和文明传统,千万别将广大的读者朋友们搞得晕头转向,治学者必须恪守科学和正派的学风,立言之际得谨之慎之才好啊!

偷爷儿的眼神

余老樵

一些反扒窃的能手在谈到抓小偷的体会时，几乎不约而同地都把"看眼神"当作自己的最重要的一条经验向公众加以介绍。尽管给小偷当"教练"的教唆犯们也明白他们致命的弱点在于眼神不正，可就是改不了。这正是孟子早就发现的"眸子不能掩其恶"的活生生的现实写照。

小偷的眼神，不论他装得怎样大方自如，但在一瞟暗警的瞬间，总难免泄露自己的心机——惦着别人的钱袋。德国诗人魏纳特讲过一句妙语："眼睛是灵魂的叛徒"，若将此语状三只手们的眼神，用来形容暗算者的表情特征，愚以为是颇为合适的。

正常人的眼神，坦然地表达出心灵和行动的目的是一致的，然而小偷或暗算者却有着不可克服的矛盾，他的目的是算计别人。无疑，这一目的是绝对不能公开的。可是眼神呢，又是随时随地公开向人展示的。目的正派，眼神明亮；心怀邪念，瞳仁散光。要想从诡谲的心灵的目镜上，放射出炯炯晶辉，若放在"文革"批斗走资派发言那会儿也许还凑合，要用在小偷长年邪恶的搜索生涯中，难矣哉！心灵老想指挥眼神："别慌！自然点儿！"（倘若没啥亏心事，眼神当然可以保持与中枢神经的一致）但是算计别人的人是心虚的，而灵魂却硬要眼神表现出君子坦荡荡的大气派。可总不能每时每刻作伪善状呀，到了下手的节骨眼，到了图穷而后现匕首的关键时刻，眼神就会忘掉掩饰，长出直钩的贪婪凶恶的芒刺。这时，与其说是眼睛叛变了灵魂，不如说是眼神显露出与中枢神经保持一致的本色：以最简捷的手段，将别人的财富据为己有，偷得锋芒逼人，盗亦有道："既然你们偷公共财产，偷得'理'直气壮，那么我偷私有财产便偷得'天经地义'！"

正当眼睛全神贯注，心里火烧火燎之时，贪婪的三只手被抓住了。算计别人的人，不劳而获的人，巧取豪夺的人，早晚会有耷拉脑袋的那一天。因为当他们的贼眼正在猎取财物之际，还有一双双利剑般的正义的目光正在搜索着，等待着，戒备着……豺狐即令侥幸得手，没遇上猎人，心理可以乐融融美滋滋地安宁片刻，甚至在贼窝里弹冠相庆祝酒打气。但从长远看，日子很不好过。混过了初一，熬不过十五。历史是公正的，逃脱法制的惩办？休想。践踏人格破坏法制的打砸抢分子当年比偷儿爷气焰嚣张多了，结果如何呢？大规模屠杀犹太人的逃隐的纳粹头子比偷儿爷财富积累得多了，寿命长得多了，在中立国隐蔽得稳当多了，最后怎么样？缉拿归案，处以绞刑。

俗话说"不怕贼偷，就怕贼琢磨"。遭贼偷，多数出于突然破财。比如大城市里的自行车、机动车被盗成千上万，溜门撬锁偷走的财物价值更大。这给人们精神上形成了一种恐惧压力，使你上班产生后顾之忧，使广大居民不能安居乐业，没有安全感。老子说："人之所畏，不可不畏"。看到邻舍被盗，整个里弄楼群的上空都笼罩着阴霾，那种惶恐情绪不是一人一户，而是一种社会性的提心吊胆。这情状，我觉得只有在"文革"时或政治运动中那种人人自危的社会心理庶几近之。挨过批斗的人会有这种刻骨铭心的体验：到了批斗会场直接领教声嘶力竭的狂吼，并不觉得怎么可怕；可怕的是你得知琢磨的人正在算计你，陷害你，"黑材料"、大帽子正在炮制之中，叫你拎着一颗心，寝食不安，坐卧不宁，听得见达摩克利斯剑在头顶上飞舞呼啸，眼巴巴等待大祸临头……

是时候了！该轮到那些成天琢磨人的偷儿爷尝尝恐惧的滋味了！只有大家都来琢磨琢磨成天琢磨人的宵小之徒，使他们处于警惕、无畏的目光的包围之中、监视之下，这样他们的伎俩才无法施展。法律的威慑力，政策的感召力，再加上四周利剑一般的目光，偷儿爷才有改恶从善的可能，他的眼神才不致那么累得慌。

一个社会恰似一艘巨大的航船，它不能为了求得平静永远停泊在港湾里。航行中的惊涛骇浪并不可怕，对于航海家来说，这是雄浑的军乐和壮美的画卷，更能增添搏击的豪情。最令人憎恶的是躲在船舱旮旯里，自己不干活却成天转动着贼眼琢磨人的那帮东西。假设偷儿爷式的眼神一旦形成气候，那么，航船的前景就不难想象了。

玩具

肖复兴

爱因斯坦曾将科学家分为三种类型：一、娱乐快感型；二、功利型；三、献身型。其实，在我看来，不仅科学家，从事一切带有创造性工作的人，都可以此群分。

有这样一件事，我总是觉得奇怪，甚至不可捉摸。法布尔晚年患有重病，一天躺在床上，偶然间看到几只小虫冻僵了，便把小虫子放进自己的怀中，和小虫子面面相觑，竟也相看两不厌。最后，小虫子居然苏醒了过来，而法布尔自己的病也奇迹般地好了。这似乎带有冥冥之中神秘的色彩，也蕴涵着某种象征意味。研究了一辈子的昆虫学家偏偏看到的是虫子，怎么没看到别的？换一句话说，一般凡俗的我们会注意到几只冻僵的小虫子吗？而且是在自己病重的时候？

瑞典化学家舍勒，他对我们一般人来说陌生了一些，但在18世纪后期，他是一位有名的科学家，是他发现了氧气、氯气、氯化氢等气体，他首创的分离甘油和乳酸、草酸等有机酸的方法，至今还在沿用。舍勒一辈子不愿意当教授，不愿意去空担虚名像有些人争那个炙手可热、视若命脉的职务职称，而默默地在小镇当一名药剂师。瑞典国王授予他一枚勋章，他不是像有些人觉得宠幸的机会来了，巴结上层的机会来了，风光炫耀的机会来了，净身洗手去接领这枚闪闪发光的勋章，然后再把它写进自己的小传，最好是外国人编撰的名人词典。舍勒根本不去领取勋章。国王颁奖的时候找不到人，只好把勋章发给了一个与之同姓的人以避免尴尬。英国皇家学会奖励给他的金质奖章，他更是不屑一顾，索性给了他的女儿当玩具了。

同样，英国皇家学会把象征着最高奖赏的柯普雷奖章，奖给我们极为熟悉的达尔文的时候，达尔文同舍勒一样，也是极为不屑一顾，用带有嘲笑的口吻说："那有什么？只不过是一个圆形的小金牌牌而已！"发奖的当天，他同舍勒一样也是没去前往而是在自己的书房里埋头写作。科学家真是有着从精神到行为的相通之处。再高级的奖章以及一切浪声虚名，在达尔文和舍勒看来，都不过是给孩子们玩的玩具。这就是世界上之所以存在着巨人和侏儒的缘故。

舍勒、达尔文、法布尔这样的人，属于爱因斯坦所说的哪一类呢？一类娱乐快感型？三类献身型？我想，三类恐怕是后人或旁观者的认为。作为科学家自身，他们大概会觉得自己属于一类吧？春江水暖，自有心知。他们把自己的科学研究当成生命的创造，其中体味的快感融入他们的血液之中，其余的一切则都属于漂亮的儿童玩具而已。

如今，舍勒、达尔文、法布尔，都已经渐渐离我们远去。让我们感慨并感叹的是，拥挤堆积在我们面前的是越来越多的玩具，而我们自以为很漂亮，很炫目缤纷呢！

闲话财神

舒　展

市场是一种特殊的战场。机遇（偶然性）也是经济规律的不可或缺的组成部分。由于盈亏变幻莫测，吉凶险象环生，所以旧日的商家大都信仰命运，从而向财神爷祈祷。被礼拜得最勤的是道教的富贵神——财帛星君赵公明。他黑脸浓须，头戴铁盔，手执钢鞭，坐跨黑虎，据说能够驱雷役电，除瘟禳灾，主持公道，又因他身居八卦的乾位（乾为金），被玉皇大帝封为神霄副帅，尊称玄坛元帅，主管世间财政，所以凡是想发财的必须虔诚奉祀之。

中国江南一带旧时有"接五路"（中路即玄坛），宁波有"接财神"，陕西韩城等地有"财神会"，台湾、福建有"开小正"（正月初五迎财神的开张日），广东、香港有"利是"（贺岁红包）……诸多风俗都是祝祷招财进宝大吉大利的一种愿望的表现。可是当整个市场的命运衰败呈颓势时，不论商家如何向赵公元帅烧高香，自己的财运也好不了。1945年重庆《新华日报》有一则关于通货膨胀的报道说："上海大米已越一百万大关，草纸每刀一千八百元。如果大便用十元伪钞，比购买草纸更为经济合算。每日印伪钞五吨，仍不敷市面需要。"三年之后，国民党发行金圆券，以一元顶原法币一万元，物价扶摇直上，金圆券很快成了废纸。手执钢鞭骑着黑虎的赵公元帅既除不了瘟也禳不了灾，最后还是解放军把那些劫收大员赶出了大陆。既然你通过市场搜括乃至剥夺老百姓，那么，人民就只好通过战场把你打垮。在这里，财神显示了偶像的虚妄与无能。

我比较欣赏阿里斯托芬根据希腊神话中普路托斯（与冥王同名）而重新创造的一出喜剧《财神》。讲一位名叫克瑞密罗斯的老人到神庙中去祈问神灵，说我一生受穷，只有一个独生子，如果我让他成为一个邪恶、腐败透顶、无所不为的人，他便可以发财，因为那些政客、告密者和抢劫庙宇的人都很富有。神灵没有直接回答老人的提问，只说你出了庙门见到的第一个人，你就跟随他，准能发财。老人出来见到的却是一个又脏又可怜的瞎子，他说是财神。财神儿时便声言要去帮助正直、聪明、守秩序的人，天帝宙斯嫉妒好人，于是将财神的眼睛弄瞎了。从此之后财神就分辨不出人之优劣，胡乱帮忙，使好人受穷，坏人发财……最后财神经神医疗救复明，致使天帝的祭祀也失了业。

普路托斯比起赵公元帅来，更能反映自人类文明以来财富分配不公的深刻寓意。财神的使者和化身是金钱。为了抗议财神的不公正，中外文学作品有关痛骂金钱的妙文多矣。近代空想社会主义的先驱们，还有苏联革命成功初期，我国"大跃进"时期，都曾经想不要价值规律，取消商品与货币，没有市场经济，缴财神的械，让金钱失去用武之地，实践结果是不是就天下公平了呢？1958年貌似绝对公平的"共产风"，实际上是对农民的剥夺，是对农民积极性的扼杀，那挑灯夜战、虚假的热气腾腾，与近十三年的联产承包所产生的实实在在的价值作对比，便不难明白到底谁是真正姓"社"。那时农民一年连半斤白糖票也弄不到；如今却要召开国际性的食糖学术研讨会，向全中国消费者论证蔗糖对人体有利，号召大家增加对白糖的消费。在这里不仅是供不应求与求不应供的鲜明对照，而且说明消费需求刺激生产增长，是一条经济规律。

真正公平的是市场经济中的等价交换，而不是以权经商。人们之所以痛恨"官倒"，就在于竞争机会不均等，与竞技场上裁判参与作弊是同样道理。

"一刀切"的同步富裕，其实是共同受穷。只有一部分人通过市场经济先富起来，这样貌似不公平，其实是最大的公平。人们创造价值的欲望更强了。生产力发展了，社会也活跃了。河北白沟，如果没有市场就不可能吸引中外纷至沓来的消费者。这里的财神排列，与其说是产—供—销，不如说是销—供—产。

官商、官厂之所以没有生气，重要原因除体制的掣肘之外，没有市场经济的观念，心目中压根没有消费者的存在，也是一大原因。

旧日象征兴旺发达的是福(财神),禄(官位),寿(星);如今象征兴旺发达的,我想该是销(售、市场),供(流通),产(生产)了。

以前我们只敢按照斯大林的经典语言说,社会主义的经济规律就是最大限度地满足人民物质生活与文化生活的需要。一定要把生产放在第一位。为生产而生产,为革命而革命。更不敢把"人民"二字视为消费者。通过什么途径满足?语焉不详。

呜呼——腐儒学究可怜兮兮到这般地步。

其实马克思早就说了:"没有消费就没有生产,因为这样,生产就没有目的。"苍天呵,绕了几十年,原来,生产的目的是为了消费呵!

难怪洋人常说顾客就是上帝。原来,真正的财神是消费者呀。

相声琐谈

萧　乾

　　倘若我当相声演员，我就先把好相声的开头和结尾这两关。这关系到整台相声的格调。为了爱护相声这门艺术的前途，我坚决不采用老套子：什么"相声嘛，就是说、学、逗、唱"。我更不用恶作剧来开场。例如甲说，乙就引颈高歌；甲停，乙也停；甲又说，乙又唱。——那种像是故意用捣乱来开头。也许有人觉得这么好笑，我则认为这种不和谐不会给人以快感。一台相声这么开头，仿佛一桌酒席先上一盘醋溜煤球儿，不是味儿！

　　相声要让人一听就入耳。这功夫得下在"自然"和"开门见山"上。自然，就是听起来让人觉得亲切，舒适，不生硬；而开门见山是让听众一下子就跟着台上的二位也"进入角色"。

　　至于相声的煞尾，那就更见出水平的高低了。这里还离不开"自然"两个字和"奇"，就是不露痕迹地把听众引入高峰，然后，出其不意地丢个包袱。这时，可以让听众哄堂大笑，也可以只赢得噗哧一笑。水平低的，博得一笑而已。水平较高的，让人听完，越想越有趣，不但当时捧腹大笑，而且每想起来，就觉得逗。水平更高的，则使人从笑中还能悟出点什么——或人情世故，或生活教训。

　　每逢听完一台相声，其快感绝不亚于读一篇精彩的文章。它短（一般是十五分钟，三千来字）而生动（往往撷取生活的片段），发人深思。

我不了解相声演员的工资级别是否取决于听众鼓掌的次数。倘若我说相声，我只希望最后有一阵响亮的掌声足矣，中间我只要能逗观众乐就行，不一定非让他们来回鼓掌，甚至不惜露骨地向听众"讨"掌声。早年天桥、隆福寺说相声的，倒也有这么"讨"的。但他们那时是为了生计，实在不得已；况且那时相声也不是当作一门艺术来说，而只不过为了糊口而已。解放后，相声在几位大师的倡导和示范下，声价地位已大大不同于旧时卖艺人了。倘若我是一名相声演员，我要时刻不忘记这一点。要是有人把相声贬作不过是"耍耍贫嘴"，我非跟他拼不可。

自然，更重要的还是我作为相声演员得先自重，要让听众觉得相声不简单，不仅仅是逗乐。这里有学问，有机智，有艺术。

一说"艺术"，有人也许会以为说相声的上台非得唱一通不可，而且最有把握赢得观众掌声的，是唱。我生就一副破锣嗓子，没这本事。即便我有金色的歌喉，我就要么说相声，要么去参加歌唱团。从头唱到底（一个点，另一个唱；要么两人对唱）的相声，我不说。那种相声估计倒好编：反正把相同题材的歌曲（或戏曲）串起来就成。我不愿意说这种相声，因为它抹煞了相声这门艺术的基本功：说与逗。有好嗓子的相声演员在必要场合穿插一些唱词，我拥护。可我不喜欢那种以唱为主，甚至从头唱到尾的相声。这一趋势发展下去，肯定不利于这门艺术的发展前途。

有些相声靠动作（如推推搡搡或作揖叩头）来赢得掌声。首先，这种相声只适宜在台上说，或在电视荧光屏上放映，而不适于广播。匣子里阵阵笑声，可你丝毫不知道在笑些什么，真令人沮丧！况且靠动作的笑料很难说是上等的。

我认为相声得首先把功夫用在语言上。相声的真正学问也在这里。如何把话说得俏皮，说得有楞有角有刺儿。说得话里有话，叫你听了，好像心窝里有什么在挠，那才是上乘的。

当然，要求每台相声都说成这样，是不可能的，正如即便是文章大家，也未必能做到篇篇都是精作。但我认为这样（而不是靠胡闹，靠唱）才是相声应当追求的境界。

心肝的位置

赵 牧

　　清代大学者俞正燮通经史百家，尤擅考据，但对人体构造近乎无知。他曾读西著《人体解剖学》。该书云，人之心在左，肝在右。读到此他"恍然大悟"地在《癸巳类稿》中写道：东西方人的心肝位置原来不同，难怪传教士在中国传教行不通。

　　这故事已够可笑，其后的叶德辉就更逗了。他著《西医论》说："西人论胎儿也，谓儿在母腹其足朝天，其头向地……中国则自生民以来，男女向背端坐腹中，……是知华夷之辩，即有先天人禽之分。"

　　早在数百年前，文艺复兴时期的巨匠达·芬奇、米开朗基罗都解剖过人体，更早的古希腊裸体竞技运动造就了人体雕塑艺术的辉煌，将之与我们"长袖从风"、"缠头裹足"陋史相比，就不难明白学富五车的大学者因何搞不清楚心肝的位置了。

　　话扯远点，中医历来讲"望、闻、问、切"，但旧时郎中给大户闺秀治病，望闻问切中的"望"通常是要免的。医生搭脉（就是切）也很麻烦，不仅帷幕相隔，更甚的是有时还得用金丝线一头拴在病人腕上，一头捏在郎中手里，那郎中居然也能就此诊断，开方。这情景很容易使人联想到今天的心电图、脑电图一类，说不定后者还是受前者的启发哩！

当然，中世纪的西人也曾愚昧得可以，所以后来有这样的讥评：高台之上聒噪不休的"教授"不比一个屠夫懂得更多。以阿Q"咱祖上也曾阔过呢"的实情而论，历史上最伟大的解剖学家，恐怕还要数庄子笔下的庖丁，那"以无厚入有间"，"莫不中音，合于桑林之舞，乃中经首之会"的艺术刀法，今天最著名的外科大夫怕也望尘莫及。

时代在进步，生理学上的心肝位置对于今天的国人已不成问题。不过，伦理学上的"心肝"何在？常常还是个悬案。

比如，曾于某杂志上骇然读到：某"功"号称弟子三千万，该功开山祖师拿弟子们孝敬的学费大兴什么土木工程，其麾下不但云集大小不等的干部和科技人员，贴身弟子中一高级工程师竟为这劳什子工程，母病危而不归家尽孝，最后其母独死家中。文章居然对此"奉献精神"大加称颂。

连贴身弟子母亲性命都不能救，可见神功之伪诈，心肝何在了。若三千万弟子均是这般忠心耿耿，何愁不能南面称王、北面称霸，想想确实可怕。

洋人的膝盖和女人的马桶

雷 颐

中国传统向以"天朝上国"自居，以为自己"居天下之中"，外邦不是"狄"就是"夷"，不是"蛮"就是"戎"，总之离中国较近的是被华夏文化教化的"熟番"，离中国较远的是难以教化的"生番"。在这种观念主导下，国人对外部世界的认识非常有限，甚至荒唐可笑。因此鸦片战争爆发时，对"英夷"自然所知无多，也就很难提出得当的应对之策。

在满清大员中，林则徐无疑是少有的开明之士，他对外部世界的认识可以说是当时"先进的中国人"的代表。而从一些细枝末节，便可窥见当时人们对外部世界的认识程度。自从乾隆年间英国来华使臣晋见皇帝拒不行跪拜之礼后，对此便有种种说法。一说英国使臣见到中国皇帝后慑于"天威"，不由自主双膝下跪；另一种说法是洋人的膝盖与中国人不同，根本不能弯曲，所以才没下跪。鸦片战争爆发时，有人想起这第二种说法，信以为真，因此提出"红毛番"虽擅海战，但由于膝不能弯，不擅地面战争，所以中国军队只要多准备些长竹竿即可，两军相遇时用竹竿将英人捅倒，他们便很难爬起来，中国军队自可轻易取胜。这种说法，对林则徐亦有相当影响。当然，他并不相信英国人是天生的膝不能弯，而是他们打了绑腿使然。在战争爆发前夜，他认为"夷兵除枪炮之外，击刺步伐俱非所娴，而腿足裹缠，结束严密，屈伸皆所不便，若至岸上更无能为，是其强非不可制也。"林则徐对外部世界的认识尚且如此，其他人更不难想见。如当时的名将杨芳，因多次镇压农民起义和边乱而被封为"果勇侯"，于1841年作为参赞大臣随靖逆附将军奕山赴广州防剿英军。他到广州后，认为英舰在水上浮行却几乎炮炮皆准，命中率反远胜于清军在陆上固定的炮台，其中定有某种邪术。他相信妇女所用的秽物最能"以邪破邪"，故想出妙计，搜集许多妇女所用马桶载在竹排上，在英舰来时出防炮台。结果当然未能"破邪"，炮台为英军所破。当时有人赋诗曰："粪桶尚言施妙计，秽声传遍粤城中。"

"知己知彼，百战不殆。"这是兵家常识，战争双方无不想方设法了解对方的情况。但在近代中国，这条"常识"却不适用，或者说是不准用。

身处与"夷人"作战前线，林则徐当然要尽可能多地了解"夷情"，聘有专门的翻译为他译介有关情况，编译成《四洲志》，对五大洲三十余国的地理、历史、政情作了初步的介绍，这也是近代中国第一部较为系统地介绍外部世界的著作。1842至1843年间，林则徐的好友魏源受林嘱托，在《四洲志》的基础上编成《海国图志》，对"夷情"作了更详细的介绍，特别是对其先进的制造轮船火炮之术，练兵养兵之法，更有专门介绍，并明确提出要"师夷长技以制夷"。鸦片战争，终使林则徐等对外部世界有了初步客观的了解。

但像林则徐、魏源这样为了解敌情而编《海国图志》反而被视为大逆不道，认为"知夷""悉夷"本身就是罪过，"堂堂天朝"岂能去了解那些"蛮夷之邦"？因此他们不得不为这种为"制夷"而"知夷"作出种种辩解，也因为这种不畏浮议、敢于面对现实的勇气，林则徐才被后人誉为近代"睁眼看世界的第一人"。仅仅"知夷"尚且如此，他们提出的"师夷长技以制夷"的政策遭到了更加严厉的谴责。

对现实的回避，其实只能使现实更加严酷。

结果，对中国人具有启蒙意义的《海国图志》在相当一段时间内对中国的影响非常有限，然而这本书传到日本后却在那里产生了极大的影响，短短几年就再版二十九次，日本朝野正是通过这本书对世界大势有了更多的了解。可以说，这部著作对日本明治维新的发生起了相当重要的作用。一部旨在启发中国改革的著作，在自己的祖国备受冷落，却在异邦大受欢迎，启发了异邦的改革，并反过来不断侵略中国，这不能不说是历史的讽刺，是中国的悲剧。

在随后的岁月中，"师夷长技以制夷"这简单几个字一直引起激烈争论，但双方对"制夷"这一目的则并无异议。所以这种种流派不论彼此攻讦如何激烈甚至于你死我活，无论是坚守"夷夏之防"还是主张"彻底夷化"，目的却都是为了"救国"，因此本质上都可归于广义上的民族主义。但不无遗憾的是，人们往往只将那些严守"华夷之辨"、反对"师夷长技"者视为爱国；对"师夷长技以制夷"，则抹去其"制夷"的目的然后便扣以"变夷"、"媚外"、"崇洋"、"卖国"、"殖民"等大帽，使其居于道德/政治的绝对否定性境地和劣势地位因而最多只有招架之功，进而自己再倚道德/政治的优势地位对其作义正辞严的攻击或批评。这样，在近代思想概念的流变中，所谓"民族主义"便常常带有相当程度封闭排外色彩，实际应称为"狭隘民族主义"。近代历史表明，这种"民族主义"却偏偏又对中国真正的繁荣富强起了巨大的阻碍作用，实际误国匪浅，为害甚烈。对此应有清醒的认识和相当的警惕。其实，近代中国的些微成就、终未亡国，恰是那许多承认洋人的膝盖和我们的一样可以弯曲、女人的马桶并不能"避邪"，因此在不同时期、不同程度地主张"师夷长技"的有识之士不惜负重谤而努力奋斗的结果。

一句笑语

张雨生

在烟台、威海、青岛等地采访，听到一句笑话，说谁家闺女懒散、懈怠，不求上进，父母亲便训斥说："你只配嫁给干部。"这种训斥，我没亲耳听到，但同我讲这句笑话的，却不只一位。回到北京，说起这件事，刚从福州、厦门采访回来的同事说："这句笑话，在南方也传开了。"尽管笑话归笑话，但其讽刺意味，不能说没有社会性。多年来，机构臃肿，冗员难裁，人浮于事，工作拖拉，给人们的印象并不好。而在沿海，改革开放较早，观念变化很大，官本位思想较之过去，较之内地，已经淡薄多了。面对这种情况，政府机构不转变职能，干部不转变作风，群众对此讲出这样与那样的笑话，也就不足为奇了。

记得几年前，报纸不断登出文章，呼吁淡化当官心理。为什么久呼不应，成效甚微？按照心理学观点，当一个兴奋点处在高潮时，要抑制它，最好的法子，是依靠另一个兴奋点的勃起。那么，能不能找到新的兴奋点，来抑制当官心理呢？不当官，就得去干别的。当作家、教授、研究员？还没有这些本领。去当工人、农民、服务员？又不想这么做。要淡化当官心理，没有别的取而代之，那是很难淡化的。精简机构，年年讲，处处讲，从上讲到下，从下讲到上，一直没有多大收效。据有关部门统计，目前的党政机关要消肿，至少要裁员500万。

改革开放，终于使人们看到了新的希望，经济建设的主战场，成为吸引各种人才的强烈兴奋源。许多机关干部，乃至领导干部，试探着走出政坛，到生产和经营的第一线去显身手。

浙江省东阳市有位副市长叫许尚炎，倦于日理万机，决心下海，辞去副市长，到本市所辖的一家镇办企业任总工程师。离开领导岗位去基层，甘为下属的下属，曾为许多人不理解，但他觉得如鱼得水，真正能施展才干。在许尚炎的带动下，东阳市已有45名机关干部到乡镇企业工作。该市的书记对一位镇办企业的总经理说："给你100个机关干部，怎么样？"这位总经理笑笑说："那我得看看，是否对我都有用。"昔日，乡镇企业仰视机关；如今，机关干部要去乡镇企业，人家还要挑一挑哩。

在日本，曾有一种说法：第一流的人才办企业，第二流的人才搞科研，第三流人才从政治。这概括不一定准确，不同领域的人才，能力不同，作用不同，很难相互比较。不过，日本经济发达，有一大批世界一流的企业，却是事实。办世界一流的企业，没有一流人才显然不行。我们呢，以官为尊，以做国家干部为荣，第一流人才争着涌进领导班子，涌进党政机关，即使在企业的，还要套上相应的官衔级别。这种观念显然是陈旧的，这种做法必然要受到时代潮流的冲击。如今，在沿海地区，在经济发达地区，情况正在改变。许多人才走出机关，办企业，搞经营，直接投身经济建设大潮。目前，政府机构改革逐步明确方向。转变职能，强化服务，走"小政府、大服务"之路，必然要有一大批机关干部分流出去。这是时代的使然，潮流的使然。过去分流不出去，是那时还没有一个领域，能像今天的经济建设的主战场那样，有着这么强大的吸引力。

面对时代潮流的变化，身在领导岗位的，更应该淡化官本位意识，强化事业心，改变工作作风。有条件的，还要走出机关，到生产和经营的第一线去。如果不识时务，自神其位，自神其术，群众会愈来愈不买帐。沿海地区流传的这句笑话，应该看作是新时代新潮流所显露的一个端倪。

以不妨碍别人为度

李子云

这几年，一到夏天，我就感到惴惴不安。我既害怕各种莫名其妙的噪声的出现，更担心那突如其来的乐声大作。因此，心情经常处于烦躁紧张的状态之中。

这些让人难以忍受的声音大多来自邻近的建筑工地，和近几年开始普及的音响设备和进入家庭的卡拉OK，此外就是豪华汽车上的立体声收录机。设备越高级，其功率越大。而且音量不开足，则不足以显示音响的效果。于是经常出现劲歌与摇滚乐狂轰滥炸的局面。冬天大家门窗紧闭，声音经过消减，虽也不免让人心烦意乱，尚可勉强忍耐。夏日门窗洞开，全无遮拦，各种噪音一涌而入，使得伏案工作的知识分子顿失思考能力，真是苦不堪言。在忍无可忍的情况下，我曾两次循声探寻噪音来源。一次发现声音来自停在门前窗下的一辆超豪华尼桑车上。司机将两边车门大开，仰卧其中欣赏美国摇滚乐。我极其客气地请求他能否关上车门减小音量。这位年轻司机十分通情达理，立即应允照办。另有一次追踪到对面一座楼里，这家人家是靠"文革"中去世的亲戚落实政策发了横财，不但以"音响"骚扰四邻，每夜还以摩托车声惊醒全弄。当我提出"予以照顾"的请求之后，尽管房主面现不耐之色，但也随手减小了音量。但前年以来，卡拉OK进入家庭，在我们弄里，它最先落户的自然又是这家人家。于是，在乐队、歌星的演唱之外，还招来一群红男绿女的引吭高歌。说老实话，再高明的混响器也无法掩饰歌者的荒腔走板、声嘶力竭，令人更加难以忍受。随之不久，又有两家邻居购置了家庭卡拉OK播放机。几个周末，此起彼伏，闹到半夜。我自然不会再上门去讨没趣，因为这类请求无需一而再地提出，况且噪音来自多家，更是"众"怒难犯。

对于某些餐馆、咖啡厅大力推广卡拉OK的做法，我也绝不欣赏。我曾写过一篇题为《卡拉未必OK》的短文表示我的反感，尽管后来有人说"卡拉就是OK"、"卡拉永远OK"，但我仍然认为这种所谓"自娱"方式是建立在骚扰别人的基础上的。大部分登场演唱者歌不成调，强制别人接受，岂非在公众场合制造噪音？

当然，我可拒绝进入那些不堪其扰的场所，在这一点上我尚有自主的权利。但是，我却无法回避里弄中吼叫之声的骚扰。

随着人们收入的提高，新的娱乐方式不断出现，公众道德就显得特别重要。无论争取什么样的"自娱"或"共娱"方式，都应以不妨碍他人为度。人们应该知道在什么场合声音不应超出多少分贝。噪音是一种公害。在发达国家，如果超出允许范围，受害者就可以法律手段加以解决。我不知咱们国家关于噪音有无立法。对于习惯于喧哗而又缺乏公德心的中国人来说，也必须以法律手段禁止噪音污染环境，危害别人。

有些冷饭宜炒炒

严　秀

　　冷饭，一般说可以不必拿出来炒了，有的却不然，表面上似乎冷了，其实并未冷透，有些人的脑子里装的还是这些东西（文字上、口头上当然要变变，不过内容实质没有变）。这里就举个例子说说。例如，30年前在中国闹得人仰马翻、昏天黑地地折腾了二十几年的那个所谓"富则修"论及"三和一少"罪行问题，就很值得再谈谈，既有趣，又重要。按照传统理论，苏联垮于这些东西，总得叫做复辟资本主义或"修正主义"。有些中青年人会以为我闲得无聊，在这里"闲坐说玄宗"了，那也是无可如何的事，说玄宗就说玄宗吧。

　　前两三年中国姓"资"姓"社"问题大起与苏东问题出来之后，有些人就开足一切机器，放下经济建设中心不谈，放下改革开放不谈，日日夜夜地大叫要加强"反对和平演变"的斗争。它的内容是什么？无非是陈年宫廷秘方，强调"加强无产阶级专政"，特别是"加强意识形态领域里的专政"罢了。

　　退回到资本主义去（按：中国本来就没有多少资本主义，实际上是无多少"辟"可"复"的，此处按习惯这样讲），当然是必须防止和反对的。但反对的方法决不是用"加强阶级斗争"的宫廷秘方所能奏效的。按照那个"秘方"办事，说穿了只有两个字：暴力。越使用那秘方，就越与人民对立。那些极力主张加强"专政"的人，除了推动一个国家早日垮台之外，不可能产生别的结果。有些强调"加强专政"的人，说穿了就是要加强某些掌权人的"专政"，与无产阶级何干？哪个无产阶级参与过这些人的"专政"？（对各种刑事犯，尤其是重大的刑事犯当然要加强专政，人民的广泛责备是对这些罪犯的专政太不够了。）

要巩固社会主义，根本的是要得民心，而要得民心，中心一环就是要不断发展经济，以求加强综合国力和改善民生，而不是依靠加强暴力专政。

再回头说说上面提出的例子吧。从五六十年代之交的那几年，也就是激烈地开展"国际反修"的那几年起，就很流行一个说法，叫做"穷则变，变则通，通则富，富则修"，"修"的含义是指退回到资本主义去。以后又慢慢的把这一套归纳为一个所谓"三和一少"的公式。据说，这是赫鲁晓夫制造出来的万恶之源。

可惜几十年的历史事实，证明这些都不过是信口开河的无稽之谈，完全与事实不符。

苏联强则强过，却从来没有真正富过。这似乎有点像天方夜谭，不富能强么？其实，这么说一点不错，苏联长期以来是以人民的贫穷来换取国家机器的强大的。长期以来，他们把国家财富的很大一部分都投进扩充军备、加强内部镇压机器和输出"革命"这些无底洞中去了。至于他们广大人民的生活水平之低，尤其是农村人民的贫困，则是举世皆知的。

只要稍微正视一下苏联几十年的历史，就可发现苏联始终没有走过什么"穷则变……"的道路。斯大林当然不会变，他只会越穷越宣布社会主义的全面胜利。赫鲁晓夫上台后想变，但此人有胆无识，只会乱变，有的越变越糟，如农业（发生过与中国有某些类似的错误，此处不能叙述）。夺赫氏宝座的继位者勃列日涅夫，以一个罕见的庸才，而且是在世界巨大变动的历史时期，竟躺在原子弹上统治了苏联达20年之久，他得的勋章超过了十月革命以来的任何苏联人，这笑话可列入《吉尼斯世界纪录大全》了。他的变，一是大大发展霸权主义，二是逐步恢复个人迷信的神话。戈尔巴乔夫上台后想大变，此人同样有胆无识，并且想用投机取巧、哗众取宠的办法来取得威信，一上台就大吊"公开性"与"多元化"，所用药方，南辕北辙。苏联的那个内幕能"公开"么？苏联已经四分五裂的政治现状能"多元化"么？还不是闹到垮台了事。

那么，苏联又搞过"三和一少"没有呢？答曰：绝对没有。要是真的长期搞了这些政策，那么今天他们就不会垮，而且情况可能还相当好或非常好，因为苏联是资源丰富而又很有人才的。"三和"说的是"和平竞赛"、"和平过渡"与"持久和平"(即赫鲁晓夫强调的"战争不是不可避免的");"一少"则是指责苏联援助外国的"革命"太少。

可是实际上苏联的掌权者干的事情正好与"三和一少"相反。不信就看事实:

——和平竞赛。苏联根本上在搞军备竞赛,而把人民的生活利益摆在一旁不顾。结果是耗尽国力,不顾民生,军备上升,人心下降,终至于不可收拾。

——和平过渡。他们自己根本就不相信。实际干的则是四面出击,到处支持武装夺权,其结果是十之八九都遭到了惨之又惨的失败。

——持久和平。多年来他们到处发动局部战争,或通过他人之手,或自己直接动手(如在阿富汗),目的都在抢占战略要地,同美国争霸世界,哪里有一点争取"持久和平"的影子呢?

—— 一少,少援助外国革命的问题。实际上不是太少,而是太多太多。到处包打天下,干尽"输出'武装革命'"与"武装'输出革命'"的蠢事。

我们不能不问:如果在社会主义制度下,富了就一定要"修",这岂不是说社会主义只能创造"穷",而只有资本主义才能创造"富"吗?荒谬至此,夫复何言!

社会主义必须富,而且要比资本主义富得快才行。除此以外,别无任何其他出路。至于"三和一少",正是我们应该长期采取的政策。苏联不用,失败了,我们就应该真用。只是对于"一少"要有正确的理解,凡该援助的仍应该援助,不过要量力而行,不要专门干那种"赔本赚吆喝"的事就好了。

与民同乐　深入下层

牧惠

宣和元年，秘书省正字（国立图书馆低级校对）曹辅竟敢上书对宋徽宗经常坐着小轿到外面游乐这件事提出批评，当然被王黼拿去严加审问："生活难道是这样的吗？"坐在一旁听审的都说从没听见过这类荒诞谣言。曹辅不肯见台阶就下，检讨自己轻信政治谣言，仍然说确有此事，而且满世界老百姓都知道。王黼大怒说："不从严惩处，就无法平息政治谣言。"于是发配他到郴州交地方管制。

看来，要不是政治谣言早已传播全国，就是严惩曹辅也无效，包括宋江、吴用在内远离东京的人都知道李师师的孤老之一是宋徽宗。当然，王黼这样做仍然是正确的，必要的。为了平息政治谣言，宋徽宗也相应地挖了一条从宫中直通李师师家里的通道，想来就来，想走就走。这一点，《水浒》是写到了的。

其实，皇帝进妓院或同妓女一同玩乐，未必就是昏君的证明或发昏的原因。

从历史上看，喜欢玩妓女的皇帝有好有孬。南唐的大诗人李后主李煜，后蜀主孟昶，清朝的同治皇帝都嫖过妓女，他们不是亡国之君，就是得花柳病而死，说不上是英明君主；但是，齐桓公是个人物了吧？他也是喜欢到宫外面去嫖妓的。区区小节，何足道哉！

而且，作为皇帝，他大可把李师师招到宫中，升为贵妃，根本没有必要偷偷摸摸地从地道来往。之所以如此，我看大有与民同乐、深入下层的用意在。

不少人都知道，李师师的孤老，不止宋徽宗一人。其中有一位诗人周邦彦，似乎更讨她喜欢，以至于惹得宋徽宗醋意大发，把周邦彦撤职并注销他东京的户口。周邦彦出京时，李师师同圣旨对着干，居然给他送行，让嫖客宋徽宗在李师师家里直等到天黑。李师师回家时仍"愁眉泪睫，憔悴可掬"。这一来，感动得宋徽宗收回成命，这就很有平等待人的风度。在历史上，这种君臣同在妓院里闹三角恋爱的佳话，不止一桩。宋宁宗、韩侂胄同时爱上女冠即以女尼姑为身份的妓女曹氏姐妹，关于他们如何争风吃醋，我还找不到材料。南齐明帝同太子洗马到捻争夺妓女陈玉珠，到捻硬是不肯退出，气得齐明帝让人给他诬加上一桩罪名。李自成、吴三桂争夺歌妓陈圆圆，那结果是"痛哭三军皆缟素，冲冠一怒为红颜"。有人甚至说，要不是这一怒，李自成会当稳皇帝。雍正皇帝喜欢一位名伶，不断召她进宫演戏，御史某某接连上书三次用大名目批评雍正。雍正的特务网哪能连这位名伶同御史的关系都不知道？于是御批：你想沽名钓誉，打三次报告已足够了。如果再唠叨，我杀掉你。狗吃骨头，人夺之，岂不恨！对比一下，宋徽宗哪点比不上他们？

再说，如果不到李师师家，他又怎会从燕青那儿知道"宋江这伙，旗上大书'替天行道'，堂设'忠义'为名，不敢侵占州府，不肯扰害良民，单杀赃官污吏，谗佞之人，只是早望招安，愿与国家出力"，和高俅、童贯怎样背着他捣鬼呢？可见，皇上深入妓院，未始不是冲破"奸臣闭塞贤路"的好办法。后来宋徽宗继续受蒙蔽，受招安的好汉一个个得不到好报应，多半是由于李师师收了摊之过。

真和尚，假和尚

牧 惠

　　鲁智深在五台山当和尚后，大醉两次，打坏了金刚，弄塌了亭子，搅得众僧卷堂大散，还打伤了人! 被认定是犯了清规戒律，"罪业非轻"。为了照顾赵员外的面子，智真长者从轻发落，写介绍信让他去东京大相国寺种菜，虽未彻底除名，也同除名留用以观后效差不多。

　　长老给鲁智深摩顶受记时，曾告诉他和尚的"三归"、"五戒"。所谓五戒，是戒杀生，戒偷盗，戒邪淫，戒贪酒，戒妄语。用这五戒来衡量，鲁智深确有犯戒之处。特别是戒酒这条，他受戒后不久就一连犯了两次，后果不好，而且很难保证不再犯。但是，首先值得研究的是这五戒的极不确切。即以杀生而论，就得具体分析杀的是什么"生"。像郑屠那样的恶霸，你不杀他，他就要害杀金翠莲；瓦官寺那样的胖和尚崔道成和道人丘小乙，又哪能不杀? 在去大相国寺途中，鲁智深把小器夯夯的李忠、周通的金银酒器卷走，你又能说他犯了偷盗一戒?

　　更重要的是，"三归"、"五戒"云云，对于和尚来说，充其量只不过是一些皮毛的要求。"佛老，华言觉也，将以觉悟众生也；其教以修善慈心为本"，"故贵于行善修道"。通俗点说，佛教提倡要点是救济众生，像太阳一样普照大地。三拳打死镇关西，救出金家父女；大闹桃花村，解救刘太公父女；火烧瓦官寺，为地方除一大害；大闹野猪林，使林冲免遭杀害……桩桩件件，哪一点不是佛教要求做而芸芸众生的和尚未必肯做和敢做的善事？形貌粗鲁，菩萨心肠，这就是鲁智深。难怪李卓吾赞他"仁人，智人，勇人，圣人，神人，菩萨，罗汉，佛"。

"做一天和尚撞一天钟"，"歪嘴和尚念坏经"，似乎只要会撞钟、念好经，就是和尚。当然，同那些"劳人力于土水之功，夺人利为金宝之饰"，"待农而食，待桑而衣"，"穷我天下"甚至为非作歹，靠出租田地、开当铺或其他手段（南北朝时梁帝萧衍，玩出家当"和尚"、让大臣们每次花钱一亿万把他"赎"回来的闹剧，一连玩过四次）敲榨勒索的和尚比较起来，老老实实地敲钟、念经，总还算差强人意。但是，这敲钟、念经却是对人类毫无好处的瞎折腾，何况念经者中又确有歪嘴和尚乎？

多半出于作者或鲁智深本人让和尚们出洋相的动机，鲁智深被发配到大相国寺种菜时，曾经闹了一下情绪，觉得管菜园太大材小用了，至少也得让他当个都寺、监寺才好。知客（相当于接待处长吧？）开导他说，管菜园的菜头，是"头事人员，末等职事"，只要好好地干下去，有希望由菜头而塔头、浴主一直升到监寺。不仅"给出路"，而且有盼头，如此等等。其实，像鲁智深那样的人，才不在乎什么头衔、官职，要不然，他何不安安稳稳地当他的提辖，而去多管闲事打杀镇关西？倒是知客在做思想工作中道破了僧寺的内幕，和尚的真心：敲钟也好，念经也好，其目的在于混年头，一级一级地往上爬。在这方面，往往歪嘴和尚比正嘴和尚混得还要好，升得还要快。既然都是假的，当然越假越好，越歪越值钱。鲁智深骂他们为"秃驴"，金圣叹调侃道："公有发耶？"其实，要点在驴而不在秃。鲁智深的佛性，并不是剃头剃出来的。

作家和"8"及其他

何 苦

　　讨口彩, 应该算作中国人的发明。新修订的《辞海》中是否增补了"口彩"条目, 我没查过。旧时候的读书人, 吃饭时倘若筷子落地, 便要连连惊道"及第(地)! 及第!"落地(第)可是万万要不得的。托洪福于口彩, 古已有之, 于今为烈, 堪称"国粹"了。

　　三年之前, 为了"8"、"发"谐音的口彩之争, 报纸上曾经也你褒我贬的, 热闹了一阵, 结果还是以贬者胜了之。三年后的现在呢? 拍卖带"8"字的汽车牌照、电话或门牌号码, 价值连城, 趋之若鹜。至于选择在有"8"的日脚老店新开、新店挂牌, 更是可以堂而皇之、财大气粗地在报上以整版的篇幅广而告之了。山中七日, 世上千年矣, 好喋喋不休的穷酸文人, 从今往后还是免开尊口的好。一管如椽笔在握, 活到88岁, 你又能怎样呢?

　　沙汀和艾芜, 两位都是文坛宿将, 同为省作协名誉主席, 且又皆登88高龄, 前者还是"27"年那一辈的"老革命"。一个双目失明, 病疾缠身; 一个也是垂垂老矣, 心病难愈。两人却因为没钱支付医药费而都将被"请"出医院病房。这条坏消息偏偏刊登在8月18日这个所谓"吉祥"之日的报纸上, 这样一桩实实在在的坏事儿, 恰恰发生在两个已届鲐背之年、德高望重的长者身上。而88岁, 该是与那个"发"再和谐不过的吉祥之岁了吧? 读了这条新闻, 我脑子里除了感觉一片茫茫之外，亦便是茫茫一片。即便沿波讨源，夫更何言！

报道说，沙、艾二老所在的作协，能开支医药费的"存折"里只剩下1000块钱了。然以我之见，这并不是两位老作家之何以将被"请"出医院的关键所在。像前不久的唐弢先生之"不治"而逝，再如十年前王国维、梁启超的大弟子谢国桢先生，因某些人的"疏忽"而过早离世。痛定思痛，对待这些贡献卓著的老人，口口声声以"国宝"誉之，姑且不论珍护，仅连起码的尽心尽责也做不到。又何论对青年学子的奖掖而不使人才"流失"呢？

"九丐十儒"已非危言耸听，文人"下海"玩股票、经商，毕竟也不是摆脱"文人与穷"话题的普遍可行的"捷径"。说到底，沙汀与艾芜之将被"请"出医院这条新闻所给予我们的启思，便是这个世俗的社会实在太需要看得见摸得着的实惠来安抚急功近利的心灵了。而在这样的现实面前，像艾芜老的那部巨著《南行记》，既难成为社会之精神救药，当然亦成不了他老先生自己的救药了。这也就像不久前的那一趟"龙年"，报纸上"话腾跃"的讨口彩文章大概太多，连龙王爷都厌恶得不耐烦了，于是，此地甲肝流行，彼地坠机翻车；在端午观龙船的"胜地"，不少人去见了屈原。可迷信于"口彩"的人们，照样又虔诚地祈愿第二年的蛇神不要再降祸于斯民。可偏偏那个有怨有仇的白娘娘不去找法海算账，却喜欢寻老百姓开心，遂洪灾施虐。寄希望于荒唐而虚无飘渺的"口彩"，这样的人连自己的心灵都拯救不了，你能相信他们还会成就什么大业？沙汀、艾芜两位老作家的遭遇，便正是对这种迷信的绝妙而辛辣的讽刺。沿门托钵，和瞎子算命，如出一辙。一个真正的文人，不会相信瞎子算命。而沿门托钵，倒是有的。那是过去，也绝少。现在呢？我是没有见识过，也不想见识。

关于道德问题

于 坚

　　我外祖母在70岁的时候得到了一张奖状,是居民委员会发给她表彰她做好人好事的。当时我们十分意外,不知道外祖母做了什么好事,外祖母是文盲,很少参加居委会的政治学习,一贯表现应该说是落后的。外祖母自己也不明白,她说她天天在院里呆着,没做什么好事。后来一打听,才知道,原来表彰的是她几十年如一日地打扫我们住的这个院子的卫生。每天,外祖母都是这个院子起得最早的人,她一起床,就抹桌子、扫地,先把家里打扫得干干净净,亮亮堂堂;然后就用一把细竹枝扎的扫帚打扫大院。这个院子相当大,要打扫干净,每天得一个多小时。外祖母每天6点钟开始做,到7点过,院子里的人纷纷起来,总是看见她在打扫院子,对此事早已习以为常。不知道是谁好事,在这件事持续了10年之后(也就是我们一家搬到这个院子里来16年),向居委会报告了。外祖母于是成了好人好事。外祖母拿着奖状,让我把上面的字念给她听,不知所措了几分钟,就把这张奖状搁到床垫底下压起来了。她并不知道这样一张奖状意味着什么,也不明白这与她的日常生活(扫地)有何关系,这件事她的母亲做过,她的姐妹们做过,勤劳难道不是天经地义的么? 她继续"黎明即起,洒扫庭除"直到去世。

　　中国有着长久的儒教传统,有许多东西,对于中国老百姓来说,已经不仅仅是什么为人原则、大是大非,而是天经地义,是一个人的常态,一种日常的生活规则，一个人和兽最基本的区别。例如：幼吾幼以及人之幼、老吾老以及人之老；以善先人者，谓之教；此亦人子也，可善遇之；勿以恶小而为之，勿以善小而不为；礼义也者，人之大端也；先天下之忧而忧，后天下之乐而乐；事父母能竭其力；见义不为，无勇也；不义而富且贵，于我如浮云；公事不私义；鸡鸣而起，孳孳为善者，舜之徒也……这些都是中国伟大的圣贤在几千年前就说过的，这一切早已渗透在中国人血液中，成了中国社会的常态，人的基本责任，像空气一样的文明。但到了20世纪某个时期，忽然把这些都视为垃圾，"极左"年代的道德升华，更是把中国文明的某些常态的部分，形而上抽象升华到大是大非、榜样、光荣、奖励、政治化的高度。其后果是，大众一方面与传统道德处于断裂状态，一方面对道德说教产生了逆反心理，而这种逆反又缺乏健康的道德来寄托，对道德政治化的反驳，是用非道德化来反驳，也可以说是以兽性来反驳。都说五十年代道德风气好，我看恰恰是由于传统的惯性还在起作用。但"文革"却彻彻底底将伟大的中国文明降到了最低级的水平。已经荒唐到这种地步，有人在路上扶了老人一把，就是其他人的榜样。有人拣到钱包，交给有关部门，就在晚报的第一版表扬，好像这个国家人人都爱钱如命，拣到个钱包上交已经类似"国难识忠臣"了。古代有动用国家舆论工具表彰拾金不昧的"壮举"的例子么？甚至，公职人员不接受行贿，医生不收红包，学生上课不迟到，尊敬老师也成了需要表彰奖励的美德。"公事有公利，无私忌"（见《右传·昭公三年》），先人早就说，这是本职，不是什么应该大力表扬提倡的。在公共汽车上给老人孕妇让座，应该是尽人皆知的品德吧？道德水平已经到了不作恶就是君子，干好本职工作就是圣贤的地步了吗？古代中国君子的尺度要高得多，至少得"留取丹心照汗青"吧。现在要当个君子太容易了，行点小善，拾金不昧罢了。

　　道德重建，重要的是将道德作为人在世界上的基本责任而不是人的终极目标。是如何做人，而不是做什么人的问题，其教育方向应该是：如何做。例如，教育孩子，不是教育他好孩子要尊敬老人，而是具体地教育他们，在车上，遇到没有座位的老人应当做什么；在街上，遇见小偷应当做什么。这些所谓"好人好事"的目的不应该是为了好而做，而应是作为人的基本准则而作。这样做是一个孩子的基本责任，而不是他的非常责任。这样做应该像鞋带散了再系起来一样自然、日常而普遍。

名人和明星

周国平

我们这个时代似乎是一个盛产名人的时代。这当然要归功于传媒的发达，尤其是电视的普及，使得随便哪个人的名字和面孔很容易让公众熟悉。风气所染，从前在寒窗下苦读的书生们终于也按捺不住，纷纷破窗而出。人们仿佛已经羞于默默无闻，争相吸引传媒的注意，以增大知名度为荣。古希腊晚期的一位喜剧家在缅怀早期的七智者时曾说："从前世界上只有七个智者，而如今要找七个自认不是智者的人也不容易了。"现在我们可以说：从前几十年才出一个文化名人，而如今要在文化界找一个自认不是名人的人也不容易了。

一个人不拘通过什么方式或因为什么原因出了名，他便可以被称作名人，这好像也没有大错。不过，我总觉得应该在名人和新闻人物之间做一区分。譬如说，以批评的名义诽谤有成就的作家，这类行径固然可以使自己成为新闻人物，但若因此便以著名学者或著名批评家自居，到处赴宴会，出风头，就未免滑稽。当然，新闻人物并非贬称，也有光彩的新闻人物，一个恰当的名称叫作明星。在我的概念中，名人是写出了名著或者立下了别的著名功绩因而在青史留名的人，判断的权力在历史；明星则是在公众面前频频露面因而为公众所熟悉的人，判断的权力在公众，这是两者的界限。明晰了这个界限，我们就不至于犯那种把明星写的书当作名著的可笑错误了。

不过，应当承认，做明星是一件很有诱惑力的事情。诚如李白所说："千秋万岁名，寂寞身后事。"做明星却能够现世兑现，活着时就名利双收，写出的书虽非名著（何必是名著！）但一定畅销。于是我们就不难理解，为何许多学者身份的人现在热衷于在电视屏幕上亮相。学者通过做电视明星而成为著名学者，与电视明星通过写书而成为畅销作家，乃是我们时代两个相辅相成的有趣现象。人物走红与商品走俏遵循着同样的机制，都依靠重复来强化公众的直观印象从而占领市场，在这方面电视无疑是一条捷径。每天晚上有几亿人守在电视机前，电视的力量当然不可低估。据说这种通过电视推销自己的做法有了一个科学的名称，叫做"文化行为的社会有效性"。以有效为文化的目标，又以在公众面前的出现率为有效的手段和标准，这诚然是对文化的新理解。但是，我看不出被如此理解的文化与广告有何区别。我也想象不出，像托尔斯泰、卡夫卡这样的文化伟人，倘若成为电视明星——或者，考虑到他们的时代尚无电视，成为流行报刊的明星——会是什么样子？

我们姑且承认，凡是有相当知名度的人均可称作名人。那么，最后我要说一说我在这方面的趣味。我的确感到，无论是见名人，尤其是名人意识强烈的名人，还是被人当作名人见，都是最不舒服的事情。在这两种情形下，我的自由都受到了威胁。我最好的朋友都是有才无闻的普通人，而这世上，多徒有其名的名人。

名声永远是走样的，它总是不合身，非宽即窄，而且永远那么花哨，真正的名人永远比他的名声质朴。

说 "玩物丧志"

朱铁志

"玩物"而"丧志",向来是令人不齿的。依香偎玉的蟋蟀皇帝,斗鸡遛狗的无聊官宦,提笼架鸟的八旗子弟,都是玩场上的高手。春秋时的卫懿公无心政务,热衷养鹤,雅倒是够雅的,结果怎么样?不仅丧志,而且丧国。精于琴棋书画的宋徽宗,也是这样一位不争气的家伙。虽然他们转眼成了昨日的垃圾,沦为文人雅士茶余饭后的谈资,但"玩物丧志"一说,并未随着"丧志"的"玩主"一起,成为历史的陈迹。

然则细查"玩物丧志"的底里,其实大可怀疑。世人所谓"玩物丧志"者,往往视"玩物"为因,断"丧志"为果。一条光明磊落的汉子,因为迷恋花鸟虫鱼、琴棋书画,沉湎其中,不能自拔,终至荒废正业,沦为百无一用之徒,这样的例子史不绝书,仿佛愈发证明了人们见识的不谬。但在我看来,总有倒因为果、言不及义的感觉。阮籍嗜酒、嵇康打铁,于正业之外,都属"玩物"性质,似乎并未因此丧志。爱因斯坦小提琴拉得倍儿溜,差不多够专业水平,照样弄出相对论。而夏衍、冰心二位老人爱猫如子,遇有记者采访,往往谈及他们的咪咪。以上诸位不仅"玩物",而且颇为成癖,不仅未见"丧志",反而志存高远,成就卓然。

在某种物件上寄予个人的情趣雅好,原本无可非议。同样的看球下棋,有人弄到舍本求末,大学毕不了业;也有人二者兼得,相辅相成。中国人的思维习惯中，缺乏辩证的因素，因而遇有事变，往往于外界寻找借口，不在自身挖掘根源。在人与物的关系中，总是自觉不自觉地把自己摆在"物"的附属地位，将人异化为"物"的奴隶。其实，有志者玩物，山林泉石诗书图画无不可养志怡情、借境调心；而丧志者玩物，再高雅的物件也只能是越玩越糟、俗不可耐。问题不在"玩物"，而在"丧志"本身。正如明眼人所言："物者，天造地设，鬼斧神工，何罪之有？"

　　一个人是否有一份美好的情趣，往往于事业成败、身心康健具有极大的关系。科学家已研究证明，个人趣味的多方面发展，是事业成功的重要前提。而趣味的寄托，当然离不开必要的物质条件，非"玩物"者何以养趣？"学者有兢业的心思，又要有潇洒的趣味。若一味敛束清苦，是有"秋杀无春生，何以发育万物？""倘徉于山林泉石之间，而尘心渐息；夷犹于诗书图画之内，而俗气潜消。故君子虽不玩物丧志，亦常借境调心。"

　　不仅如此，健康的趣味往往还和健康的人格联系在一起。奸佞之徒、宵小之辈，大抵敛迹遁形、毫无趣味，一副兢业勤勉的样子，而内里只有豺狼之心，无鸿鹄之志。所以汤太史云："人不可无癖"，袁石公说"人不可无痴"。"美玉多瑕，奇人多癖。无癖无奇，终非豪杰。"要言之，有志者何惧玩物。无志者纵然清心寡欲，又能成就何样功业？

思索是一把剪刀

沈东子

如果说烦忧的心绪是一团乱麻,那么思索就是一把剪刀。这把剪刀是否锋锐,取决于思索者的头脑是否敏锐。

我们所生活的现代社会,据说正处于连锁性知识爆炸的过程中,爆炸的碎片铺天盖地。那些碎片又叫作硅片,虽说只有手指头一般大小,里面所储存的信息,却相当于一座图书馆。

大地上有密集的高速公路,电脑里有神奇的联络网,后者的密度绝不亚于前者,所载的信息日夜川流不息,无论速度还是数量,都远胜过形形色色的汽车。

这就是我们所生活的现代社会,这就是人类于世纪初所热盼的现代文明。

信息的增多固然是社会进步的重要标志,但是信息的增多同样也会使人心乱如麻,不知所措,因为信息构成网络,同时也构成罗网。

面对各种如流感一般在人群中迅速传播开来的新潮观念,比如男人想一夜之间变成巨富,女人想隆鼻隆胸隆成美人,老者想练出仙功长生不死,青年想离开祖国越远越好……等等,我们时常会陷入困境,不知道是该迎合呢还是该回避?

迎合对自己未必有益,可是回避内心又会倍感孤单。那份苍茫和落寞,就像是站在马路旁的孤独旅人，面对如梭的车辆却不知该搭乘哪一辆。

这时候思索的力量就开始显现出来了。

那些具有思索能力的人，如同手执巨剪的勇士，一路披荆斩棘行进在思想的丛林里，冲破信息的重重乱麻，重见生命的阳光。

若是没有思索这把剪刀，人就会变成一只无头苍蝇，无力地粘在信息的罗网上，等待那只命运的蜘蛛慢慢爬来。

也说豪放

舒　展

　　中央电视台的实话实说，不久前开展了一次有关"东北人要不要继续豪放"的讨论，地点在哈尔滨。我觉得这个题目出得好，有些发言也颇为精彩。我在北大荒生活了18个年头，也想插插嘴，凑个热闹吧。

　　我是南方人，对东北人的豪放一直抱有好感。

　　1949年建国前夕，东北野战军文艺工作者带到关内来的红火泼辣的东北大秧歌，以及那首"东北风啊刮呀刮晴了天"充满豪迈气概的歌儿，给人的印象太强烈了！这样的歌舞与江南的"郎呀郎"软绵绵的丝竹调形成鲜明对照。这股气贯长虹的东北风，随着大军南下，一直刮到武汉、广州和海南。那年头儿，一说东北人，真"打腰提气"呀！

　　第一个五年计划中的156个大项目，东北是重点，到处是热气腾腾的建设大军，大批高级知识分子涌向东三省。东北成了中国工业化的基地，东北人成了社会主义建设的排头兵。以后开垦北大荒，"康拜因"最先在广袤的黑土地上驰骋。东北的煤炭、大豆、钢铁、木材……等重要物资，以及柞蚕、人参、鹿茸……等珍稀商品，源源南下。1959年萨尔图发现石油，大庆成了中国人走自己工业化道路的尖兵。鄙人就是60年代初以支援大庆的名义被发送到东北的。那时关内的不少地方正在闹饥荒，但是东北人对粮票很少斤斤计较，到老乡家吃饭，云豆大馇子管够，与关里的"两两计较"抠抠搜搜截然不同。你要抽烟吗？关东叶子烟，拿一把！别外道！还有"毛子磕"（即向日葵），说着给你塞满一书兜。老乡知道我头上的帽子，一点也不歧视，还说"你寻思右派就那么好当的？没两把刷子，你想当还当不上呢！"当地人戏称我"舒大学"。后来分配到县里工业科工作，受到历届的科长的器重，让我帮他们起草文件、讲话。有一年我家过冬急需燃料取暖，一位同事把自己家新拉回的一车原油（大庆开发初期附近农民都烧这种落地油）无偿地送给我。朋友对心思，喝起酒来不用杯子，一顿可以咕嘟咕嘟干一瓶，那才叫豪饮呢。至于啤酒叫"来一箱醒酒汤！"

我接触过的东北人，多数都坦率、耿直、大器，胸无城府，急公好义，跟这些人一块儿共事，可以心不设防，晚上睡觉，心里踏实。江青被捕的消息，就是一位跟我无话不谈的满族老作家告知我的。

"一方水土养一方人"。人类地域性格的形成，离不开物质基础和精神承传两个方面的相互作用。四百多年来，是擅长骑射的满族和闯关东的汉族穷苦人以及其他少数民族同胞，共同开发了这块广袤的令日俄两大帝国主义垂涎的黑土地。这里，文化教育欠发达，但一弊又有一利，那就是儒家和佛的驯化人的消极影响，比关内薄弱得多；加之气候寒冷，条件艰苦，养成了关东大汉的刚毅顽强、不屈不挠和吃苦耐劳的村野性格。从中不难看到他们先辈——山东好汉的遗传基因。满族清兵入关，又给汉族注入了新鲜血液，北京的大量民俗文化，更可以从满族找到渊源。仅从《红楼梦》中，就可以选出大量的（诸如"作死"、"爷们"、"掰谎"、"秧子"……）东北方言。面对日寇的侵略，最早发出"不愿作奴隶"的吼声的是东北人。我觉得张学良将军的爱国、坚韧、正义感和轻信，可以说是东北人性格的个性化。此外，东北人的乐观幽默，从"二人转"里的那个浪劲儿可见一斑。近年来一批优秀的小品演员出自东北，能说是偶然的吗？

豪放性格之形成，除了历史承传之外，还离不开现代的经济、政治和文化的发展，更离不开对外来文化的吸收，比如哈尔滨、大连的姑娘，从来就漂亮得格外洋气。

好话说了不少，对于不足，我不想为亲者讳。近十几年，与东北同样是在单一计划经济严密束缚下艰难地进入改革开放新时期的其他地区相比较，人家在经济文化方面都走在东北的前面了，甚至大大超过了东北。原因很多，其中，人的综合素质的高低，占有重要的地位。恕我直言，东北在改革开放的几大关口，拉下了几大步，与先进的地区的差距正在拉大；尤其是在宏观大处，显得豪气不足，缺乏具有战略眼光的新思路大手笔和一步一个脚印的韧性。请设想一下，您领导下的大多数老百姓还在温饱线上徘徊，他们到了跟关里朋友下馆子买单之时，想豪放也豪不起来呀。

豪放，不是粗放、虚夸和狂放；豪放亟需向健康、文明和更高层次发展。作为半个东北人，我希望我的第二故乡不满足于现状，在这世纪之交，人才辈出的年代，多出现一些像吉林粮食空前大丰收仓库爆满紧急外调的令国人惊喜的场面；多出现一些像萧军萧红那样充满浩气的大作家；多出几个张家港、三明市这样的文明城市；多出几个王铁人、张志新那样无私无畏的真英雄。末了，不是我埋汰东北老乡，我还希望少出一些从关外流窜于关里，给俺们东北人抹黑，结帮成伙，充满匪气的亡命之徒和刑事犯罪分子。

尊严

赵丽宏

去年秋天，在一架从中国飞往美国洛杉矶的美国西北航空公司客机上，出现了这样一幕：飞机上正在供应午餐。一位中国乘客因患有胃病，无法吃乘务员送来的冷餐，他吃了一点热饭，便请乘务员再供应一份热餐。站在他面前的是飞机上的美国女乘务长，她面无表情地问道："你只买了一张机票，为什么要两份午餐？"一向标榜服务质量一流的这家美国航空公司乘务员竟然会提出这样的问题，中国乘客有些吃惊。他很冷静地解释了要热餐的原因，并说明这是乘客的合理的要求。美国女乘务长那双蓝灰色的眼睛里掠过一丝轻蔑，她冷笑着说："You Chinese always got hungry！"（你们中国人总是饥饿的）中国乘客被这明显的侮辱激怒了，他大声说："你这样说话，是会有麻烦的！"美国女乘务长扭动腰肢拂袖而去，中国乘客愤怒的声音在她身后回响……

在美国飞机上受到侮辱的中国乘客，是中国化工建设总公司的杨秋利。杨秋利没有忍气吞声，为了维护中国人的尊严，他决定诉诸法律。他花了四个月时间和美国人交涉，终于面对面地向美国西北航空公司亚太地区总裁提出要求：美国西北航空公司在中国全国性报纸上公开进行道歉；美国西北航空公司必须处理当事人；赔偿因此事而受到的损失。

我是在前几天早上听上海东方广播电台的新闻时听到这件事情的。那个傲慢无理的美国女人令人讨厌，然而她碰到了杨秋利。我欣赏杨秋利，欣赏他的骨气，也欣赏他的理智。在遇到这样的侮辱时，我相信大多数中国人都会不悦，然而人们在不悦时的反应大概也不会是一样的。龙应台写过一篇文章，题目是《中国人，你为什么不生气》，不读文章，光看这个题目，就使人惊心，也使人共鸣。我在试想，如果在美国飞机上受到这样的侮辱时，其他的中国人可能有些什么反应呢？

其一，可以听而不闻，不去理会她。这样的小事，何必斤斤计较，权当是外国人放了个洋屁。中国有老话：吃亏就是得便宜。

其二，可以学一下鲁迅笔下的阿Q，在心里恨恨地"哼"她一声，然后再暗自愤愤地嘀咕她几句："你是在骂谁？是在骂你爹，骂你爷爷！你的爹和爷爷才always got hungry！"

这样的反应，当然很窝囊，很丢中国人的脸。被外国人奚落了，侮辱了，却忍气吞声。在半个世纪前，很多中国人大概都会这样，因为，那时候中国贫穷落后，被人看不起，中国人在外国人面前有些自惭形秽，腰杆子硬不起来。而且，那时候，中国的土地上常常是饿殍遍野，被外国人说一句"You Chinese always got hungry"，似乎也是实情。然而当历史翻过去了好几页，很多人骨子里的老习气却依然很难改变，在外国人的面前还是有软骨病。记得前年有个在中国投资开厂的韩国女老板，因为看工人不顺眼，竟然命令所有工人都跪在她面前，工人们纷纷下跪，只有一个年轻人站着不跪，愤然离去。看到这个消息时，我心里很难过，我为那些在外国老板面前屈膝下跪的中国工人难过。对大半个世纪前的中国国民，鲁迅先生曾经"哀其不幸，怒其不争"，今天的国人，难道还要有人来"哀其不幸，怒其不争"吗？

还好，不是所有的人都会面对外国人的白眼低声下气、无动于衷。还有那个宁可丢饭碗也不下跪的年轻人，还有杨秋利这样血气方刚的中国人。

当然，面对侮辱，也可以反唇相讥，把那个傲慢的美国女乘务长狠狠奚落一通，甚至把阿Q憋在肚子里的那些骂娘的话大声吐将出来，出一出心里的那口恶气。然而这样的反应，可能不会有什么结果，解了一时之气，却依然难以伸张正义，难以惩恶。在这个意义上，我欣赏杨秋利的理智。他说了该说的话，用一个文明人的方式发泄了自己的愤怒，然后去做该做的事情。文明人类的世界，应该是有规矩的。这件事情到现在还没有结果，但我相信杨秋利终会讨回公道，要回一个说法。他这样做，不仅是为他个人，也是为所有的中国人。杨秋利，为中国人的尊严据理力争吧，每一个中国人都是你的后盾。你的行动，将会使那些鄙视中国的外国人知道：中国人的尊严，决不可随意侮辱！

二

复制的历史

"公贿"歪风探源

杨子才

报载:"随着反腐斗争向纵深发展,腐败现象也在发生衍变。近年来,某些部门和单位对用得着、攀得上的'财神'、'政要'不惜大慷国家集体之慨,大搞花样翻新、'含金量'不等的所谓'公关',一方振振有词,一方受之泰然,于是乎'公贿'歪风屡禁不绝。"

"公贿"一词,笔者最早见于1996年8月6日《光明日报》,为今人所创。词语源于生活。古时有私贿无公贿。因而古代典籍中未见此词。近年来,长袖善舞者有了这种"新发明",此词便破土而出了。公贿歪风何以在一些角落一刮再刮?据知情者说,就认识根源而论,有三种心态可供探究:

一曰:感情投资,断不可少。改革开放以后,少数机关部门依然存在着"门难进,脸难看,事难办"的陋习,有时批个项目,得盖成百个公章,耗去一两年岁月。时间就是金钱,岂能久拖!"俟河之清,人寿几何?"有的人急了,就搞感情疏通,带去少许土特产"投石问路"。"人穷易市恩",一试果然灵:门好进了,脸带笑了,事好办了。这"土产外加老乡,胜过三个公章"的经验不胫而走。"感情投资"便常被采用,以致相沿成习。日后经济发展,水涨船高,富裕了的单位、企业,在"一粒种子百颗粮,浇水施肥莫商量"的心理支配下,拨出数额可观的"公关费",只要求把事办成,不问你如何开支。于是乎"好酒名烟纪念品,请吃请喝请玩乐"成了更新换代的"感情投资"方式。极少数人还"人前慷慨说廉政,静夜私宅送彩电,股票上市送股权",把公关变成向个别管理者"攻关",

拉贪夫下水,使本来"起于青萍之末"的微小歪风演变为公贿犯罪。

二曰:"九牛一毛,取之无妨"。当"感情投资"还只限于送少许土产的时候,馈赠者声言"千里鹅毛,不成敬意",被赠者也觉得"区区土物,所费无几",双方大约都没往行贿受贿上去想。待到"感情投资"上升到千金设宴、高档娱乐及赠送价值不菲的纪念品时,公仆中虽然有些人警觉和谢绝了,但另一些人却"混沌"依然,或认为"时尚本如此,何必太孤高",或认定这是"穷汉吃大款,吃了才公道",或觉得此乃"九牛拔一毛,取之不伤廉",因而颇为坦然地加以接受。至于这样做会给国家财产带来多少损失,给公仆形象造成多大损害,他们往往并未多想。然而,部分人这种混混茫茫的感觉与行为,却使极少数贪婪者有了某种掩护,得以乘机混水摸鱼,于暗中大搞权钱交易。如北京市原顺义镇党委书记刘金生给陈希同之子私下送高级车辆,后来刘金生被提拔为延庆县委书记(地委级),就是同恶相济、互相渔利的典型案例。而这种交易所达到的惊人无耻与肮脏,怕又是一般公仆所想象不到的。

三曰:"动机还好,情有可原"。在一些地方,有的领导在公贿歪风初起之时,一方面认为这是陋习,一方面又把它看成人之常情。因而视若无睹,不予重视。随后用于公关的款项日增,虽然引起了一些关注,但看到它在企业和工作运转中的作用,便认为这事"做法欠妥,效果一流",于是睁只眼闭只眼,"花开花谢两由之"。待到有的人"东窗事发",上面严加追究,这才有了震动;可是,在查处中又觉得行贿者是"出于公心",目的还是为了"干好工作"、"振兴企业",因而往往不予深究。或者"先打后揉"(风头一过就安抚重用),这样,本该是《铡美案》中唱铁面无私的"黑老包"的主儿,却改唱《甘露寺》中让矛盾一了百了的"乔国老",使法纪在反公贿领域成了"软面条"。本位主义、小团体主义这种放大了的个人主义,障住了少数领导者的双眼,使之有意无意地成了公贿现象的保护伞。这也是公贿成为一种顽症的主因。

公贿使钱权交易屡禁不止。在"为公"的幌子底下,少数人大干假公济私、损公肥私、化公为私的勾当。它肥了蛀虫,坑了人民。清代屈大均有诗云:"白金乃人肉,黄金乃人膏。使君非豺狼,为政何腥臊?"任何一个天良未泯的公仆,都应该按照党和政府的要求,坚决抵制和反对这种玷污自身形象、掏挖社会主义墙脚的罪恶行径。

"州官放火"奖

王得后

　　古人说的"只许州官放火，不准百姓点灯"，其实并非事实，不过是一个昏官做的蠢事落下的话柄而已。这是有案可稽的。宋代陆游《老学庵笔记》说："田登作郡，自讳其名，触者必怒，吏卒多被榜笞。于是举州皆谓灯为火。上元放灯，许人入州治游观，吏人遂书榜揭于市曰：本州依例放火三日。"

　　然而，老百姓是聪明的。他们借这个典故所抨击的不正之风，却古往今来比比皆是，而且颇有点像太炎先生所作的《俱分进化论》。田登不过讳忌自己的大名，阿Q就进了一步，讳的是头上的癞疮疤；古之州官不过只许放火，现在的州官放火还要得奖哩。

　　谓予不信，请看新闻。

　　前些时候，又"依例"举行"全国城市卫生检查评比"了。当检查团莅临某市的时候，"八个市长副市长"不辞劳苦亲自上街忙活了一阵之后，有"市井一瞥"所见如下：

　　9月1日，检查团开始检查，××市有关部门立刻进入"戒备状态"：街道主任24小时盯岗；其余街道干部跟着市容监察人员没完没了地转悠；清洁队职工全天扫马路；电线杆下雇有专人阻止他人贴小广告；到晚上9点30分，还可见市容监察人员骑着摩托威风凛凛地巡逻。

据悉，只要检查团一天不离开××，我们就得这样坚守岗位一天。可是，"依例"成立的检查团，哪有一年365天一天也不离开的呢？它要不离开，我们老百姓也不答应的：它把我们"八个市长副市长"一年365天天天拴在街上检察卫生回不了办公室，那么比卫生更重要的"开门七件事，油盐柴米酱醋茶"，谁来关怀呀？

这是不言而喻的：这一回"八位市长副市长"不光有苦劳而且一定有功劳，这功劳当然是全市每一个主人的，这就是从此住在"全国卫生先进"或"文明"城市了。哪怕它城外有垃圾长城，城内有臭水河沟、卫生死角，以及卫生检查团班师之后卷土重来的不让检查团检查的种种玩艺儿。

这也是时或见报的：不是检查一个市，而且检查一个店乃至一个营业员、服务员，看她们有没有带着微笑的脸，看她们是不是明码标价之类，难免被杀回马枪的检查员查获她们所点的"灯"，于是罚，罚，罚。两相对照，恰似那个典故。

中国人一方面很讲究生活，"食不厌精"呀、"脍不厌细"呀；一方面也很能对付，"不干不净，吃了没病"呀，倘有检查，"兵来将挡，水来土堰"呀，到处充满了人生的智慧，到处有绝妙的生活艺术。只是"对付"这一着，分明是一种苟活，它为眼前的私利而牺牲了生活的质量和发展的速度了。这是古之父母官和今之"八个市长和副市长"们难免"明察秋毫而不见舆薪"之失吧？

至于文中引文里的两个××，是不佞把具体名字换掉的。盖以为填上谁的名字都差不多也。

标语者说

庞 培

我喜欢标语。

我的格言是——给我一条好的标语!

去外地出差,我大致会站到刷有标语的地方(如围墙或大楼前)拍照,那一刻,不知为什么,我尤其感到自己生长、生活在地球上最文明最古老的国度。我会全身热血沸腾,感到自己的脊梁骨一阵阵发热,似乎整个悠久五千年的华夏文明都在我肩膀后面,熠熠生辉! 27岁那年,我第一次做新郎,也让人家在新房刷了一条:"抓革命促生产!"的标语,真是又喜气又亮堂,当然,事先是经过了我那位新娘同意的。

婚后旅行,给予我印象最深的也是外省各地墙。

——去江西,我看见一条标语:"要在春季掀起计划生育高潮!"

——去安徽黄山,我又看到一条标语:"扫黄工作要做到:一扫二堵三高举!"

多么让人回味的文字。跟这些标语比,那些庐山云雾,黄山迎客松,等等,显得多么平凡甚至平庸!

我认识这么多字,我一直在认真地不停地看。碰到不懂的字或意思不太清楚,我就向别人求教。比方说有一次我到乡下去,我记得那个不足百数人口的乡里竟有三处以上贴有这样的标语：

"持证怀孕，见证生育！"

我感到它有点下流，因为开头"持证"两个字很容易使人联想到过去文革时的红宝书。这么严肃的问题，怎么可以把它放到男女私情上来呢？于是我就去我们单位，问人家。可是那位仁兄（还是个科长呢！）一见到那字骂了一句粗话。可见干部队伍里也有水平差的。我很懊悔怎么问到了他。

前不久我出差到更远的地方，在一道围墙上见到一条奇妙的标语，它是这样写的：

"坚决不把文盲带入二十一世纪！"

我想，权威的标语都这么说，那么文盲肯定很多。二十一世纪也确实快到了！是啊，这是个棘手的问题。没过几天，我又坐火车出差了，我们厂里领导又叫我去外地洽谈，我再次见到一条意思相同但字数增加了的标语：

"坚决不把文盲——尤其是青壮年文盲带入二十一世纪！"

这回我犯起愁来——"青壮年文盲"，难道我们周围还有这样年纪轻的文盲？既然年轻，又为什么不去读书？

我在火车上的铺位里坐立不安，感到那条标语在什么地方不妥贴或出了点儿问题……那么，我斗胆问自己：可不可以改动一下，稍稍改动这条标语中的几个字，就几个字？不仅因为这条标语与那条标语是重复的，更因为，因为什么呢？我还在思考，还没想清楚。我是一个工作起来很疯狂也很严肃的人；从小到大，还没有哪一件事让我这么觉得寝食不安过。它为什么要这样写呢？我痛苦地意识到已经有那么多双眼睛注视到了它，那么多来自全国各地成亿上万的旅客看见了它！哦，它们已经对那些天真无邪的心灵起作用了。赶快，赶快啊！赶快什么呢？

赶快捡起行李下车！

现在你可以看到我正走在铁路边上，手里拎了我那只抄满各地标语的小本本，以及洽谈合同的旧公文包，往车站附近赶。我打算去做的只是一次小小的拜访，一次局部更正，字面上的修改，不影响原标语大小，甚至不必全部涂抹，只用比较科学的方法，用油漆或颜料，改动其中几个字。我打算先问问当地的主管部门，标语的作者们，他们会同意吗？我已带好证件，我是一名"持证"者了，但我更是一个完美主义者，确切地说，一名标语至上的完美主义者！

是这样的，我只想改动其中三个字（就三个！），我认为只有这样才能体现这条标语的完美性，是的，完美无缺！使得它无论从内容、创意、字形还是由远至近看，或从一掠而过的车窗内往外看都能达到——最理想的视觉效果，像最完美的瓷器一样。

——我的方案是：把"文盲"改成"腐败者"！

女士们先生们（以及小姐），你们看怎么样？意下如何？请助我一臂之力！在我们美丽的国土上，这条标语必须改成：

"坚决不把腐败者——尤其是青壮年腐败者——带入二十一世纪！"

多余的前缀

宋志坚

公私犹如泾渭，了了分明。假公营私、化公为私、公事私办、私事公办，之所以为人们所厌恶，就是混淆了公和私的界限。公款旅游、公款吃喝等公款消费，其错不在吃喝旅游消费，而在用了公款，倘若掏的是自己的腰包，谁也懒得去管。

"公款跑官"和"公款嫖娼"就不同了。这种勾当，令人厌恶的主要是跑官和嫖娼，而不是他们动用了公款，假如他们跑官、嫖娼用的是私款，照样也为党纪国法所不容。

向上司行贿获取官衔的官吏，肯定要搜刮民脂民膏。公款跑官还是私款跑官其实没有多大的区别。动用公款跑官，只是直截了当地用百姓的血汗来铺垫自己的官阶；倘若用的是私款，只是多了一道手续，或是拿已经搜刮到手的民脂民膏来行贿，或是预先垫付了日后搜刮的民脂民膏去跑官。南宋时的赵师为获取更大的官衔，送给韩胄的十位爱妾每人一顶粟金蒲桃小架，你说他用的是公款还是私款？

当然，预先垫付的也有因为得不到官职而亏了血本的。山东省东明县就有人贷款一万元去跑官，结果目的没有达到，贷款无力偿还，如今连本带息，已经翻了一番，但这实在只是一个例外。

　　嫖娼也一样,成都市交通局长石全志用的是公款,大笔一挥就是一万元。合川市有一位叫王治文的法院院长用的好像就不是公款,他是"先富起来"了之后再去嫖娼的,但使他"先富起来"的依然是凭借权力搜刮的民脂民膏。报上说他:"在处理经济纠纷、拆迁征地问题时向当事人索要钱物,向承包工头索要好处费,分房时向想要房的部下索要辛苦费,甚至于已经判了刑的犯人给的钱他也收下。"他的"私款"就是这样聚敛起来的。

　　如上所说,用这样的"私款"跑官或嫖娼,毕竟还是多了一道手续。要把"款"先装入自己的腰包,是需要多花一点心机的,没有直截了当地用公款跑官、嫖娼来得省事。用来跑官的公款,可以说是公关费,绝对不会说是去跑官的;用来嫖娼的公款,可以说是接待费或应酬费,那些场所都能开出票据,不少单位也都设有可以开销这种费用的小金库。因此,如今跑官或嫖娼的也以直接动用公款的居多,东明县有18个乡镇30余个委办局72名干部向当时的县委书记卢效玉行贿求官,行贿的资金就有99%是公款。

　　因而,在说此类官吏跑官或嫖娼时,加上"公款"这个前缀就显得有些多余,这很容易造成人们的误解,似乎此类人中真的还有用私款跑官嫖娼的,或者用私款跑官嫖娼的可以罪减一等以至免受处罚。

风雅

■

吴　非

　　我大概中过古典文学的毒，以为但凡为官，除坐堂问案，其余都是极雅的事。吟诗作赋，以松竹梅为友；秀才人情，酬唱啸咏，一纸为赠；灞桥柳叶，长亭清酒，一扫俗气。

　　但是古风不存。回顾半生够格见到的官，多数无风雅，有野气痞气匪气霸气的多。其原因可能比较复杂，也许是权力欲膨胀使然；也许是因为现今没有严格的铨选；也许是因为礼义失传；也许是因为武侠暴力文学风靡一国。总之，三百年后，如果官阙不是豆腐渣工程，能留下一批豪宅，已是万幸；留下几辑官场笑话，极有可能；至于诗赋华章，我不指望了。

　　时下许多官员的文化素质很低。如广东湛江的那个市委书记陈同庆，根据报纸公开的材料，你可以称他为恶霸、流氓、强盗、酒鬼等等，举凡一切下三滥的勾当，他都做够了，做绝了。流氓和贼都要躲躲闪闪的丑恶事，他能明目张胆地做。但是他却是共产党的市委书记！有资格参加高层决策会议，有资格看重要文件，比你比我更够"同志"。你无法想象那样一个人是怎样"焐"熟"焐"烂的，又无法想象是谁，挑上了这么一个广东人称之为"烂仔"的人物并让他当上了一把手，而成天和他混在一起的又是一批什么样的人！

　　文化低，不一定代表文明教养差。过去有些干部，没读过多少书，但是知礼仪，敬重贤人，懂得尊重知识，知道不能违法，能辨别文与野。现在好像反了过来，有的人，别看识不了几个大字，要说文凭，他什么文凭都能给你搞来，但是他可以什么都不懂。你不能想象这些人背过脸去会干些什么。有熟知内情的人，说起一些相当级别的官员，平时说话粗野无比，酒杯一端，什么下流话都说得出来。互相不喊姓名，都称绰号、小名儿，像在帮会里，又像一群放猪赶牲口的。如果你看到他端着酒杯时的样子，你就不敢相信他是书记、党委常委、部长、市长、区长，而会以为他是袍哥、龙头大爷、把兄弟、烟客、酒徒……

据说这类人坐在一起俗气无比。论酒量，中外名酒都当水灌过了；说名烟，极品新品全吸腻了；异国风情，贪图够了；那就谈"性"，这些人坐在一起只有谈这个才来劲，人人见多识广——红灯区之类的新闻从不见于官方，但这是比接受新知识高科技更刺激的东西；人妖？没劲。阿姆斯特丹红灯区？新近也过了。

我反而觉得西方政客过得紧张，他们那点所谓的丑闻放在咱们这儿算什么？只要不是把事闹到下狱，腐败官僚的腐败故事即使传遍里巷，报纸上也绝不会出现一丝痕迹，所以不到最后时刻，他们腐败不止。作为群众，似乎就只有一个义务：报上告诉你某人是坏人你才可以骂他坏人，只要报纸没宣布他是坏人，你就要把陈同庆那样十恶不赦的家伙当作君子拜，否则就是悖逆，就是大不敬。

由此又想到不断出现的顺口溜。民间的顺口溜，极有水平。虽然有令不传，相信那些歌谣是有生命力的，只要有值得讽刺的现象存在，就会有优秀的讽刺艺术存在，而只有让自由的讽刺存在，值得讽刺的现象才会死亡。多简单的逻辑！元代那些曲词，真够味儿！虽然失雅，但即使在失了雅的时代，也有有生命的文学。

复制的历史

高洪波

　　家中藏有一帧黄庭坚手书的《西山南浦行记》，古朴陈旧，心知其伪作，仍盼有个鉴定大师来点拨一二。不久前见到国家文物鉴定委员会副主任史树青先生，老人家略一展示，便告诉我道："这是明人伪托黄庭坚造的假！"

　　于是很失望，但也很放心——因为终于能够知道了这帧手卷的底细。而且明人造的假，也有收藏价值。凡事都怕不摸底，糊涂浆子一盆，以其昏昏，焉能使人昭昭！

　　这说的是个人收藏的一件小例子，其实还有更大、更广泛的造假瞒世的事，比如复制的历史。

　　近读1992年2月23日《中国文物报》，有肖贵洞同志文，题目很严肃：《必须停止使用被篡改过的复制品》，内中披露的事情颇让人惊诧。比较典型的是周恩来1917年3月作的名诗"大江歌罢掉头东，邃密群科济世穷，面壁十年图破壁，难酬蹈海亦英雄。"世人见到的均非周总理手书原件，而是手工描摹之后翻拍制版的，复制品有意去掉了这首诗后70余字的跋词，肖文中没有全部披露跋词，仅有"右诗乃吾十九岁东渡时所作，浪荡年余，又以落第，返国他兴……民国八年三月"，此外还有图章三枚。

　　看起来是周恩来"浪荡年余，又以落第"的跋词有损"光辉形象"，至少是主持复制工作的人这样认定,遂使全诗只留下主干与红花,次枝与绿叶一概删去,历史就这样被篡改了。

似乎还不只这些。肖贵洞自己曾亲自篡改过几十种复制品,他采用"移位法"、"虫蛀法"、"挖补法"、"遮盖法",将某人、共事的名称与位置调换、删改、除掉、增添,让人难以分辨。典型的例子有三个:

1931年11月7日第一号《中华苏维埃共和国临时中央政府布告》复制品,屡作改动。1959年前除掉张国焘、项英。1960年去掉彭德怀。10年之后,即1970年,林彪正如日中天,遂将其名由第24位提到第2位。

1954年《第一届全国人民代表大会第一次会议报到签名簿》第一页上,原有毛泽东、朱德、周恩来、陈云、刘少奇的名字,在复制品上砍掉了刘少奇的名字。

最后也是肖贵洞记忆最新的一个例子,是打倒"四人帮"之后,《中央领导批阅科委的报告》,原件上有江青、王洪文等人的名字,复制时删掉江、王,并调换了其他人的位置。

肖贵洞想必是修整文物的专家,否则不会有此独特的经历,历史在他手里居然如此听话(当然他只是执行者),不很让人深思吗?

我们是历史唯物主义者,以尊重历史为前提;我们同时又是"不唯书、不唯上、只唯实"的共产党人,看到肖文中披露出的被复制、被篡改的历史,不知读者意下如何!

但愿这种复制的历史已成为真正的历史。否则,你让人信什么!

耗子

■

冯骥才

省里要下来一帮人，到连续四年保持"无鼠城市"的某市——请不要猜测某市是哪个城市——检查鼠情。据说只来一天，当天返回去，采用抽查方式，周一早晨到。该市有关领导听到消息，如听到火警，紧急召集开会研究对策。诸事安排齐备，只剩下一件挠头的事：该市老鼠分布最稀薄的只有向阳区，但怎么能把省里那帮人引到向阳区去？如果他们是群耗子就好办了，抓把米一引，推行。倘若他们非要自己选择地区检查咋办？

好法子不是想出来的，都是逼出来的。

接待处侯处长向负责此事的左主任献上一条妙计。这计策乍听荒唐，细想很绝，有点冒险，但非此别无它策。就用这法子了。

周一上午，省里那帮人来了。自然是好烟好条往桌上一摆，寒暄、打趣、闲扯一通过后，左主任汇报了该市"防鼠措施20条"。左主任之所以使用"防鼠"一词儿，不用治鼠、打鼠、除鼠、灭鼠一类的词儿，表明一个无鼠城市的独有角度、独有慨念、独有气概。他所讲的措施之具体、之缜密、之有效、之坚决，令省里那帮人交口称赞。随后，侯处长捧出一个大漆托盘，盘中放一个景泰蓝笔筒，筒内插着7张叠成尺状的纸条。侯处长说："我们市总共有7个区，这7张纸条上各写着一个区的名字，请领导们任意抽选。"

左主任笑呵呵地说："随便抽，抽到哪个区就去查哪个区，反正在哪儿也找不到一只耗子!"

省里那帮人中职位最高的一位上来,伸手从笔筒里"唰"地抽出一张纸条,打开一看,嘿,闻名全省的无鼠先进区——向阳区!

这位省领导打趣说:"我要是再抽一次呢?"

左局长的脸顿时如放电影时,胶片突然断了,不单笑容,连表情也没了。侯处长却神态从容自若,笑眯眯地说:"只要领导们愿意多看看,就不用抽了,一个个区去看,下边区里都是求之不得呵!"

省里那帮人哪肯多看,抽查一个就要返回去。侯处长十分精通领导心理学,他才敢这么说,才敢把7个纸条全写上"向阳区",确保万无一失。

于是,市里这帮人陪同省里那帮人来到向阳区。又是寒暄、喝茶、抽烟、听汇报,然后下去检查工作,但向阳区共有80多条街道,不能全查,还得抽签。这个区的爱民道是上过报纸头条的"无鼠一条街",一抽偏偏就抽上爱民道。侯处长笑了,背过脸朝左主任挤挤眼。

从今晨6点钟,爱民道居民就接到通知,各家要在屋内沿墙边撒一条石灰线,检查有没有耗子,全靠这条灰线。倘有耗子走动,必然踏这灰线,留下足迹。故此,各家必需留一个人守在屋中,还要走动和出声,吓唬耗子躲在洞里别出来,还不准各家做饭炒菜,怕香味勾引耗子跑出来觅食。人们从清早等到晌午,仍不见省里、市里、区里那些人来,有些居民到街道居委会报告说,已经发现石灰线变模糊了,那些人怎么还不来,等得居民们饿了,耗子也饿了。

过一会儿,有消息传来说,原来省里那帮人在区里抽完签,已经11点钟,便由市里和区里的人陪同,到龙凤大酒家吃"工作餐"去了,吃完饭立即就来检查。于是居委会要大家坚持最后的时刻,直到胜利。可是,直等到两点钟仍不见人影。一些居民户已经听见耗子饿得"吱吱"叫,还有人家看见耗子公然在屋里跑来跑去,找东西吃,吓也吓不走,用脚跺地板也不搭理。再这样等下去,爱民道该成为"老鼠一条街"了。

就在这时,区里来人满面笑容地说,省里那帮人吃完饭,时候不早,还要赶路回去,决定不来了,已经打道回省,检查工作圆满结束。过几天市里又来人,由区里领导陪同,赠给爱民道一块匾,上边写着漂漂亮亮7个大字,是:

"无鼠街道最光荣"。

假威

陈四益

　　孙平仲，地痞也。初居济，以事遁关外，居奉天。孙于奉天，无期功强近之亲，无呼朋引类之友。乃声言与尹为至交，人莫之信。

　　忽一日，衙役喝道，奉天尹乘轿来拜。孙科头跣足出迎，如遇老友。尹入，逾时始出。孙又捉手相送门外。嗣后，旬日之隔，尹必至焉。举郡皆知孙与尹厚。孙亦因之得肆虐乡里，人惮之若虺蜮。

　　约三载，尹致仕。有告尹纵容地痞，虐害乡里者。尹茫然不知何指，力辩其诬。审讯之，乃得情由：

　　初，平仲新徙奉天，思觅倚靠。闻尹好宋版书，乃百计觅得蜀本《汉书》残册，白口单边，刊刻俱精。阴透消息于尹，是以有尹立来拜，孙立科头跣足相迎也。嗣后旬日必至，盖为宋版《汉书》，非为孙也。此孙平仲假威之计。

　　狐假虎威，人尽知之，然仍堕术中者，何也？官吏之威权大，而百姓之恐惧多也。

监督的漏洞

普 勒

众所周知，戴煌前辈1957年因提出"神化与特权"，尽了一个共产党员对组织知无不言、言无不尽的责任，因此成了新华社最大的"右派"，妻离子散，变相劳改二十来年，五个字的观点，字均劳改四年。戴前辈的观点即使现在才提出来，也要有过人的胆识，因为"神化与特权"还将切中时弊的要害。特权意识当然不是腐败者凭空瞎想的产物，存在决定意识，有特权的存在才有特权的意识。

如果湛江特大走私案没有公布，你就是给十个胆子，我也不敢把堂堂皇皇的市委市府海关公安想得整窝烂，我常看警匪片，黑道大哥的作为还是知道的，但湛江官匪一家的走私者有上亿元的船队、专用码头和炼油厂，走私油能占全国消耗份额十分之一，气魄之大，超出了警匪片编剧的想象力。只有官员的极度腐败才有如此大的场面；而只有极度的特权才有这极度的腐败。

我们监督权力的机构之多，体系之繁杂，无可比拟。党委一线有纪律检查委员会，政府一线有监察局，司法那边有检察院；除机构外，有批评与自我批评的民主生活会，对了，还有个舆论监督。监督已是密不透风，按理特权是产生不了的，事实你已经知道，特权却还在源源不断地产生。陈同庆诸侯王似的权力不是第一人，估计也不太可能是最后一人，这只能反证出诸多监督未尽职责。

我现在当然可以说，湛江市这些监督机构没有对党和人民负责，不敢碰硬，向恶势力屈服，这样说抒了正义之情，还似乎找到了问题的症结所在。但我认为这么说的人，不是人云亦云，就是太不地道了，把他调到陈同庆下面的监督机构去，看敢不敢说个不字。湛江市的监督机构，可都在陈书记的领导之下。监督陈同庆，湛江市纪委得先跟陈同庆汇报：陈书记，我们发现陈同庆有受贿嫌疑，您是不是带领咱们查一下？

有人肯定会说，有上级监督单位嘛，陈同庆不是处理了？这说法的逻辑缺陷在于，如果一把手一定要由上级监督机构摆平，那么，最后只能把希望寄托在上级监督机构；只能假定上级监督机构永远不会犯错误，才能自圆其说。可是再也没人相信这种假定了。这也就是现行监督体系的漏洞，即任何一级监督都有一人（或几人）游离在外、享受不受监督的特权。只要他们像陈同庆一样"思想堕落、丧失党性"，就能搞出与陈同庆比肩的特权作为，直到引起上级重视为止。更确切地说，一个领导监督力量的人，只有特别有自制力，才能不腐败；这个人腐败了，只有下属监督机构中有特别勇敢的人，才能及时检举他。我不否认这两种人存在，但得承认这两种人是少数，而容易受权力诱惑的官员和遇事考虑身家性命的国家公务员却并非少数。寄希望小概率事件来制约普遍存在的腐败可能，就像只想通过六合彩来发财一样，不是常道。除非把"神化与特权"从监督体系里剔除，否则，另一个陈同庆还会走马上任。毕竟我们应该正视这个现实：由于权力会带来很多好处，大凡掌权者，在缺乏可行监督的情况下，都有可能滥用权力。

李鸿章吸烟、赴宴及其他

余老樵

　　某涉外单位集体学习中国近代史，到了"洋务运动"那个单元，邀请近邻的一所大学历史系的S教师来作辅导。不巧，在即令开讲时，市检察院来人将一个中年干部（因与外商谈判后的宴会上索取巨款贿赂，罪证确凿）带走，讲课主持人也陪同出去。被捕者的香烟还在会议桌上袅袅升腾，气氛沉闷。S教师望着那纯金的打火机缓缓发言。

　　李鸿章在1869年到了彼得堡，在沙俄的财政部大厦与财务大臣维特会见。品茗寒暄之后，维特问李鸿章吸不吸烟。不料这时李鸿章发出一声牡马嘶叫的声音，立即有两名中国随从从邻室跑出，一人端着水烟袋，另一人拿烟丝，举行吸烟仪式：点烟，拿烟袋，往李嘴里送烟嘴。这些完全由随从十分虔敬地来做。

　　借吸烟来显示身份高贵和大清国威，李鸿章的自我感觉越是良好，他所出的丑便越大。在外交史上留下了一个腐朽官僚的小笑柄。这个场面，与他的身份形成了滑稽漫画式的反差：这么大的官僚，原来整个的是个活废物。效果是跌份儿！

　　当时，由于沙俄等国帮助中国从日本手中争回辽东半岛，又给予清廷大宗贷款，这好比放出一根长线，收益就是钓来了李鸿章这条大鱼。李鸿章准备出访欧美的消息一经传出，列强都抢先到苏伊士运河去迎接这宗可居的"奇货"。最终李鸿章带着他的40多名随员（其中有他两个儿子）登上了俄国船。此举并非偶然。清廷满朝上下"联俄拒日"的声浪一致高涨，加上沙俄因尼古拉二世加冕典礼抗议中国所派使节级别名望太低，指名要李鸿章去。因为此人一贯主张"对外和戎""以羁縻为上"的方针，亲手签订过几个最著名最屈辱的条约，所以很得慈禧的信任，很配列强的胃口。维特代表沙皇来接待李鸿章，目的是在完成他横跨欧亚两大洲，取道北满，直达海参崴，向中国借地筑路的构想。尼古拉二世单独召见李鸿章说："我国地广人稀，决不会侵占别人尺寸之地"，还特意表示筑路互援，可以结成军事同盟以抵御虎视眈眈的日本；一旦铁路修成，中国领土内的路段，可以由华节制。多么"善良可爱"的沙皇呵！没想到愚昧腐败的老官僚踏进了沙俄设下的圈套。原来《中俄密约》的第一款规定，"中俄军事同盟要对付日本国或与日本同盟之国"。维特认为这样写，俄国要承担不必要的风险，招致许多欧洲国家的反对，所以建议沙皇删去"或与日本同盟之国"字样。等到李鸿章来签字赴宴时，维特发现这几个字在条约文本上并未删去。维特立即问外交大臣罗拔诺夫。罗当即猛击一下前额说："天哪，我居然忘了让秘书改订这一句话。"他一看正是中午12点一刻，拍了几下巴掌，呼唤侍者，"先用餐，后签约！"李鸿章在珍希异馔觥筹交错的陶醉朦胧之时，人家背地里将条约文本作了掉换修改。另据俄人回忆录称，借地筑路得以成功，李鸿章收受的巨额贿赂达300万卢布。所以沃尔夫男爵说："在东方，良心是有它的价钱的。"从俄国人看来，这只不过是以5%的筑路节约所得来收买李鸿章；但从中国看来，李鸿章所出卖的领土和主权，损失却是无法估量的。李鸿章的良心，到底是贵呢，还是贱呢？

　　以上，是辅导课前的一个小段。向我如实叙述，笔者实录时，不得不赶紧声明：新旧社会两重天，办洋务与涉外工作完全是性质不同的两码子事，涉外人员的绝大多数是好的勤政清廉忠于职守的。但也不要讳言，极少数人索贿受贿，出卖国家和企业利益，丧权辱国的行为也是触目惊心令人愤慨的。还有在玉液琼浆眼花脑热时落入陷阱受骗上当的案例，公诸报端的已不少见，何况还有没公布的。

　　时代不同了，新中国产生李鸿章式的腐朽大官僚，从理论上讲，没有那种土壤气候和条件，但从实际上看，素质极差的薛蟠式的草包，由于众所周知的原因，占据着一些涉外工作的重要岗位，以权谋私，胃口很大，丢人现眼，超越前人，造成了巨大的经济和政治损失，谁也拿他无可奈何的事件，也不是绝无仅有的吧？这种状况，当然，初级阶段嘛，不可避免，但是，不可避免决不能成为不可克服无法解决的遁词。

《迷人的乡村》　　　　　　　　　　　　（英）法·布朗格文

流氓现实主义

刘洪波

有流氓无产者,也有流氓有产者。

流氓无产者自然也有"革命",而且差不多是将"革命"作为理想的。然而其"革命"大约也止于闹剧,"手执钢鞭将你打"之余,元宝,洋钱,洋纱线……弄得越多越好,秀才娘子的宽式床要抬到土谷祠,当然还要为搞什么样的女人操心,是赵司晨的妹子,邹七嫂的女儿,假洋鬼子的老婆,还是吴妈呢,真是劳神的问题。

很清楚,流氓无产者的"革命"(即造反)是极尽浪漫主义色彩的。不过除了"同去同去"之外,流氓无产者的理想与浪漫大多只是做梦而已。

流氓有产者却是连梦都不会做的。吃饱喝足,找找小姐,就算是身心两快了。尽管"树小墙新画不古",但喝点闲茶,品位也就很高。慵懒地在酒吧混混时间,精神生活便很充足。有了知识,便算当定了知识分子,于是找效犬马之劳的场所,而不必守护"自由之精神,独立之人格"。假如有权可弄,更可按部就班地等待出头,而且不妨在等待的当口,入"大家都在捞,不捞白不捞"的门道。

流氓有产者所以不会做梦,是因为元宝、洋钱、宽式床以及女人问题都已解决,梦境既已实现,再做也显得多余。倘使硬要做下去,也不过是更多的元宝,更多的洋钱,更多的女人而已。流氓有产者,是流氓无产者之梦的实现形式;流氓有产者有多种形态，不过表现了流氓无产者之梦的"多种实现形式"而已。

于是流氓有产者成了彻底的现实主义者。

——理想是什么东西，没意思。

——激情是什么东西，我看你要消消火，给你找个小姐怎样，要不就去卡拉OK吼吼，去夜总会蹦蹦迪。

——干革命，简直是吃干饭拉稀屎，最可恶的就是它了，亏你还有这兴致。

——争取个人权益，有什么搞头哦，有这精力还不如想办法赚两个钱。什么权不权的，活着就全齐了。

——什么，你肚子没有吃饱，全怪你没有本事，所以我也是没办法。多有一些技能，何愁没有钱好赚呢，你看我就混得不错嘛。

——你看不惯腐败，没事的，那终究要取之于民用之于民的，他一消费就搞活了流通，他一存银行又可让银行发贷款。你让他这部分人先发达起来了，也就轮到你来发达了。

——官员子女出国定居，这有什么呢，你有那条件还不是一样的，何况出去也可以爱国，而且更加爱国，一国可以搞两制，干部也可以搞搞一家两制哩。

——你家里失了火，那可是好事啊，最能拉动市场了。没钱去拉？这就是你的不是了，应该有积蓄嘛。

——学费涨了，孩子读不起书？这不行哪，学费涨一点，是要扩大内需的嘛，应该承受得起的嘛。现在是义务教育，你有义务送孩子受教育，这是法律，不送去可是犯法的哦，有法可是必依的哟……

道理，真是层出不穷。终究而言，流氓有产者是实现了梦因而不再有梦，也不许别人做梦的。流氓无产者进化成有产者，其变化是从"浪漫主义"变为"现实主义"，不变的是其流氓性。曾见一幅关于绅士与瘪三的老漫画，题解若曰：绅士着中式长衫穿西装裤子，瘪三着西上装穿中式裤子，两者差距，惟此而已。

流氓无产者一旦到了流氓有产者的位置，是比什么人都更加"现实"的，他们的口头禅是"现实一点"。是非之辨、善恶之别、道义、责任、权益、民主等等，因为尚非"现实"，故尔也不去扯淡了。流氓有产者的现实主义，宜以"流氓现实主义"名之。

无官轻

戴善奎

我很赞成"无官一身轻"的说法。

中国人会概括,把基本需要概括为"五子":房子、票子、儿子、妻子、位子。诸子中,似乎"位子"最关键。那是"刃",其他都是迎刃之物。

近邻,住着一位老翁,须发苍然,富态。因为是白丁,干到老,还住着一室一厅的房子。而许多后生家早住了三室一厅房子。这老翁的子女就业,还是托了外单位的人帮忙。老翁有感:"我去外边讲课,人家认为我们多能干。在本单位,当呱娃一样逗!"

另一老翁呢,做了副厅级官员,水平、本事都变大了,人也崇高了。单位没有住房,花几万元买了一套。装上电话。吃饭上餐馆,出门有轿车。他开始还不习惯,说是要骑自行车上班。人家说:别的领导都坐,你不坐,合不合适?"老翁感慨:"上了这个阶梯,是不一样!"

终于,听见一位在职者说:"当官有什么意思?还不如去当个体户。我弟弟是农民,每年挣几万元。"

立刻有人讲:"挣的钱,还不是都修了房子。再挣,又可以买汽车。但是,房子、车子,你现在不是都有了吗?而且司机不用花钱请。""也倒是!"官员承认。

个体户有钱,富而不贵。文化人有名,闻而不尊。教授专家有学问,专而不显。要个汽车，受次白眼。眼睛是一把秤，知道你有多重的分量。

而且好像有一种座位保险。进了这系列，便只上不下。于是，队伍总在扩大。据说，某些单位搞"聘任制"了，到站下车。好措施！实现毛泽东的"能上能下"的名言。然而，铁打的交椅钢铸的官。得到"改革任期制"的美名后，便扬长而去，革命到底！——你还能不让人家革命？连"续聘"的样子都用不着做了。

你还得认识这"国情"。不然，又书生气了。

有了职，其他领域，轻取！比如"立言"。一介寒士，苦写春秋；几度夕阳，几载阴晦；书不得出。在职为文，柳暗花明，豁然开朗。又如谈事，似难行易。几分钟之间，一桩非同小可的事便敲定。"人家大小是个处长，咋好拒绝？"

任了职，人性都完善了。可以极谦虚，极和蔼。无官者倒是几分骨傲，几分乖癖。孰轻孰重，孰高孰低，骨子却都是清楚的。

吏治是一向不马虎的。过去一些年代，人们草率决定重大的经济政策。但对职位排定，却能做到煞费苦心。某领导就说过，干部安排，"头都搞痛了！"

我们是重农的。但一位卓有成就的农村企业家却有牢骚："乡镇企业是受歧视的。国营企业的厂长，可以当县长。乡镇企业的当得了吗？"

文人清高，不屑于宦游。但没听说哪个作家写得不耐烦了，一声颓废："做官"。倒是当官不称意者，一负气："写书！"为文，不过是退而求其次的营生。

无官轻，轻若无物。

这就怪不得人们想要提拔了。某人需安置，茅坑已满。好办！特设N处室。这叫"因人设位"。某一批人，学历欠缺，难评职称。好办！通通提为科长。这叫"因类设位"。科室数官一卒，或数官无卒。有材料说，全国官员已达1200万。

等待提拔的人，还黑压压一片。有识之士，自然许多想入仕。因为"有识"，更知道入仕的重要。北京人很逗，造出民谣："三十七八，等待提拔；四十七八，签字画押；五十七八，哼哼哈哈；六十七八，养鸟种花。"

什么时候，能弄到人者有其位，全民皆官，大家平等，则大功告成，神州幸甚！

一到了局级……

朱铁志

　　人生在世, 完全做到表里如一、一以贯之的标准为人处世, 怕是很难的。谁胆敢豪称自己彻底没有双重人格、多重面孔? 十有八九是吹牛撒谎, 靠不住的。这固然有个人道德的因素, 但更多的, 还是来自于生活的压力。无数次"碰壁"的经历, 使人变得"聪明"起来, 知道无论何时何地, 都不能一根筋儿, 否则与人不善, 与己不利。我们中国人对"双重标准"大都持理解和宽容的态度。

　　但这种"理解与宽容", 有时竟然到了令人吃惊和荒唐的地步。一个贪官在伏法前的自白中说到: 升官前还有所顾忌, 怕给领导和同志们留下坏印象。当了局长以后, 忽然发现一切都变了。在我们局里, 我的话就是真理, 对也是对, 错还是对, 我干什么都有道理, 没道理也有人给总结出道理, 别人有道理也变得没了道理。人一到了局级, 差不多可以为所欲为了……

　　贪官的自白, 使我受到极大震撼。在自由与义务之间, 人大多本能地选择自由, 而尽量推卸义务。每个人对自由的理解不同, 对多数人而言, 大概根本不知哲学意义上的"自由"为何物。他们心中的自由, 大抵是阿Q式的自由: 想谁就是谁, 要什么就有什么, 可以不必受到法律和舆论的普遍监督。你不能简单地责怪群众"觉悟不高", 因为他们对自由的理解不是来自哲学原理教科书, 而是来自活生生的现实, 包括上述那位贪官在内, 都是如此。

一个平庸的人由于种种原因升到某一位置, 可以毫不费力地像那位贪官一样, 感到自己的一切都发生了变化: 不学无术, 变成了忠厚寡言; 鱼肉乡里, 变成与群众打成一片; 蓬头垢面, 变成艰苦朴素; 声色犬马, 变成富有情趣; 文山会海, 变成讲究工作方法; 欺上瞒下, 变成注重工作程序; 当众吐痰, 变成了潇洒豪放; 开口骂人, 变成了很有魄力; 偶然失误, 不是有同僚抵挡, 就是有下属替罪; 便是贪赃枉法, 还有职务保险, 不像小小草民, 直接送交公安局法办。在这等环境中 "成长" 起来的干部, 不自我感觉良好, 那才叫怪呢!

我们常说, 法律面前人人平等。在中华人民共和国960万平方公里的土地上, 容不得超越于法律之上的特殊人物, 然而法律境界与现实境界并不总是合二而一的。法律是神圣的, 现实往往是卑微和残酷的; 法律是美好的, 现实却常常伴随血污和丑陋。上述那位贪官把自己 "自由" 的尺度界定在 "局级", 那自然是他的狂妄和自大。但他的 "狂妄和自大" 是不是一点儿道理都没有呢? 我看也未必。在法律面前, "王子犯法与庶民同罪"; 但在现实生活中, 一个县级市的公安局长不是就曾狂妄地宣称 "上管天, 下管地, 中间管空气" 吗? 虽然这位 "狂士" 最终受到了法律应有的制裁, 但在相当一段时间里, 他在自己管辖的一亩三分地上, 真的是管天管地管空气, "想谁就是谁"!

监督的话题讲了很多年, 说来说去, 超不过罗素的水平: 权力使人堕落, 不受监督和制约的权力使人不受监督和制约地堕落。这是众所周知的常识, 老说就没意思了, 关键还在于实践, 然而谁来实践? 对谁实践? 怎么实践? 却不是这篇小文所能回答的。我总觉得, 不能让干部随便产生——到了某一级别就已到达 "自由境界" 的感觉, 而要使之真正、而不是口头上的感到如履薄冰、如临深渊, 要对人民、对事业诚惶诚恐, 焚膏继晷犹怕不能胜任。只有这样, 我们的 "公仆" 才能真正具有一点儿 "仆人" 的味道。

三

从前，山上有座庙

"有人"无我

牧 惠

1961至1962年，周恩来、陈毅在广州等地极力纠正意识形态领域里压制创作自由的"左"倾错误，为知识分子脱帽加冕。在这前后，康生、江青强迫一些剧团和演员演出《花田八错》、《十八扯》、《宝蟾送酒》、《辛安驿》、《虹霓关》、《大五花洞》这类早有定论的坏戏供他们"娱乐"。康生还反对京剧演现代戏："谁要马连良演现代戏，我开除他的党籍！"可是，1964年全国京剧现代戏观摩演出大会上，又是这两个人把周扬、田汉赶下了主席台，摘取了京剧现代戏的"桃子"。江青大言不惭地批评剧团演的"都是帝王将相，才子佳人，还有牛鬼蛇神"。她居然质问："艺术家站在什么阶级立场？""你们吃人民的饭，不为人民服务，你们常说的艺术家的'良心'何在？"

孟超应邀把《红梅记》改编为昆曲剧本《李慧娘》。在改编中，曾多次请同乡、同学康生提意见。康生不仅支持改编，多次看彩排，而且提过修改意见：把李慧娘头上戴的蓝色鬼穗子改为红色鬼穗子；亲自提笔把李慧娘的台词"美哉，少年！美哉，少年！"改为"壮哉，少年！美哉，少年！"还写过信给孟超"祝贺该剧演出成功"，说它是"近期舞台上最好的一出戏"，赞孟超"这回做了一件大好事"；指示北方昆剧团："今后照此发展，不要再搞什么现代戏。"可是，随着政治气候的变化，康生马上指责北京剧协"15年来没有写出一本好剧本，相反倒有了《李慧娘》、《谢瑶环》这样的坏剧本。"他要北京剧协回答："为什么出现了牛鬼蛇神，出现了《李慧娘》这样的鬼戏"？"李慧娘这个鬼"是"代表死了的阶级"来"报仇的"，"向谁报仇呢？就是向共产党报仇！"

在地方剧种中，川剧以它的变脸的神速（当然还有别的长处）让观众叹为观止。康生在政治上的变脸，不仅一般人，就连最高明的川剧演员也望尘莫及。

"不说假话办不成大事"，这是林彪的一句盖世名言。近来读到《1971年5月1日的毛泽东》一文，说到当天在天安门城楼上发生的一件让负责摄影的记者们弄不明白的怪事：参加焰火晚会的领导人和客人都来了，载入了党章的接班人林彪的位子却奇怪地空着。不仅记者，毛泽东也分明注意到了。周恩来更是不停地看着表，派秘书去打听。终于，林彪经周恩来再三敦促，不得不来了，却是"一副萎靡不振的沮丧模样"，"冷僻地落座后，一句话没说，和近在咫尺的毛泽东没有握手，没有说话，甚至没有看一眼，只是一味地耷拉着焦黄的脸"。不一会儿，记者发现，林彪不在了，连个招呼也不打就走了。记者们根本来不及拍下一个他同毛主席握手或谈笑风生的理想镜头。记者不明白发生了什么事，但是分明感到他"肯定是赌气"。今天，人人都明白林彪那时赌的是什么气——4个月零12天后的折戟沉沙那一幕，这时已经在酝酿着。由此可以看出，尽管可能在别的许多地方康生不如林彪，但在变脸方面，林彪却远远不及康生，以至于在天安门城楼露出了"赌气"（毛泽东、周恩来当然明白，赌的是庐山会议那场气）的痕迹来，而不是极力维护那副"一贯紧跟，无限忠于"的面孔。康生得以"寿终正寝"，带着极美好的悼词混入八宝山，有他一定的道理。在这方面，他是几百年甚至上千年才出一个的"天才"！

既然是天才，是祖师爷，要继承（更别说发展）就不那么容易。近日读一篇大作，批评有人如何如何反对改革开放，我们如何如何正确认识其意义的。文章写得颇有林彪那种萎靡不振的沮丧模样，说了一大篇又似乎等于没说。再仔细研究一下，这"有人"到底是何人呢？原来就是"我们"，其中相当一部分干脆就是"我"。于是有人笑曰：此乃谓之"有人"无我也。

有林彪的萎靡不振但不敢赌气，学康生的变脸却脸红心跳，难怪九斤老太叹息说：一代不如一代！

把柄——词与物之三

于 坚

　　六十年代初期，我父亲有几个朋友，经常来我家下象棋、聊天之类。进了家门，我家的日常场景就对他们公开了。我母亲正在纺织的毛线裤，我父亲的茶叶、烟，我的集邮本、玩具，一家人的照相簿，一家星期天吃的是什么，都是随便可以看见的。在家里面还有什么见不得人的？这是生活，这是人生最基本的部分，人的安全感所在，人对生活的信任。你如果不能信任某个阳光灿烂的星期天插在窗台上的一束菊花，或者担心一包香烟的牌子会不会给你带来麻烦，那还叫什么生活？但在1966年，这一切都成了把柄、证据，被到过我家的人掌握着。他们是否会揭发，他们将要揭发的是什么，令我父母惶恐不安，因为他们掌握的是一批"日子"，我父母并不知道日常生活的哪些部分属于罪行。后来，连某个星期日的一顿有红烧鲤鱼的晚餐都被揭发出来了（在那么困难的时期，他们居然享受鲤鱼！）。集邮也成了罪行。1966年的时候，我是一个12岁的少年，我正在热衷着集邮。那个下午，我亲眼目睹红卫兵把一个个贴有纪念邮票的信封，扔到火堆里去烧掉，我扑到火堆边去抢，抢到了，他们就将我的手掰开，把我到手的邮票夺去，再次扔回火堆，直到彻底烧尽。还说，你再玩邮票，就把你关起来！那个时代一个少年要获得一张邮票是多么不容易，我家在一年之间，才收得到两三封贴着普通邮票的信，邮票在我看来是多么珍贵美丽的东西啊，是我少年时代的梦。在巨大的革命运动中，这是小事一桩，我并未被流放、批斗之类，但对我的生命却发生了深刻影响，某种来自母亲的、关于世界的安全感消失了。我朦胧地感觉到，生活是危险的，它随时会变成罪行、罪状、罪证。我不知道什么会被视为罪行，我只是惊恐地发现，我父亲的罪行甚至包括罐头、香烟牌子、花瓶里的郁金香以及某个秋天在公园里的一次散步……

把柄，器物上便于用手拿的部位。手柄、把手、物体的把握部分。方向盘、锄头把、斧子把、刀把、使器物的功能得以把握利用，玩于股掌之间。你决不会把斧子把交给一个要杀掉你的人，你也不会把方向盘交给一个会将车开到悬崖底下去的人。在特殊情况下一个人将自己交给另一个人利用，就是信任。信任你，才把把柄交给你使用，一个家庭才敢去买切菜刀，才敢为斧头安上把柄。

但如果把柄一旦作为形容词使用，"比喻可以被人用来要挟、攻击的过失或错误"时，事情就恰恰相反了。把柄的另一层意思是"抓住抽象的东西"。器物的"把柄"作为隐喻用的话，它的意思包括证据、材料、档案。

中国本世纪以来的一种普遍社会风气就是：把柄被普遍地应用。"他的把柄我知道"，这个短语不是经常可以在熟人们的交谈中听到么。在那个时代，生活就是潜在的罪行，生活的哪个部分都有可能成为把柄，一条领带是否是"里通外国"的把柄，全看意识形态的好恶。"在那个时代，一场关于树木的谈话都可能是罪行"（布莱希特）。受时代的影响，人们相互交往，两肋插刀，也是看彼此之间对"把柄"掌握到什么地步。"把柄"是信任，也是人们的某种自我保护。可以因此如胶似漆，成为同志，订立攻守同盟。一朝反目，仅仅由于看法、观点的暂时分歧，对方的一切就立即由相互信任的基础转为"把柄"。私人信件何以在这个世纪一再成为"材料"被揭发出来，就是"把柄"所使然。我怀疑自从六十年代以后，潜意识中，人与人的信任可能已经仅仅是建立在"把柄"之上了。因为那个时代，罪行是无所不在的。右派是左派时代的罪行，左派是右派时代的罪行。

大凡将把柄变成形容词使用的人，总有一个冠冕堂皇的"良心"。为了更"某某"的"某某"，我只好检举你了。我记忆犹新的是，胡风们当年不就是这样被搞掉的么？

在普遍把把柄作为形容词使用的时代，日常生活就是罪行。你无法把握一个时代，但是你可以把握住私人的日常生活。而日常生活，如果要把握的话，它是从来逃不掉的柄。

唱·骂·其他 ——《不怪集》之二

蒋子龙

1

广东惠州某歌舞厅，别出心裁地增加了一个"哭穷"的节目，在灯红酒绿、纸醉金迷的氛围中，让演员扮作乞丐或孝子，上台嚎啕大哭，边哭边诉说自己遭遇到的不公和不幸："我来南方打工，因没有技术进不了工厂，流落街头，乞讨为生……"在温柔乡或兴奋于狂歌劲舞中的人们，突然从别人的哭嚎中获得一种新奇的刺激，先是一愣，继而哄然大哗，热烈鼓掌。

——不知观众们是为演员的假哭叫好，还是为别人的贫穷喝彩？这就叫"乐极生悲"，没有悲也要制造点悲的气氛。焉知这其中不包含着真的悲剧？俗云"笑贫不笑娼"，拥红揽翠的人们喜欢不断有新的刺激，当没有什么再可以让他们心跳的了，就拿贫穷开心，以灾难取乐。人心历来如此，《泰坦尼克号》的成功，就是利用了旁观者对灾难的好奇和欣赏，大赚其钱。

2

一老板上厕所，没有忘记带手机，却忘记带手纸了。当他发现自己的这一疏漏时已经提不起裤子来了，想用手机通知外面的部属送手纸进来，偏偏跟随他的是女秘书，进男厕不大方便；他时刻不离身的手机又是和嘴接触的东西，当不了手纸……这位一向讲究效率的"大款"，计无所出，在"五谷轮回之所"困了半个多小时。

——足见现代人经常想到自己的嘴，却很容易忘记屁股。

3

陕西麟游县地处山区，有些村子山大沟深，蛇格外多。当地山民有一习俗，敬蛇亲蛇，绝不打蛇杀蛇。没事的时候身上缠蛇，少则几条，多则十几条，睡觉的时候头下枕蛇。因此上边的干部和各种有头有脸的人，很少到这个地区来视察、蹲点和开会，当地老百姓省却了许多摊派和接待费用，也减少了许多麻烦和闲气。

——难怪当地人要敬蛇亲蛇，蛇能辟邪，兼治腐败！

4

河南平舆有个乡，在公路、民房、学校等显眼的地方，随处可见骂街的大标语："偷一棵树死一口人！""偷毁树木天打雷劈！""毁林出门轧断腿，偷树进门折断手！"农民多少有点迷信，没有迷信也愿意图个吉利，这样的标语也许对当地的造林护林真有点好处。可是当地群众低头不见抬头见，满眼骂人的话心里不舒服，于是也回敬了几个口号："公款吃喝不得好死！""贪污受贿断子绝孙！"

——对骂了半天，大吃大喝的风气未见丝毫好转。有人悟出来，老百姓做事总还有所顾及。而公款吃喝和贪污受贿是既不怕横死，也不怕断子绝孙。如果有一天把老百姓骂火了，也不怕天打雷劈或短命折寿了，那一带的树木可能就要遭殃了。

5

中国人耳熟能详的一个原则是："百分之九十五的群众是好的，是可以依靠的。"全国闻名的国营企业改革典型山东诸城，在改革前夕曾对300名国营企业的青年职工进行问卷调查，所提出的问题是："如果看见企业里有人偷东西，你怎么办？"供选择的答案有三个："装做没看见"、"他偷我也偷"、"与他作斗争"。结果有220人选择"装做没看见"，占73%左右；有67人选择"他偷我也偷"，占23%左右；只有13人选择"与他作斗争"，占4%左右。

——这次问卷调查也给全国人民出了一道题：当今社会"好的、可以依靠的"是哪些人？占多大比例？

6

一位名叫戈登的人，最近在全英国"最沉闷男人"的大赛上夺得冠军，其强项是"越令人无聊的事他就知道得越多，面对一张别人用完就扔掉的废包装纸，戈登可以滔滔不绝地讲个没完"，连采访他的电视节目主持人也"尽了最大的努力才没有在他面前睡着"。

——这又算什么呢？中国有多少男人在会场上听领导讲话的时候打瞌睡？如果在中国举办这类大赛，夺冠的肯定是干部。因为尽人皆知，中国最沉闷的地方是会场；最沉闷的语言是官员打官腔说套话；能制造最沉闷气氛的人还不是最沉闷的男人吗？戈登的沉闷和无聊并不干扰别人和损害国家利益，而中国为最沉闷的男人付出的代价可就大了。据1998年12月15日的《济南日报》报道："1991年全国会议费用不会少于35亿元，用这笔钱可以修通1000公里的高速公路，建设近3个第一汽车制造厂。"实际上，"全国会议究竟耗费了多少资金很难统计，财政部透露，'七五'期间，我国会议费的开支，每年的递增幅度平均为21%。"按这个递增幅度，1998年会议费用应该是42亿多元。用这笔钱可救活多少个企业？能够安排多少下岗职工再就业？中国最沉闷的男人们，可谓是"蔫头匪类"！

吃喜酒

华　田

　　小时候随家人去参加大人们的婚宴，只给汽水或果子露喝，但我对小朋友说起它，仍叫吃喜酒。有一次不小心被一汤匙鱼翅弄脏了新衣服。又有一次吃了一半睡着了，醒来望见了自己家中的天花板。这是遥远的过去在记忆中留下的些许擦痕。谁家叔叔和谁家阿姨结婚，却早已由朦胧而忘却。

　　但我仍记得朦胧岁月中的一个灯火辉煌的大厅。60年过去了，至今忆及，犹如"今夜星光灿烂"一般地呈现出来。那是当年誉称电影皇后胡蝶结婚的一个场面。大约是1932或1933年，不冷不热的天气，父亲带我去吃胡蝶的喜酒。当时我只有五六岁，只听说与胡蝶结婚的潘公子的父亲，是父亲在税局的同事。

　　父亲拉着我，去了上海市中心南京路上的永安公司，乘西侧的电梯上了大东（东亚）酒楼。厅内就像现在电视上看到的招待会一样，摆满了上百桌酒席。我没有数数，是听席间大人们说的。胡蝶与潘公子那桌，处上方正中。在镁光灯不停地闪耀下，胡蝶和另外几位女宾的衣着，更显得亮晶晶的了。潘公子很清瘦，胡蝶胖得很好看。女宾中有位穿黑丝绒旗袍的很活跃，有人说她是徐来，也是有名的明星。王人美也在，但我只闻其名，未问是谁。

　　与我们同桌的有一位穿长衫的中年人，也带着一个孩子。孩子比我高一些，非常拘束。穿长衫的人似同我父亲很熟，老是向父亲点头攀谈。散席时我和那个孩子都拿到两盒喜果。盒子大小如月饼，鸡心形状，马口铁做的，制作很精巧，周围和盖子上的印漆是飞舞的蝴蝶。我保存了很久，打仗逃难时丢失了。

回家后父亲说起穿长衫的客人。他说那人大概是吃白食的。他们并不认识，进门前那人就凑上来同父亲寒暄，签到时站在边上又说又笑，自己不签名，却紧跟着父亲一起入席了。不过父亲说，喜庆讨个吉利，而且潘家有钱，不在乎几个人白吃喜酒，或许还不止他一个呢。

我想现在不掏腰包白吃结婚喜酒的事不大可能发生了。新郎新娘或其家人门口一站，熟面孔一看而知，而且自办的婚宴，请了谁，多少席位，事先是算得清清楚楚的。当然，某些公款公宴，如"赞助"下的笔会等等，某公挈妇将雏，带些与会无关的人入席，所谓"不吃白不吃"也。但这与我幼年遇到的吃白食不可同日而语，能耐上也是各有千秋的。

从前，山上有座庙……

鄢烈山

从前，山上有座庙，庙里有两个和尚，都有希望继承祖师的衣钵，成为本寺的长老。

和尚甲十年前曾云游四海，遍登名刹，广访高僧，日讲夜参，证得"纯净圆德"。投奔本寺以来，以真悟妙解超越众徒子徒孙之上，受到全体僧众的敬重。

和尚乙的优势是，自幼在本寺出家，几十年遵守清规戒律；一丝不苟；率领众徒子徒孙服侍长老唯恭唯谨，唯命是从；虽不能在将来使本寺声闻禅林成为一方名山，但却定不会坏本寺规约，维持原有场面。

长老自知圆寂之期逼近，犹难定袈裟传给哪一个。半夜，他来到大雄宝殿焚香礼拜毕，拾起"功德箱"上一枚铜钱来卜断。

各位施主，您猜哪一个被我佛如来选中了？

从前，山上有座庙，庙里有两个和尚，先后为本寺"住持"。

甲和尚带领众僧在丛林静修，一切遵奉"百丈清规"，唯以礼佛为事，内部管理虽然井然有序，寺庙却日益衰败。因为附近的一些地痞无赖常常滋事骚扰，殴打僧众，侵占庙产，无一宁日。不堪受欺凌的和尚纷纷游方去了。

乙和尚自告奋勇任住持收拾残局。他采取的第一条措施是抽调骨干种好上等名茶，送给本县衙门和附近一家乡绅；第二条措施是腾出一间偏殿作接待室, 高档几棱茶具, 名贵古董书画, 布置得"超一流", 专供官绅及其家眷拜佛进香时休息。

虽有不僧不俗结交官府之嫌, 但由于采取了这一系列改革措施争取到当地官府的支持, 再也没人敢欺负本寺了。又由于经营有方, 庙产也日渐繁荣发达, 吸引了不少游僧来存牒, 俨然一座大丛林了。

远方一位高僧听说了他们的经验, 问他的弟子们道: "你们以为这是该贺还是该吊呢?"

众弟子面面相觑……

动物表演——《不怪集》之二

蒋子龙

人人怕鬼，人人又渴望在确保自己人身安全的前提下，能见识一下鬼是什么样子。

同样，人类憎恨妖孽，又想看到真实的妖孽——泰国人正是抓住了人的这一心态，不仅非常富于创造性地把人变成"妖"，还把原本可爱或凶残的动物也变成"妖"，让其大作表演，以广招徕。

大象、鳄鱼和毒蛇，可以说是对人类极富刺激性和魅惑力的三种动物。泰国恰好盛产这三种动物，于是就在这三种动物身上大做文章……

大象的表演场地比足球场略小一些，三面是看台，可容纳数千名看客。

随着讲解员一声令下，几十头大小不等、高矮不等的灰象，有的披红挂彩，有的赤身露体，踏着《斗牛士》的乐曲，像一股巨大的旋风从没有看台的那一面冲进场地，卷动着气流和尘土，眨眼就奔到看台近前。长鼻子如闪电一般插进人群，把看客手里拿的和怀里抱的香蕉、西瓜，一古脑儿全卷进自己的大嘴。纵然是坐在后排高处的看客，如果手里有水果，也难以躲避大象的长鼻子，那简直就是一个个灵巧无比、上下翻飞的长钩子，它想要的东西，没有人能躲闪得过。往往还没等你看清是怎么回事，自己手里的水果已经到它的嘴里了。必要时它的前腿会踏上看台，尽管它的体魄看上去是那样的巨大和笨重，却绝不会伤着人。

在看台的最前面有个卖香蕉的摊子，上面堆满了香蕉和其它水果，大象连看都不看一眼。还有一些泰国的小孩子，挎着水果篮子在场地四周来回走动，向观众兜售香蕉，大象也绝不去碰。它甩动着活像有魔法的鼻子，只在观众中搜寻自己需要的东西。看来它很精明，讲究内外有别，"兔子不吃窝边草"。

有人给大象甩小费，倘是硬币，它就用鼻子吸起来递给背上的主人，如果是纸币，就用鼻子卷着送到卖水果的摊主跟前，买成香蕉填进嘴里。

它的灵活、狡猾、贪嘴、爱钱，激起了人们一阵阵会心的哄然大笑。人类看到动物具备了自己的品质，总是会兴奋不已的。精明的泰国人就是这样既逗得大家开心，又掏了游客的口袋。

工作人员在场地上铺了许多小毯子，显然是要表演大象从人身上迈过的节目了。领队小姐鼓动跟我同行的王先生躺到毯子上去，他未加思索就下了场子。

此君有过类似王洛宾一样的经历，后来攻读人类学，当过记者，为一些名牌企业进行过成功的策划，是个通才，同行的人都喜欢他。岂料那头雄壮的母象也对他情有独钟，当前腿从他身上迈过之后，忽然觉得不该就这么跟他失之交臂，又把前蹄收了回来，伸下长长的柔软的鼻子，在他的脸上身上嗅来嗅去，当嗅到他丹田以下的敏感三角区，母象立刻风情万种，那长鼻子变成了温柔的手，火烫的唇，就在王先生的命根子上长时间地抚摩、揉搓、挑逗。一只前蹄还悬在他身体上空，大概是供王先生兴奋起来之后也好有个抓摸搂抱的东西，以便发泄情欲。

看上去王先生似乎丝毫也没有要兴奋的样子，浑身僵硬，一动不敢动。他更担心的，是悬在额头上方的如磨盘一般大的象蹄子，不知它下一步还会干些什么？

那只悬着的大象蹄子，看来也不是供他兴奋起来的时候享用，而是防备他反抗或逃走。

这是在光天化日之下，在数千人的注视之下，一头大象对一个男人进行性骚扰。躺在场地上的当事人没有兴奋，看台上的人倒兴奋起来了，鼓掌欢呼，为大象叫好、加油。

大象堂而皇之地做着人类偷偷摸摸才敢做的事，还受到了人类的鼓励，就越发得意地卖弄起来……

等这边的骚扰结束以后，工作人员又在场地的另一边铺上毯子。有些年轻的女人叽叽喳喳地争相躺到毯子上去，她们的愿望很快就得到满足，另一头大象（估计是公象）用鼻子在她们的乳房和私处没完没了地按摩……看台上的人们却不大笑得出来了。

鳄鱼表演也差不多，这种丑陋、凶恶的食肉动物，张着血盆大口，把观众投下的钱全都吞进去，表演结束后再吐出来交给主人。只要你给钱，它就乖乖地跟你照相。

在曼谷国立蛇园里见到的就更加触目惊心了，蛇园的工作人员捉住一条眼镜王蛇，翻转过来，挤出毒蛇小小的带叉的生殖器，让男男女女每个游客上前去摸一摸。那粉色的，柔嫩的毒蛇鞭，在人们的手下颤栗。

看看，倘若不到泰国来，你怎么能摸得到毒蛇的生殖器！

只是不知道那条毒蛇会有什么样的感受？它被迫向人类展示自己的性器官，而人类的男男女女、老老少少竟然都喜欢摸一摸它的那个小东西……世界动物保护协会，只知道保护动物不被杀害，毒蛇受到人类的性虐待，该不该受保护？大象被训练成流氓，鳄鱼被训练成财迷，从事于动物保护的专家们又作何感想？

动物为了繁殖后代，只对同类有性要求。让它们对人类有"性趣"，是人类培养出来的。不知这是文明的进步？还是文明的倒退？

现代人的意识里最发达的是"钱"和"性"。于是也用这两种意识训练动物，让人和兽进行"性接触"、"性表演"，真亏人想得出来！

读报记惑

章　明

读报，为的是明白天下大事和人情世态，可有的时候适得其反，越读越糊涂。

（一）

报纸上最难懂的是两个极普通的汉字："原"字和"前"字。"原××市市长张三贪赃枉法被查处"、"前××局局长李四腐化堕落被逮捕"、"原××银行行长赵五侵吞巨款判处徒刑"、"前××市公安局长王七受贿300万元执行枪决"……

读了这样一些标题我往往大吃一惊，怎么这些因贪污腐化被查办乃至于被枪决的人全都是下了台的官员？难道贪污这种各国都有的问题（只是严重程度大有不同）到了我国也就有了"中国特色"？越是没权的人越能贪污？那么，所谓"钱权交易"之说纯粹都是无稽之谈了。等到你看了正文，才知道每条新闻中都有"在任职期间，利用职权"如何如何的记述。当然，在这些人受到法办之际，早已免职撤职了，所以你不能说报上用"原"字、"前"字是错的，但也不能说它全对。无论如何，"原市长贪污"，"前局长受贿"之类的说法是容易引起错觉、显得滑稽的。——这是一种模糊语言。我不知道是否必要使用这种模糊语言。

（二）

一篇报道今日大寨的专访《现在这张嘴是自己的了》中写道："一个60岁名叫贾承荣的村民说：'过去，这张嘴不是自己的，想说甚也不敢说。现在，这张嘴才真的是咱自己的了，想说甚就说甚。上至国家大事，下至村中小事，都可理论理论！'"这张嘴是咱自己的！读了这些话真叫人高兴。

然而，另一张报纸登出的题为《崔永元谈：实话实说难》一文中说："这个节目办到现在，能听到的那种让你振奋的话，并不是太多，很多人还是在说套话，说官话，甚至明明是实话，还要略加包装，换一种形式说出来，我觉得大家的心理负担太重了。我能理解他们，知道他们不可能做到知无不言，言无不尽，言者无罪，闻者足戒，不可能做到这个程度。有一个嘉宾，他参加的那期节目叫《拾金不昧要不要回报》，他说应当给回报，主张建立这种机制。节目播出后，他回到单位，同事说，这个人简直是品质有问题，他的世界观不对。结果这个节目影响了他提升，把人家给伤了。"读了广受欢迎的崔永元的这番肺腑之言，又觉得这张嘴不是（或者不完全是）咱自己的了。

（三）

不久前，广东电视台节目主持人陈旭然小姐不幸被入屋盗窃的匪徒残酷杀害。时过半月，杀人凶犯丁国礼已由公安刑警擒获，在法庭上对自己的罪行供认不讳。这是一起恶性刑事案件，也反映了某些令人不安的社会问题。不过，在治安状况尚未根本改善的今天，这一类的案件各地都"时有发生"，根据事实报道一下也就是了。可是，有些报纸说是"本案引起了情杀、仇杀种种猜测，谣传满天飞"，为了辟谣大做其文章，用整版的篇幅，彩色照片，图文并茂地连日报个没完。这种大张旗鼓的做法有点像"此地无银三百两"，让我这个本来没有什么怀疑的人倒怀疑起来了：说不定其中真有点什么隐情？

尤其不解的是，在"辟谣"当中又不断曝出许多本来不该让我辈蚁民知道的、更加诱人猜疑的问题：为什么一个普通的节目主持人能够拥有180平方米的豪宅、7套物业房产契约、各种名贵用品、10多万元现金和巨额存款？于是，"谣传"也就越辟越多了。

乡下一只鸟的翻译

庞 培

　　我们此地有一种鸟,嘴里会念奇怪的咒语,听得人肚皮都笑疼。年纪大点的一般曾有此耳福,却少有人见其长相——现在几乎敛迹了。我也是有一次到乡下喝酒,听人家随便提起才知晓。自然那叫声不可以称为念书的"念",而是一种很普通很平常的鸟叫,不知为什么,竟如从哪里学到的一句揶揄人的话,语调欢快、讥诮,发音如乡村的怨妇,十分有趣。据传这种鸟只在早上叫,破晓那会儿,黎明刚过,太阳一出来就听不见了——真是神秘。它的叫声,用普通话我简直不知该怎么翻译才准确。原本只可以用江阴话说的,甚至江阴话也不行! 仅一个江阴地方就有二十几个乡,十来种完全迥异的口音——我说的那鸟只适宜其中四五个乡的语音范围,写成字面意思是:"死老干街上回转嘞?"

　　"死老干"是江阴方言里女人骂自己丈夫的话。"老干"的意思是丈夫,"死丈夫"。方言如此,我也没办法——这种鸟想来自古也少有机会上京,而一旦出了长江黄河以北,也见不到其啼啭的影子,因此不可以用汉语中的北京方言表达自己——熟稔到发"丈夫"之类的音。说不定,它根本不喜欢这个词。那么我进一步想:"先生"一词如何呢? 思量再三,我感觉还是属闽粤方言中的"老公"发音比较贴近此鸟的用词原意。不过,这是一种什么样的鸟啊! 它竟能一连串发八九个音,而且是不同的音! 也许我应该去翻翻大不列颠《鸟类学辞典》，查查它的渊源。世上原本有会学人话的鸟，这我以前知道（如八哥、鹦鹉），可是，会在人话里面充分地运用隐喻、潜台词的鸟，我却闻所未闻！

"回转"就是回来、回家；"街上"则是明显的隐喻。明眼人一听就清楚，这句话其实是地地道道的讽刺，有着再显著不过的、话中带刺的意思。

一个出外"宵夜"而深夜不归的男人，醉醺醺地回到乡里，一大清早已从田岸头（田埂）设法抄近路溜回自己家门，忽地从河滩、草垛、墙旮旯里冒出来他乡下妻子的影子，冷不丁笑骂一句：

"死老公街上回来啦？"

设想话里面"街上"一词指什么？而那位受此一听的"老公"不浑身吓出一身冷汗？

进一步翻译，按照现今流行的港台电视电影套路，此"鸟话"的原意，是否大致如下：

"死老公？你外面一夜玩得开心吧？现在天亮想起要回家啦？"

无奈，自然界中鸟儿不具备人类语言的遗传基因，既不懂规范的汉语语法，也并不经常看电视，因此说话仍像古代怨妇，或穷乡僻壤里的村姑。总之，这种异鸟不仅能说一句咒语，而且潜台词颇丰，这不能不说是一桩奇闻。一句鸟说的人话，骂人话，女人骂男人的话，乡下妻子讥讽外面去鬼混的"老干"的话，对其可能的"花心"或"寻花问柳"诅咒的话，使大家觉得委实开心。显然我们乡下这类鸟也是"雌鸟"，而且属于对其家庭生活、婚姻现状比较"拎得清"（聪明）的鸟。

就是这种鸟，竟然近年来在各地敛迹了，我想其中一项缘由大概是被讥吓的丈夫们恼怒了，暗地里结社团结一致了，出外鬼混之余随身携一把鸟枪——他们一大清早有时是在冬日的雾霭里专程到田埂上搜索，以消灭此类鸟儿过分愉快、也过分明目张胆的啼啭。当然，还有其他更为复杂的原因。

实际上据真正听过的人讲，鸟叫声其实很恐怖，在暗夜的尽头，在晨曦里十分酷似某个迫害致死的女人魂灵的转世——说实话，对这种鸟的无故敛迹，我是非常惋惜。我一开始是惊异、难以置信，后来听说了它的几乎消失，心里就难过起来，遗憾它的结局。现在的男人们，至少乡下的男人们更可以放心大胆地去各乡镇街的卡拉OK房，以及录像室舞厅等，一切和乡镇企业一样新兴的娱乐场所了。他们出外鬼混，偷溜回家时田岸头再也听不到此种异鸟的啼啭了，而种田人心里，又少了一句笑骂。这对于传统上、美学上热衷于各类赏心悦耳之事的中国老百姓的身心——是一桩多么大的损失啊！

《树上的鸽子》　　　　　　　　　　（英）洛·沙西亚

法与人与马

邵燕祥

马厩着火，孔子退朝回来，问"伤人乎？"不问马。这是原始的人道主义吧。

1990年《人民政协报》曾有报道：在成都的一些裘皮商店、药材市场，金丝猴皮、虎皮、豹皮、小熊猫皮、雪豹皮等举目皆是；仅一个小小的裘皮商店挂着的雪豹皮就达11张，金丝猴皮、金钱豹皮、小熊猫皮各2张（一位政协委员花22元买下一张才42公分长的熊猫幼仔皮）；熊骨、虎骨、猴骨等成百副地挂在街市上或转入地下非法交易。

成都一家报纸曾披露，有个公司非法经营虎骨892.5公斤，有人计算这至少要捕杀70只老虎！

这里说的都是一二类珍稀野生动物，依法应受保护的，却遭到乱捕滥杀，愈演愈烈，说到了濒于灭绝的地步，该不是危言耸听。

这些珍稀野生动物，是生活在自然保护区和非保护区的深山老林中，那里是森林，依国家明令公布的《森林法》，也是禁止乱砍滥伐的，但是刀斧相加，也正在日见减少。动物是有声的，被追捕射杀时，能嗥叫，能呻吟，尚且不免于难，何况草木是无声的！

树木倒地，还有声，更加默默听人摆弄的就是地下墓葬中的珍宝古董了。在河南、陕西、湖北以及其他一些省份，盗墓者明目张胆，明火执仗，成群结伙，动用汽车，呼啸而来，呼啸而去。

捕杀珍稀野生动物者，滥伐森林者，盗墓者，分明都是知法犯法，以身试法，试之再三。所谓法者，对于他们只是一纸空白，或者连空文都不如。

是法无力，还是执法不力？我想起公安、检察、司法部门的广大工作者。是人员不足、设施不善吗？国家不是不惜拨款加强专政力量吗？

要么是存在着认识问题，认识不到森林、珍稀野生动物和古文物的价值？然而即使认识不到它们在环境保护、生态平衡方面，在科学研究、历史考古方面的价值，能不认识它们作为国家公共财产的价值吗？

也许以为人民民主专政只是要镇压意在颠覆政权的敌对分子，而如彼鸡鸣狗盗之徒无碍于政权的稳定；被砍伐的山林、被捕杀的动物、被盗窃的文物也都不是"世间第一可宝贵的"人，不值得特别费力气去保护吧？

这有点像是近于"伤人乎？不问马"的境界了。

但圣人之教总是涵盖广泛的，甚至是多义的。我很担心一般人也不关心什么森林啦、珍稀动物啦、墓穴中的古物啦，并且也是基于"伤人乎？不问马"的心理：如果人在经济生活、社会生活方面的许多权利还未必得到切实的保障，哪还顾得上物——况且是与个人的眼前利益无关的东西呢？

盗墓贩卖走私文物的人，盗伐山林贩卖木材的人，偷猎珍稀野生动物贩卖兽骨裘皮的人，自然都分得赃款，不知道可也有利益均沾的有权者网开一面，从而削弱了法律的力量？

我还是希望专政机关能在这些以身试法者面前，也一试锋芒，显示法律应有的尊严和威力。

附记：《人民政协报》后来报道，有关方面根据报纸揭露的线索，有所查获。这样的事情当然不是成都才有，也不定成都最为严重。有关报道所谓推算至少捕杀70只老虎，我却怀疑有无那么多老虎可供捕杀，怕是那家非法经营虎骨的公司以别的什么骨冒充虎骨吧。

烦人的礼品

■

张心阳

　　我是愈发不敢求人办事了。这倒不仅是我生性木讷、不善言辞，而更重要的是拿不起也送不惯那令人心烦的礼品。

　　不送礼品不行么？似行，也不行。说行，那就是首先有办不成事的思想准备，在做投石问路式的探访时，偶尔碰上了某个好心人，加上事情不大，此人又能说了算，事情往往一举成功。不过，事成之后，也别忘了"感谢感谢"。再就是找那些平时能在一起大碗喝酒、大块吃肉，可以拿老婆开玩笑的铁哥儿们办事，似也可以免礼相见。不过求人的事往往古怪得连自己也意想不到，铁哥儿们能力是有限的，因此还得携礼去求人。

　　我之所以烦这些，倒不是因为有求于人，又舍不得"放血"，而更多的是精神因素。比如过去，我也求人办事，也帮人办事，好像那时初次相见没有带礼的毛病，说说情况，能办就办，至于要表示谢意，那也是事成之后的事，而且最多买几斤水果就打发了。现在的情况呢，大不一样。要找的人无论认识与否，必须携礼相见，如果没有一兜礼品在背后撑着，那就像断了脊梁骨似的，英雄气短，说话都不敢拉长腔。由于不了解对方，第一次便携礼相见，心中还有一个担忧，就是不知对方为人的品性，倘若对方硬是拒礼不收呢，那又多尴尬！再一点，自己又忝为舞文弄墨之人，在老观念中，这种人向来是视金钱为阿睹物，视财礼而卑夷的，可而今为谋一己之事，竟也提着大兜小兜跑得屁颠颠的，人家岂不把你看成大俗人？不管怎么想，那礼物提在手上，重量却是压在心里，难受得很。

既然携礼求人办事，当然就得想着让人家喜欢。我这个人恰恰又不善此道，不仅连自己的衣服也不会买，就连当年看老岳丈也是靠未婚妻开清单，才知道应买什么，对于给一个什么也不了解的人买东西，当然就更难了。于是，总是绞尽脑汁地揣度人家，是吃的、喝的，还是用的、看的？若定为看的，是字画、书籍，还是装饰品、录相带？就算自己拿定了主张，但还毕竟是一厢情愿，于是还是怀着忐忑不安的心情去采购，凑着近视眼在那琳琅满目的货架上一整天一整天地去寻觅。

礼品烦人，再就是大家极不情愿地把那些东西提来提去。于是，这些东西像空中的鸡毛一样，往来如梭，飞来飞去。基于此，有些人也就学精了，凡是被人送来的且能存放之物，应一一存入柜橱，因为说不准什么时候又得求人办事——这飞来之物，还是要飞去的。当然，这只是手中有权能"办事"之人方可为之，像我等除了对汉字的调配权外什么也干不了的人，柜橱里永远空空如也，要办事还是抠箱子底。

求人办事，礼品"循环"，我想在很大程度上出自于生活上并不富裕的中国人的"补偿意识"——从哪里失去的就从哪里找回来，于是便形成了彼此"求索"、彼此"奉献"这样一个怪圈。为此，我就想，如果像在一等式两边减去同一位数一样，彼此办事，相互帮忙，大家都免去这一"礼"该有多好！当然，这里也有"净赚"的，那是权力的威力。

"礼"字的左边是"示"字旁，最早的礼是用来敬神的。从信神到信人，是一种进步；变敬神为敬人，则看不出什么进步。为了使人们在精神上落个清洁，我倒希望这"礼"还是敬神去。

共生

吴翼民

货畅其流，活跃市场，便有鸡贩子浩浩荡荡把江北的鸡贩往江南。

初时鸡贩子们还本分，起早贪黑地运，公平交易地卖，不存什么奸诈，渐次便狡猾，总是在上市之前做一番手脚，往每只鸡的嗉囊里填塞一包泥沙。鸡们有苦说不出，顾客吃亏肚里咽，只有卖主最得意。报纸上曾鞭挞过此等恶劣行径，标题用得夺目——"百万雄鸡下江南，一夜吃掉黄土山"。

鞭挞归鞭挞，鸡嗉囊照塞不误，久而久之居然成了合法和正常。反常之事持之以恒大概都会成为正常，于兹可得证明。如果哪个鸡贩子不往鸡嗉囊里塞泥沙，那才反常哩。确有老实本分的卖主不干这等混事，而是把售价略略上浮一些。本是磊磊落落之举，偏是顾客不领受，顾客宁可买貌似便宜，实乃吃亏的嗉囊鼓如皮球的鸡。从而可见要想光明磊落也委实不易。

我家附近一个集市上的鸡几乎都是鼓囊货，我每莅此辄生怜意，怜鸡们的备受折磨，没精打采（这里，"呆若木鸡"的成语最为贴切），也怜卖主和买主的心理变异。偶尔我也充任买主，只能徒叹奈何。

市场管理部门为维持消费者的利益曾一度干涉过此事，顾客凡发现鸡嗉囊中塞有泥沙可以检举索赔。但要实施似乎很难——你能当场把鸡嗉囊挖出来么？待你回家把鸡杀了，也犯不着为了二三两的鸡嗉囊折返市场。就算你握着一球泥沙前去交涉, 卖主可以不承认。

还有, 你能保证卖主不收买了市场管理员么? 或者说市场管理部门的干预本就是表面文章。

不知什么时候起, 一溜的鸡摊旁有了个代客杀鸡的摊子——老夫妇俩, 看样子是退休工人, 闲不住出来捞点外快。这是件应运而生的好事, 方便了芸芸顾客, 按说也有利于鸡贩子们的生意, 本来嫌杀鸡麻烦的顾客可以放心笃定买鸡吃了, 只须付几毛钱的加工费便可提着光净囵囵的鸡回家烧煮, 买鸡者自当有增无减矣。

不然, 自从有了个杀鸡摊, 鸡贩子们便大受钳制。三下两下剥取出来的鸡嗉囊还是热呼呼的, 看你还能赖帐? 这是一种极好的制约机制, 比什么手段都灵, 顾客皆受其惠。我实践过, 从杀鸡老汉手中取过鼓凸的嗉囊向鸡贩交涉, 鸡贩只得认赔了事, 但我留意到鸡贩的目光是阴毒的。我意识到这个代客杀鸡的摊子怕不得长久。

维持了一段日子, 杀鸡摊仍在, 却是易了摊主, 易了个佛面团人的中年汉子, 那汉子与一溜鸡贩们香烟飞来飞去的热闹, 从而凡前去杀鸡的顾客再看不着塞泥沙的嗉囊了。

糊涂难得？

谢　云

郑板桥先生的四个大字"难得糊涂"，现在正在走红。它挂在了千家万户的墙壁上，而且引起了众多论者的评说，热热闹闹，纷纷纭纭。这大概反映了某种社会心态吧！

不过，睁眼看现实，那种想糊涂而苦于难得者，固不乏人，而自以为聪明实则至为糊涂者，也为数不少。

早几年报上曾揭载过一位女研究生竟被没啥文化的女骗子骗去卖了的事。陌路相逢，素昧平生，何以便放弃原定的旅程，兴冲冲地跟着人家走？这岂非糊涂得可以？

也是见诸报刊的：某人凭着生就的一副洋面孔，作为行骗的通行证，竟然一路绿灯，通行无阻。许多世故老人、精干壮汉、聪明少女，被骗去了信任、金钱、爱情。这些上当受骗者，岂不也糊涂得可以！

一张小小的印着什么假头衔的名片，一套偷来的或伪造的制服，一个自称手里有什么紧俏商品的无赖，一个扬言能帮人渡洋出国的流氓，都能使一些人忽然失魂落魄，乖乖地被人牵着鼻子走。这些人又岂非糊涂得可以？

如果把这些年大大小小的、公布过的未公布过的诈骗案以及受骗的糊涂人，做个统计，那数目怕是够惊人的。试问：谁说难得糊涂？糊涂何尝难得？

人之所以上当受骗，原因自有多样。过于忠厚；失之天真；不谙世情，都是原因。但大多数堕入糊涂者，往往有一个共同原因。

古人说过一则"齐人攫金"的故事：一齐人"适鬻金之所，因攫其金而去。吏捕得之，问曰：'人皆在焉，予攫人之金何故？'对曰：'取金之时，不见人，徒见金。'"此所谓利令智昏。今之上当受骗者，情况与此齐人自然不同，但被某种贪欲迷了心，花了眼，以致失去了正常的判别力和起码的警惕性，终于做出在通常情况下不可能做的事来，则并无二致。

普通百姓自己糊涂，自己遭殃，自己的事自己承当，倒也无关国计民生。可怕的是现在一些国营企业的经理、厂长们也常常很容易地就堕入了糊涂。报上时不时爆出一些特大诈骗案来，便足说明。最近上海感光胶片二厂正、副厂长等就一下子被骗走942万元。看那事情经过，骗子骗术并不高明，问题全出在厂长等人的糊涂透顶。甚至在骗子的狐狸尾巴已暴露得相当清楚，他们还要把白花花的银子送进人家的腰包。其实说怪也不怪，因为他们只看到了自己能拿多少回扣，却忽视了国家将可能因此遭受多大损失。这叫做"仔卖爷田不心疼"。但他们到手的那点利益终于鸡飞蛋打，并因此受到法律的惩处。自以为聪明，到头来毕竟只是糊涂蛋。至于这样一些一见私利就犯糊涂的主儿，为什么能担任企业的领导职务，有关主管方面是不是也有点糊涂？令人深思。

改革开放，使许多人变得聪明，也使一些人变得易于糊涂。有人愿意挂张"难得糊涂"的横幅，自当悉听尊便，但我建议写上"易得糊涂"四个大字，压在桌子的玻璃板以下面，资时时警惕，也许更为有益。

黄鹤与KENT的对话

鄢烈山

　　黄鹤自返栖武昌蛇山，每日价在楼前听长江涛声，迎四海游客，未免渐生倦乏，有点恹恹的。忽一日，眼前一亮：对江龟山之巅的电视发射塔何时摇身变作了一支超巨型的KENT牌香烟？

　　好气派！龟山电视塔直插云天，号称"亚洲桅杆"；位于九省通衢的咽喉要道，俯看日夜奔流的长江汉水上如梭的舴艋舟，傲然接受如蚁的过往商旅行注目礼，本来超凡的气势就足以与黄鹤楼分庭抗礼；如今魁伟挺拔百米高的圆柱体塔身，被涂饰一新，1800平方米雪白的底色，嵌着一座欧洲古城堡样的徽标，抖开四个蓝莹莹的硕大的字母：KENT，洋溢着现代艺术特有的简洁潇洒。瞧，几个东洋人在龟山之麓、长江大桥上，对着电视塔变的KENT左一下右一下拍个没完没了。干嘛呀？他们对黄鹤楼可从未表现这么高的热情！

　　KENT心里雪亮，日本人是要回去向老板汇报中国市场商战新动向，企划竞争对策。于是，得意地用超级语言向对江的闷闷不乐的黄鹤说：咱KENT可是为贵国贵地的改革开放做了大贡献啦！过去，这塔身一直灰不溜秋地闲置着，既不好看，又一钱不生；现在你们凭空每年增加了70万人民币的"经济效益"，又多了一个不收门票的风景点，这是一项看不见的"社会效益"！更大的社会效益是启发了贵国人士的商品经济观念，拓展了广告思路，听说别的电视塔和制高

点都准备群起而效之。而最重要的是, 替贵国向世界传递了全方位开放的信息
——既然外国人可以做这样的广告, 还有什么经商禁区呢? 这不, 日本人跃跃欲
试了, 香港BSB公司要在汉口火车站做巨型广告了……

黄鹤觉得它的话有道理, 为了中华民族的利益, 自己不能因黄鹤楼相形见
绌而鸡肚小肠拈酸吃醋。转念一想, 发现不妥, 开言道: 你们的"开拓精神"和
想象力固然令人敬重, 在电视塔做广告当然很好。我遗憾的是, 怎么偏偏是你
KENT来做这个广告! 你们西方国家的烟草商, 面对国内日益猛烈的反烟浪潮,
大力"开发"亚洲的香烟市场, 使中国的香烟消费10年来由5000亿支猛增到1.7
万亿支, 占世界香烟消费量的1/3。

No, No, 黄鹤先生, 你误会了, 敝公司是联合公司, 产品种类可不止香烟。

你做的不是香烟广告? 这个塔就活像一只超级香烟!

Sorry , 想象不是事实!

你随便问一个过往的行人, 谁不说你是"健牌"香烟?

My dear, 我们没有义务对他人的无知负责!

可是, 据我所知, 你是"英美烟草公司"推出的。难怪亚洲有些反烟团体说
你们是在发动20世纪的"鸦片战争"!

话怎么这样说呢! 我们是做生意, 双方自愿。我们没有坚船利炮做威胁, 没
有违反贵国法规, 并没有强迫谁买我们的烟嘛!

你们不是有美国政府做后盾, 以美国政府的"301"特别条款做武器吗?

"301"有关条款是要求不歧视西方国家的公司, 要求你们对国内外产品一
视同仁。既然你们的国产烟容许在新闻媒介之外做广告, 我们就可以做嘛! 如
果你们有像泰国那样的香烟宣传管制法规, 我们就会……

黄鹤无言以对。它想起"法新社"最近一则电讯中关于"到2000年, 肺癌将
成为中国人的主要死因"的话, 不禁凄然地低下了头。

金牙情结

范若丁

　　现在有些人是很讲究车子和房子的。"不在乎天长地久，只在乎曾经拥有"，有了一定的职位就得拥有一定的车子与房子，天经地义，这叫做"格"，不如此则谓之失"格"。这种"格"似同于孔子的"礼"，但孔子的"礼"是不能僭越的，而"格"则可超而不可失也！

　　偶尔在一个座谈会上听到一位著名漫画家的发言，印象至深。漫画家用幽默的语言讲了一个近似漫画的关于车子与金牙的故事。他说他有位老弟在某省一个贫困县工作，不久前来访，诉说四个月未领到工资的苦况，令他甚感惊诧。这位老弟在县委机关做事，响当当的铁饭碗，怎会无粮可出无薪可发呢？原来县委书记用80多万元购得一部超豪华型轿车，把扶贫款连同干部工资统统填了进去，自然老弟端了几十年的铁饭碗，就被这位有"开创"精神的县太皇给砸了。老弟很通情达理，说这事也不能怪这位县委书记，既然别的县的县委书记有豪华车坐，他为什么不能也拥有一部呢？老弟难过的是，他的这位县太皇自从拥有高级轿车之后，竟患了一种叫做"软骨四轮症"的怪病，举步维艰，从办公室到大礼堂不足百尺之遥，也需车子接送。

　　漫画家话锋一转："这位县委书记不会走路了，可怕吧？其实他不是不会走路，只因这车子成了他的金牙。"不少听者不解地相互望望，漫画家解释道："旧时有一种镶金牙的人,把牙齿用金箔包得黄灿灿的,自认为美、阔,因此不说话也要呲牙,不笑也要呲牙,为的是让人看他那满嘴金光,满口神符。这位县委书记就有这种金牙心态,说现代一点,叫金牙情结。"

漫画家这段话说得辛辣、形象、耐人寻味。我想为官者不同于一般百姓,也许确实需要一点官威。小时候在家乡看曲子戏,常从戏中看到"夸官"的场面。某人中了状元或当了大官,要坐上八抬大轿或骑上高头大马在乡人面前夸耀一番,树一方威风,为官者的金牙情结即源于此,似古已有之,但不尽然。春秋齐大夫晏子,历任灵公、庄公、景公三世,经邦治国,贵为齐相,面对奴隶主阶级营造的奢侈靡费的社会风气,却能洁身自律,刻苦自守。他住在低矮潮湿的老屋里,齐王认为这与他的"级别"太不相符,多次要他在高爽之地修建高厦大宅,他却"坚不更宅"。在那个以乘代表财富与身份的时代,他坐的却是一辆老马旧车,根据他的遗嘱,他死后也只有一辆布车送葬。他生不要排场,死不要哀荣,不讲被某些人视为身价的"格",却保住了一份高尚的人格。漫画家提到的这位县委书记,恰恰缺的就是这份人格。

其实,关于车子与金牙的故事,在我们身边是常常发生的,只不过我们已经习以为常,或者我们自己也有个金牙情结罢了。

走过场

李佩芝

有时在梦中，会突然身陷困境。笔断了，墨水干了，而试卷还一题未解，眼看看考试时间就要结束……这种焦虑与不安，我以为是学生时代留给人灵魂的最大纪念。否则不会在渐行渐远的人生途中，每每以梦中困境来真实地折磨我们。

这些天我就爱做梦。醒来虽觉好笑，但又难免心中忐忑，毕竟考期临近。

其实我上小学上中学都是班里的好学生，从未因准备不足而困在考场。除了俄语，一切功课都学得轻轻松松。俄语是早上背，晚上背，还不敢保证第二天被外语老师叫到黑板前默写单词或课文时不出错。成绩当然也是很不错的，可下的功夫也不少，只是我不说，我喜欢老师和同学夸我记性好。

那时我们和苏联的关系十分好，我看过许多苏联小说，会唱许多俄罗斯民歌，还和莫斯科中学一个叫娜沙的女孩子通信交了朋友。她寄给我一张照片，很漂亮；我也回寄她一张照片，上面不过是个黄毛丫头。她每次写信都说她要到西安来，我每次写信说我想到莫斯科去，当然都是在长大以后。

不等长大，我们便不通信了。我在困惑与失落中渐渐淡忘了这段国际友谊。犹如两个星座中的两颗小星，彼此刚刚感知了些微神秘的光亮，便被莫名的力量错开了轨道，于茫茫尘宇里无可寻觅了。

上大学时，仍是学俄语，但还没毕业，社会上便大呼大叫大杀大伐起来，激情万丈之后糊糊涂涂毕业时，俄语被认为是最多余最无用的东西。

可是，上帝挺会捉弄人。

20年过去，而今要考俄语。因为要评职称。外单位有考过的，听说试题很简单，考的人成绩也不错。甚至没学过外文的人得满分的也有之。

人们说，这叫走过场。我便跃跃欲试。

买了大学专业课的俄文课本四册，借来研究生用的辅导教材。只是独个儿坐下来面对那一个个似曾相识的字母时，才深深感到，20多年岁月的风吹去了多少记忆。

复习时间只有一个月。上班时间除外。于是单位给每个人出了40元钱参加社会上举办的职称考试外语复习班，仅4个下午共8个小时，我有些发愁了。可有人说，补习班就是过关班，保你过关，你还愁个甚！还有人说，考不考试是个态度问题，分数是次要的。但我想起学生时代的光荣，便依旧很认真地死记硬背，希望在将来考试时，尽管只是个态度问题，也要尽量表现好点。

丈夫见我活像中了邪，说，你的课文我都听得能背了，你怎么还记不住？儿子大笑，说妈妈根本不是在背外文，她心里可能在想升官呢！我也大笑。真的，升官没想，课文也没记住，反正心不知跑到哪儿去了！于是他们开导我，想想办法呀！

我大悟。走过场，即谓意思一下。如今天下，无密可保，无法可循，无章可依，我怎么能死心眼呢！

果然一打听便得知，辅导先生就是出题先生，出题先生就是阅卷先生，而阅卷先生则是朋友的朋友的朋友之先生——于是，我大喜。

愈近考期，社会上俄语热愈甚。有人因陪了某俄罗斯商团在陕投资而赚了好几万元；有人因与乌克兰有干系前不久来回一次而腰缠万贯——人们便说，不要走过场敷衍，好好拾起俄语好发财呀！

我也不想走过场敷衍。如果职称认真讲水平，谁能埋怨呢！我也不理解为什么要走过场，而最终依旧是排队熬资格，媳妇都盼着熬成婆，而话说实了，人们每逢这种晋职晋级之类的事情，考察也罢，考验也罢，考试也罢，都无关紧要，而是人常说的：功夫在诗外。

当然，过场总归要走。我也笑自己俗气。人生有许多关卡，无论被动无论主动，你都得过去，不管这有无价值。而别人为实用为出国去发财认真学起俄语，我却只能想想而已。不是想生财之路，而是假设某一天国际间出入自由，在我国不光是为某级别以上的官员发放公费出国观光证，我倒极想去着看伏尔加河，当冰雪覆盖时，去搭乘冰河上跑着的三套车；我想去瞻仰列夫·托尔斯泰的旧宅，倾听娜塔沙的笑声；还有，还有莫斯科那个叫娜沙的女孩，我们会一起重温少女时代那朦朦胧胧的梦。

瞧，过场还没走，倒生出如许的思绪，这大概是我们这类人常常迷迷糊糊的原因了。

理事

■

吴翼民

　　市摄影家协会要换届改选，理事候选人名单中有一新人，按姓氏笔划为序赫然排在第一，其曰：一帆。

　　一帆何许人？抬头便见，不是那个小头锐面正在侍弄麦克风的凌一帆么？与会者大抵都知道，此公系帆影照相馆的小老板，生意做得火红。其橱窗里的大美人样照妖艳过人，因此，获得过人像艺术摄影比赛的优胜。或许就凭着这点资本今儿个竞选理事来了。

　　算小子乖巧，把"凌"姓割舍了，单取"一帆"二字权作笔名，这样就名列前茅，就占了些便宜。通常情况下姓氏复杂排列于后，在选举画圈时容易吃亏。

　　又算小子乖巧，开会前佯作侍弄麦克风，拍拍喊喊，在人前蹿来蹿去，刺激与会者的视神经，让人们记住他、投他的票。

　　到底这小子乖巧，居然还包下了大会的晚餐，在得意楼摆下十桌，大请其客。这一点是大会乍开幕时执行主席宣布的。主席一宣布，台下一阵骚动，因为在清汤寡水的群众社团中这是破天荒头一回。多么地具有诱惑力啊，与会者中多数是工厂企事业单位中的业余摄影爱好者，日子过得并不宽裕，极少有上馆子的机会。饮食男女，人之大欲，谁不心向往之呢？

　　但这顿晚餐是不大好用的，要心安理得地出席，你就得在眼下投一帆的票，否则一旦一帆落选，这美味佳肴将碜牙，将变得味同嚼蜡。"吃人一碗，听人使唤"，自古皆然。

就投一帆的票罢了，那是极容易的事，只须在他的名字上方画上一个圆圈。然而这圆圈偏生难画，凭良心讲一帆够资格当理事吗？靠几幅靓女人像就能当选理事吗？吸纳他当摄影家协会会员还是勉强的，怎地得寸进尺想干理事呢？让他当理事，就意味着协会的降格和贬值，这是让人难以容忍的。但细想一想协会何物？理事何物？无非虚名一个。不过这虚名对于一帆来说有着不小的实利，他戴上一项理事的桂冠将能吸引更多的主顾，生意将会更加兴旺发达。

与会者窃窃私语，议论纷纷，最后都表示出了不小的义愤——理事衔头即便虚名一个，也断然不能给了沽名钓誉、以虚名牟实利的一帆之属。

到了选举投票的程序了，鱼贯着把选票投进选票箱中，一个个都庄严、凛凛然而有君子之气度，投罢票私下纷纷表白：

"我没投一帆的票。""是的，我也没选他。"

"选他？那不是太不像话了吗？""……"

唱票、计票，最后结果一帆乃堂然当选，而被差额掉的二位却是颇有造诣的真正的摄影家。不是都表白过没投一帆的票吗？个中奥妙只有天晓得了。得意楼上座无虚席。觥筹交错中人人都很得意。

论狗性

雪 狐

人有人性,兽有兽性,万物皆然。

狗是狼的变种,故狗有"狼性"残余,虽然杂食更喜食肉。狗是社会的产物,因此有与"人性"相通之一面。狗的"种族"之分,其多半是人为制造的,目的在于为人服务,如叭儿狗、狮子狗多为贵妇培育,这种膝上宠物体积要小,性情要顺,神态要娈;而牧羊狗则在牧人之下,万羊之上,责任大,任务重,故性凶悍,好管闲事……

狗又有贵贱之分、美丑之分、纯杂之分……牧羊狗以实用价值为取向,贵人则以审美价值为准绳。升平之世,娈态可掬之狗必贵;多事之秋,看家狗价格必涨。

狗性实是人性之延伸,主喜狗欢,主怒狗吠。狗是有原则的动物,其原则随主人而定,其动静凶善,唯主子是瞻,人善则狗善,人恶则狗恶。这是狗的社会性的最明显特征。天下之狗皆然。狗性之转移由人性的变化而变化,有野人,便有野狗,有疯人则有疯狗……类推可以得出:"狗改变不了吃屎"的说法不能成立。事实上,训练有素的狗是绝不吃屎的,如警犬。所以改变"狗性"并不难,只要改变人性即可。

如此转型期

刘洪波

　　"社会处在转型期"，这话是人云亦云地跟着说了无数遍的，但直到现在，才悟出"转型期"的好处来。

　　"转型期"的好处，乃是无论做什么都"可以理解"。以前总听人喊"理解万岁"，现在听不到了吧，因为现在已经公认为"转型期"了。既是"转型期"，不免什么事情都会出现，已经寓含了"应当理解"的意思，所以"理解万岁"也就不必专程呼而吁之。

　　比如中央电视台的焦点访谈，不时会披露一些不正常现象，而且主事者如何说，其他人如何说，都历历在目地播出来。节目看了不少回，还很少看到有哪个主事者对着镜头干瞪眼，而说不出个一二三的。乡干部卖掉农民的土地而不予补偿，会说"早想过了，项目上去了，经济发展了，农民自然有保障"；不准集体企业职工大会选举厂长的机关，会说"选厂长没有先例，而且我们早已派了厂长了"；脏乱差被曝了光的城市，会说"总的是好的，你们去的都是小街小巷"，言下之意，倒是电视台没有弄清"九指与一指"的关系。如此等等。

　　这些都是道理，卖地不给补偿，是不合情理和法理的，但他"早想过了"，这样更合乎农民的"长远利益"，就可以把农民的"眼前利益"牺牲掉，眼前利益要服从长远利益嘛。集体企业职工大会可以选举厂长，这是有法律依据的，但他又想过了，选是要一个厂长，不选也有厂长，何必多费神呢，何况从来没选过，更容易出现问题呀。脏乱差，当然是不好的，但我们大街上还是看得过去的嘛，你却专门往小巷子拍，否定形势，是何居心？

如此一来，就搞成了公说公有理，婆说婆有理，"宽容"精神一发作，就只好什么都情有可原，什么都不能"一棍子打死"。活在"转型期"，真是再好不过的了。处在新与旧之间，传统与现代之间，计划与市场之间，历史与现实之间了，人做什么事情似乎都不乏道理好讲，只要愿意，无论做出什么事情都可以避免产生心理的亏欠。

做一件事情，不合乎新时代，还能合乎旧框框吧；不能面向现代化，总能继承传统吧；不符合市场经济规则，合起计划经济的辙来总驾轻就熟吧；不能"与国际接轨"，"合乎国情"总不难吧。你的任何行为都是不必发愁找不到依据的了。提倡节俭，当然有传统开路；鼓励消费，又有革新观念开讲。教授摆摊，自然是"市场意识强"了；教授不摆摊，则是"学者有品格"……

两不着套，就没有道理可讲了吗？要是这样，"转型期"的好处也实在有限。官员贪污，合乎新还是旧呢，但那是因为"我负这么多责，做这么多贡献，收入却很少，低薪无法养廉"。在店门口挂个招牌就要收"广告税"，这是市场机制还是计划规则呢，但"我们要自收自支，实在没办法"。一个机关里满是三姑四姨，这是合乎现代精神，还是继承了悠久传统呢？但"当官不用自己的人，那怎么行"。刑讯逼供打死了人，但人家"办过很多案子，很有能力"呀，所以"出个把意外，只是工作失误"。这些道理在"转型期"都是可以得到理解的。

"转型期"的事情，当然也有正误之分，但绝不会"毫无道理"。正确的事情自然是满火车拉不完的道理，错误的事情也不会有人理屈，所以从来不见有谁词穷，胡作非为，贪赃枉法，都是那么倔强地面对着世界。良善之辈秉持良心准则而隐忍，玩世不恭则凭借寡廉鲜耻而笑傲江湖，得意地嘲弄世界。

这样的"转型期"，对某些人真是越长久越好啊。

如果股票明天上市

叶曙明

　　一位初到广州的北方人看到这里如此热闹，非常感慨地说，广州和内地确实不同，你看大街上的人都是急急忙忙地走路，没一个是闲的。我问他："你知道这些人一边走心里一边想着什么？"这位北方朋友十分肯定地回答："当然是想着'我要发财，我要发财，我要发财'啰。"他把这些人统称为"发财界"，和学术界、工商界、金融界的意思差不多。

　　最近，在发财界又多了一个新话题，就是股票。听说广州准备试行股票交易，有10家企业的股票先行上市。发财界的精英们一个个摩拳擦掌，好像这一回要席卷天下，包举宇内，囊括四海，并吞八荒的样子。股票还没上市，外面已经呈现出要发动"第三次世界大战"的迹象了。

　　在我的周围忽然来了很多股票专家，其中一位是上海来的，他听别人说广州人会赚钱老不服气，非要证明上海人更会赚钱不可。后来他终于找到了股票这个话题，股票在上海已经上市了，所以，"说到股票你们广州人可就不懂了。"他眉飞色舞，唾沫横溅，给我大上股票常识课，满嘴的术语非常带劲，从优先股说到普通股，从分红计息说到道琼斯工业指数。原来小小的股票里面有无穷的奥妙，我们这些没玩过股票的人，是永远不能明白的，只有像他这种好像很熟悉华尔街的人，才能一夜之间成为百万富翁。

听这位股票专家的意思，他在上海的朋友几乎全都因为玩股票玩到买洋楼、买汽车，令我羡慕得不得了——我现在骑的那辆破自行车还是8年前买的，锈得连贼也不偷。如果广州真的有股票上市，我一定咬咬牙拿他七百八百出来玩玩。

我问这位专家，既然你的朋友都靠玩股票成为上海滩的豪门望族，你也一定跟着赚了不少吧？你现在开的是平治房车，还是保时捷？他说："我什么也没有，和你叶曙明一样。""为什么？"我惊奇地问。"因为我没买股票。"

"一分钱也没买？""没买。"

我大失所望，既然如此，他花那么老半天时间和我大谈股票的赚钱法究竟有什么意思，哄得我直以为他每天在股市出入的银码至少有三两万。也许对他来说，让别人觉得他精通赚钱之术，比真正赚钱来得更有趣。

当然，也有一些真正会赚钱的人，股票还没上市，就开始赚股票的钱了。能耐小的，给报纸杂志写什么"股票ABC"啦、"实行股票交易的时机与条件"啦、"可行性研究"啦、"若干问题初探"啦，诸如此类，先赚了每千字30元的稿费再说，就像我现在这样；能耐大的，开办什么股票知识讲座啦、股票学校啦、培训班啦、函授班啦，代办外地学员住宿啦，来函询问必复啦。我想那些授课的教师，大概也和那位上海的股票专家差不多，这辈子没买过一分钱股票，没进过一回证券交易所，都是些"抽象派"、"印象派"的大师。

虽然我一向都在努力做出"静以修身，俭以养德"的样子，但每当我见到或听到别人赚钱时，可能脸上总是情不自禁地露出悠然神往的颜色，所以别人以为我也是发财界的外围人物，都跑来问我能不能买到第一手的股票，管他什么企业，只要是第一手的股，必赚无疑。害得我心头撞鹿，看见朋友，话没说三句，也想问他买不买得到第一手的股。其实什么叫第一手的股，到现在我还没弄得很清，只知道它能赚钱，这就足够了。

世界上做任何一种事情都能赚钱，但能赚大钱的永远都只是少数人。我是属于有希望没前途之辈。我常常自我安慰，聪明人知道怎么赚钱，却赚不了；傻瓜蠢蛋不知道怎么赚钱，却赚得脑满肠肥。在这一点上，我和那位上海朋友倒是志同道合。

如果广州市明天真的有股票上市，猜猜今晚会有多少人夜不能寐？

如今谁甩谁

张抗抗

早年女人们谈论男人，有一个同仇敌忾的主题，就是千刀万剐的陈世美。

那个陈世美顶没良心，忘恩负义，过河拆桥，让妻儿老小受尽苦难，为了荣华富贵，甩了发妻另有新欢。历史证明，几千年来女人是男人的受害者，男人在本质上都是陈世美，因而女人都难免秦香莲的命运。

可是近几年，四面八方传来的故事，却有了逆向信息。男人一时困惑，女人们听起来，就很振奋人心。

海外的美籍华人，眼巴巴的到国内来挑华籍美人，凡是有个人样的，都能带个不错的回去。于是长得还算周正的女人，都一心一意想远嫁异国，去过小汽车加游泳池的幸福生活。女人的行情就眼看着蓬勃上涨，即使已经嫁人或是马上就要结婚，也绝不迟疑，原先的男友情人亦或是丈夫，招招手就拜拜了。

也有跟着丈夫出去陪读，或是前些年出去留学后，嫁了同去的留学生的女友，后来遇到了比自家老公更出色更成功更有钱的男子，也是毫不犹豫地改弦更张，另就高枝的。以海外的留学生而言，男女同学资历学历相仿，应该说比较男女平等，又是共同艰苦拼搏，彼此相濡以沫，感情笃深。然而一有变故，一有机会，大多是女生蹬了男生——女的"陈世美"在海外，就平平常常的普遍。

某家妇女杂志公布：××市的一项社会调查结果表明，至1991年底止，办理离婚的夫妇中有三分之二为女方率先提出。

读报还读到这样的消息：近几年来女性犯罪人数大幅度增加。在××地区，女性犯罪人数是男性的×倍。

如此等等，不由令人忧喜交加。

如果先不作道德评判，这些事实是否至少可以说明，商品经济的发展，为妇女提供了较大的自由活动空间，有利于妇女摆脱男子物质和精神的双重压迫，从以男人为中心的传统社会中，全面而不是局部、主动而不是被动地解放出来。女人开始有可能从个人从自身从本体，而不再是从家庭从丈夫从子女从他人的角度，思考问题并进行重新选择。女人可以不再顾忌周围舆论的压力和束缚，而毅然按照自己的需要和价值取向决定自己的行为。女人从此真正扬眉吐气、翻身作主，因为她们不再单方面接受别人的取舍，而把爱和不爱、争夺和扬弃的权利抓在了自己手里。在一个允许自由竞争的社会，选择是人的基本行为准则，谁都可以在法律许可的范围内，为自己"竞争"到更理想更合适的伴侣。于是双方都必须在更高的目标下不断增值不断使自己具有新的吸引力，而一旦原先的价值平衡机制被打破，有一方必然会遭到淘汰。人类几千年便是如此发展壮大，原为天经地义。不同的只是，女人从来扮演商品的角色任人选购。打一个不恰当的比喻，如今男人也当一回商品由女人来选，商品若要畅销，就得力求好上加好，如此激励了男子的发达欲望，使得男人的质量因此提高上去，对于社会，难道不可以说是一种进步么？

然而回到道德的范畴，无论男人还是女人，都在日益膨胀的人欲之下，惶然生出从未有过的忧虑。女人在镜子里窥见一个烫着头发的陈世美，心惊肉跳、诚惶诚恐地想：那原来竟是我么？女人原来也是这样无情这样丑恶这样自私这样贪婪的么？女人究竟怎么会变成这样？如果连女人都这么坏这个世界还有什么指望？忧喜交加在这里终于分兵两路，由迷茫而清晰，由平和而激愤：男人写下的历史布下的罗网，全部的精华都在于教女人如何做好女人；男人说生存需要必得用恶战胜恶，因此善和美的职责就只有让女人来承担了。女人一直相信自己是善良和美好的化身，只因为男人希望女人应该善良和美好。这便是男人和女人之间不公平的起点。

所以看来只有由女人自己来对女人说出世界的真相：你并不比男人更好些。

而更重要的是：你实际上不可能，也根本没有必要，比男人更善良美好。

很"唯物"地说，男人和女人在人性的本质上是一样的，无论善恶。也许只是因为生理性能的区别，女人需要哺乳和照料子女，体质柔弱天性温存。但这决不意味着女人天生同陈世美无缘——那扇封闭已久的国门刚刚打开，女人就露出贪婪的牙齿。只要具备条件和机会，压抑愈久的"恶"基因，生长得愈发旺盛。

如今谁甩谁呢？男人女人，彼此彼此。女人只有看透自己，才能看透世界的真实，才谈得上掌握自己的命运。何况，相互间如有依存的需要和吸引，让甩也不肯甩，甩也甩不掉。

谁比谁更卑劣

莫小米

在西北回南方的长途列车上，几天几夜耳鬓厮磨的软卧车厢里，一位素不相识的女士向我倾诉了许多郁积在心里的故事。她的讲述是在知道了我的记者身份后开始的。

她是南方人，气质高贵，有本科文凭，十多年前辞职下海，从此为金钱而南征北战。年前她在内地某大城市卖掉了经营得正红火的一处娱乐产业。撤退吧，她说，这种钱赚来心里也不安。

在她刚刚撤出来的那座城市，她是个红人，她熟识当地所有的头面人物，曾做为该市的精神文明个体经营者而荣登主席台。

她说这种行业应该视为一个陷阱，表面上看不出来，涉足其间方才知道，不那样做就意味着你要赔钱，起初只是为了收回投资，打擦边球，以致逐渐堕落。后来没想到，钱赚得还真是容易。这番解释在我看来，是她为自己良心搭的一个台阶。前年夏天正是生意最好的时候，当地的某局长来找她，局长的公子那年高考，想考首都某重点高校。局长在当地叱咤风云对北京却鞭长莫及，知道这位女老板在北京有哥儿们。局长还真找对人了。

通过关系她很快将那高校派来招生的使者的底子摸清。待他抵达时，她亲自驱车前往机场接驾，不露声色地"尽地主之谊"，陪同旅游、逛街。其间对方稍有流露对某件物品的爱好，善于察言观色的她立即为他置办好，直到耗资数千，遂出示局长公子的准考证号码。

招生使者很讲义气，但也很守准则，拍胸脯说，只要该生考分上本校录取分数线，就没问题；若不上，那是要打官司的，他不干。

公子的考分果然上了分数线，然而上线的有八十余人，核定录取人数却只十名。更为棘手的是，公子考分排名第七十二，几乎是没有希望的了。

招生使者却真的很讲义气，说到做到。当招生办工作人员按考分高低调出档案，他粗粗一瞥便统统退档，再调一批，又发还，如是再三，久经沙场的招生办工作人员心中有数，遂出示所有上线档案。局长的公子就这样被录取了。

因事先有所允诺，事成后女老板示意局长以家长的身份略表酬谢。局长打算宴请，她认为不妥，太惹眼，并建议送一红包即可。谁知局长说，手头没有现钱。她方明白，宴请本是可以签字报销的。这不是明摆着还要自己破费吗？本来这也是小钱，但她觉得堂堂局长也实在太吝啬，想了想说：这样吧，你设法弄张三千元餐饮发票来，我替你找个地方报销。

局长果然照此办理。红包送了。公子入学了。从此女老板的经营亦高枕无忧了。吝啬于自己腰包的局长大人在公事上倒是特别慷慨。

话匣子打开，诸如此类的故事女老板对我说了整整一天一夜。说起那一个个被她"摆平"的对象，她的语气与神气带着毫不掩饰的鄙夷。

她说几年中钱是赚了不少，但不多不少刚好赔进了股市里，这说明不干净的钱是不能赚的，来多少去多少，去了反倒心安。

她说现在回想起业已离开的那座城市以及那儿的人，就像是曾经做过的一个噩梦。

她早年离异，小孩归对方。这几年她最大的损失是折损了对人的信任，包括情感信任与人格信任。女人到了中年总希望心有归属，但她现在还能轻易地相信一个道貌岸然的人吗？天知道谁比谁更卑劣？她反复地自问。

谈"布狗"——海外乱弹之一

章 明

"布狗",不是布做的玩具狗,美国总统布什之狗也。

乔治·布什养着一匹爱犬。该犬出身名门,气质高贵,容貌出众,人见人爱,而且有个极好听的名字"米妮",令人联想起一位著名女明星来。布什几乎整天把它带在身边,连外事活动也不例外,因此,米妮就亲眼见过包括英国女王在内的许多国家元首和政府首脑。后来,某位作家为这匹非凡之狗写了一部传记,出书以后,居然成为畅销书,一下子售出数百万册。大概依照美国的出版法,传记类书籍的版税不全归作者所有,传主也有权分成,于是,米妮第一次就已获得60多万美元的酬金,今后还有不断增加的趋势。然而与此同时,布什本人也写作和出版了一本自传,却不料销路奇惨,只得到3000余元的报酬。为此,据说布什曾公开表示遗憾,说:"我感到非常惭愧!""米妮一次得到的酬金,竟超过了我年薪的3倍!"——美国总统年薪为20万美元,和名牌大学校长的收入大致相等,为一流女广告模特几年酬金的十分之一。

这条新闻传到我国,各地报刊蜂起评论;我读了这新闻也同样莫名其妙,百思不解。

狗总是狗,哪怕是总统心爱的狗;人总是人,何况是贵为总统的人。可美国的读者为何重狗传而轻人传,使得总统先生如此难堪?这岂不比荒诞小说还要荒诞？我看他们的价值观念完全是颠倒的。我国谚语如"狗仗人势""打狗欺主"等等，都表明狗以人贵，而决不是相反，特别是这狗主人有权有势有钱的话。据一本宋人笔记所载：王安石有天和友人对谈，友人看见他的胡须上爬着一只虱子，劝他把它抓住掐死。王安石正色摇头道："不可！此虱屡游相须，曾经御览，岂可擅杀？"相爷身上的虱子都如此高贵，相爷本人就更不用说了，这才充分体现了我泱泱华夏的"汉官威仪"！总统的自传少人问津，总统的狗传倒一纸风行，这成何体统？看来，"狗以人贵"的说法在美国是行不通的。美国人大概很少"伟人崇拜"，却又有极深的"伟犬崇拜"，这种毛病恐怕更加难以救药，所以想来想去，还是咱们中国好！

布什既然身为总统，有职有权，为何眼见自己写的自传发行失败而不思补救？组织一些评论家写文章捧场，暗示左右以摊派方式去推销，我看都是不难办到的，然而他竟不。可见此人笨到连"有权不用，过期作废"的常识也不懂。堂堂总统还不如我们的一个小小科长"识做"，这真有点"可慨也乎"！

作家而为狗树碑立传，这就证明此人决非"人类灵魂工程师"，而只能算一个无聊文人了。要是在我国"文革"期间，他至少要挨300篇"大批判"文章。不过，此人为布什的狗立传，却不为布什立传，并且弄得他十分难堪，这似乎又比那些没攀龙附凤、上劝进表、写效忠信的勇士们略高一筹？而且，布什的狗也是狗，除了吃喝拉撒睡以外，最多也只是陪同接见外宾而已。何以作者能够把狗传写得那样有趣，逗得数以百万计的读者掏腰包？也许他真的是个天才？当然，写狗传的作家即便是天才，我也不佩服的。

最近读了华北某地某报上一小块评论《总统收入不如"第一狗"》，作者在最后一声断喝曰："身为总统也不如其狗，岂非比普通的'人不如狗'更进了一步吗？"我看这位作者才是真正可佩服的天才：由布什自传收入不如其狗传，变为布什本人不如其狗，又进而推定普通的美国人尤其的"人不如狗"。概念偷换而了无痕迹，逻辑胡推而天然浑成，此所谓"大学问"，非我辈凡夫俗子所能望其项背也。

饕餮之死

章 明

陶主任除了能吃以外，和别人没什么两样。提到能吃，用他夫人的话来说："别人能吃，是两条腿的不吃圆规，四条腿的不吃板凳；他呀，金银铜铁锡，逮着就吃。有一次我让他上街去买四两螺丝钉，他一边走一边像吃蚕豆一样嘎嘣嘎嘣地嚼，回到家，就剩三粒了。"

机关里的人开始不信这些话，后来有一次，秘书王小姐从河南安阳出差回来，送给他一个青铜小商鼎。他指着那鼎上龙不像龙蛇不像蛇的花纹问道："这是什么？"

"这叫饕餮。"王小姐说，"饕餮，是古代传说中的一种凶恶贪吃的野兽。古人用青铜鼎煮肉食，刻上这种花纹，大概是希望自己有好胃口的意思吧？"

"是吗？未必它比我的胃口还好？"他说着，一口就把铜鼎的耳朵咬了下来，咂巴咂巴地咽了下去。不到五分钟，整一只鼎就全部进肚了。

"怎么样？我比那什么饕餮还行吧？"陶主任摸摸肚皮说，"我就是一只大大的饕餮！"

众人大惊，纷纷称奇。

"听说有个美国人吃掉了一架飞机，三辆汽车，我以为是说鬼话，没想到咱们的头头就有这种本领！咱得赶紧给他申报吉尼斯世界纪录，要不就埋没了中国的人才！"

今年开春，陶主任带领一干人马下到边远某县，当地干部盛宴接风。席上有一种土特产粘米香糕，系用香糯米、芝麻、蜂蜜、花生、核桃、猪油……捶捣而成。陶主任觉得特别可口，一连吃了三盘，还一个劲儿地叫添。作为主人的孙书记赶忙劝阻：

"我的主任！这种米糕好吃可不好消化，咱们明天再吃！"

"我的书记！看你心疼了吧？难道你不知道我有一个不锈钢做的胃？"

"让他吃个够吧，不碍事的。"王小姐笑眯眯地说。

第四盘粘米糕刚吃了一口，陶主任忽然张口瞪眼，面色绀紫，手足抽搐，咕咚一声倒在地上，不省人事。全场大惊，七手八脚把他送到医院抢救。可是为时已晚，陶主任叫粘米糕把气管整个儿地堵得严严实实，窒息而死了。

在追悼会开过以后（这个追悼会陶夫人竟没到场，原因据说是和王小姐有点说不清道不明的关系），孙书记慨叹："他不死于吃金属，而死于吃粘糕。这就叫柔可克刚呀！"

王小姐也慨叹："不过他这些年来也很够本了，应该没什么遗憾的了……"

偷

蒋子龙

　　几年前,青岛破获了一个"少年盗帮",都是10岁左右的孩子,占据了市中心地下封闭多年的防空洞,使用着偷来的现代电器,有着严格的"帮规"和等级制度,分班作业,轮流值更。每逢喜事,都换上干净衣服到饭店里去大吃一顿。

　　1999年第1期的《人与法》,介绍了一个"黄歇帮"的故事。黄歇是个村子,隶属湖北荆门市管辖,过去穷得兔子不拉屎,"好男不娶,好女不嫁"。"近年却暴富起来,几栋价值百万元的洋楼悄然盖起,一辆辆桑塔纳轿车出出进进,人人有大哥大,个个穿国际名牌服装,有人豪赌时一次下注多达30万元……"一个村为一个帮,以血缘、亲情维系,盗遍全国20多个省,他们下手偷的都是大数,少则几万,多则几十万!"黄歇帮"还规定,谁失手谁扛,打死不认账,谁扛谁有功,能享受丰厚的"抚恤金",家属可以被帮里养起来。

　　3月5日的《参考消息》转载《天天日报》的文章说,在中国中部有个油田,附近村民靠在天然气输送管道上打孔偷气发财致富,"油田周围44个村镇全部实现气化,每天窃气50万立方米以上,相当于目前北京市民用天然气的两倍多。这些气一部分做燃料、办企业用,大部分被放空浪费了。"更不要说对输气管道的破坏,"仅油田一个二级单位一年就堵孔1500多个,仍然堵不胜堵,甚至堵孔还没有打孔快。输气管道本是高压作业,却被打孔窃气者搞得千疮百孔,有

‘气’无力，常常造成化肥厂停产或引起爆炸和火灾……”偷盗不仅成帮，还成为一种专业。

偷盗不再是一种偷偷摸摸的勾当，而是一种半公开半合法的职业。以前叫"偷气专业户"，现在都成了"大款"。"偷气大款"、"偷电大款"、"偷坟大款"、"偷税大款"、"偷厂大款"，其实都是偷国家，偷人民，顺手还偷走了国法、人心和正常的社会秩序。

温馨

■

刘心武

团结、稳定、鼓劲这样的字样在报纸上多起来了,而温馨、和谐、幸福这三个字眼随着发行量巨大的贺年(有奖)明信片,更在猴年岁首飞进了千家万户。

何谓温馨?《现代汉语词典》里竟不收此词,大概是觉得人们一望而知此词语的含意是温暖加馨香。《辞海》里则引了晚唐皮日休的诗句:"镂羽雕毛回出群,温馨飘出麝脐熏。"可知原是形容金溪鸟鹈之类的鸟儿那娇憨华贵的身姿气息的。但在当代中国人心目之中,温馨却似乎集中体现为一种小康的生活情调与人际间的最适度的亲近与融洽。

我的一位年青朋友是公车司机,他妻子是位纺纱工,女儿刚上小学。春节前后他收到好几张贺年(有奖)明信片,我问他对明信片上那三个祝福词的感想,他说:"幸福在我来说就是安全行驶、吃穿不愁、家人平安,而且小日子一天比一天红火;和谐嘛就是夫妻少吵架,吵了架嘛也隔夜不记仇;温馨嘛——"他挠着后脑勺,笑了:"说不出来,可心里头明白,那也不能缺……"

当然不能缺! 一日我去他家,小小的住房,"麻雀虽小,五脏俱全",组合柜的多宝格上有若干虽不名贵却趣味盎然的小摆设,女儿的小床上倚着个头不比他女儿小的玩具大狗熊,屋顶上吊下成螺旋形排列的小玻璃风铃,夫妻俩人正坐在沙发上,聆听女儿用电子琴弹奏"四小天鹅舞"的芭蕾舞曲……我不由得赞叹道："好温馨啊！"在"以阶级斗争为纲"的日子里，一场政治运动接着一场政治运动，从单位里一直斗进家庭，结果是"与人斗，其乐无，穷！"当然不仅不能追求温馨，就是这个字眼，也从一切公开的印刷品里消失了。一个健全的公民，当然应当葆有正确的政治热情，为了使党的十一届三中全会所确立的建设有中国特色的社会主义的政治方向得以贯彻，关心政治与适度参与政治都是必要的。但关键还是在于各人在自己的建设性而非破坏性的位置上做好自己该做的事，摒弃一切形式主义的东西，并安排好自己的生活，使温馨的祥和气氛，自家庭始，而弥充于我们的全社会，使我们整个中华民族，能实现在下个世纪达到小康状态的望得见、够得着的美好目标。

当我书写这篇小文时，我那司机朋友正实实在在地延长着他那安全行驶的记录，他的妻子正默默地在车间里辛勤操作，他们的女儿则在教室里吮吸着建设性而非破坏性的知识乳汁——念及这最有权力享受温馨生活的普通一家，不由警戒自己：万勿以为写几篇文章就可以解决什么问题，要谋全民族的温馨、和谐、幸福，最要紧的是扎扎实实地投入到建设的洪流中去！

吸烟和戒烟

黄秋耘

　　我从小就没有吸烟的习惯，成年以后，自然也没有尝试过戒烟的痛苦滋味。吸烟，还是戒烟，对于我来说，是一个不成问题的问题。可是近几个月来，一个与香烟有关的问题，却使我感到困惑不解。

　　我是经常看电视的。我发现，有那么一个电视台，不遗余力地宣传吸烟的害处。什么"××政府忠告市民：吸烟危害健康"，"全世界每年有三百万人因吸烟早死"，"吸烟是百病之源"，"全世界已经有71个国家实行了'戒烟法'"……诸如此类的标语口号，几乎占领了整个电视屏幕。但是说起来也奇怪，就在同一个电视台，同一个晚上，鼓吹各种外国名牌香烟的广告也为数不少，最突出的当然是"万宝路"。在每一个体育节目之前，照例都先播送一段"万宝路"的广告，然后郑重声明，本节目是由"万宝路"协助制作的，或者说是由"万宝路"热心赞助的。每晚往往要出现四、五次之多。

　　假如有一位观众相信前一类宣传戒烟的广告，就会下定决心戒烟，不达到目的誓不罢休。但是当他看到后一类广告之后，决心又开始有点动摇了，他会认为烟是应当戒的，但某些名牌香烟稍微吸两三支也没有大碍。这么一来，他最后当然没有把香烟戒掉。

　　我曾经拿这个问题去请教过一位治疗呼吸道疾病的医生。他认为各种香烟的味道自然不大一样，但所含的有害物质大致相同，这种有害物质或者会导致肺癌和鼻咽癌，或者会破坏荷尔蒙的平衡……总之，都是有百害而无一利。据他所知，迄今为止，完全无害的香烟似乎还没有问世。

比起许多关系到国计民生的大事来，吸烟和戒烟只不过是小事一桩，微不足道。每个人都有选择的自由，可以戒烟，也可以坚持吸下去，至少在法律上是允许的。我感到不安的是，同一个电视台（其他宣传媒介也一样），同时出现两种自相矛盾的宣传，将会使观众无所适从，电视台本身的威信也将大受损害。教人相信它的前一种说法呢，还是后一种说法呢？

或曰：电视台不替"万宝路"宣传，就损失了一大笔广告费，许多节目（特别是体育节目）只好被迫取消掉。完全不做戒烟的宣传，它会受到上级和有关部门的责备，只好采取折衷的办法：一边鼓吹戒烟，一边又替"万宝路"鸣锣开道，明知道这样做是自相矛盾的，无法自圆其说，但是也没有别的办法。为了经济效益，有时候说一些连自己也不相信的假话，这是常有的事。假如观众通情达理的话，也不会因此而骂电视台的。

现代人的牙齿问题

蒋子龙

在美国，一个优秀的牙科医生，收入会高于美国总统。

——这说明现代人格外重视牙齿，而牙齿偏偏又最爱出毛病。最近，英国公布了一项研究成果："由于金融业的竞争异常激烈，在这一行就业的人要长年咬牙拼搏，背负沉重的精神压力，渐渐养成了咬牙切齿的习惯。有些人不仅白天咬牙切齿成癖，连夜里睡觉的时候也将牙齿磨得吱吱嘎嘎，响声刺耳，以至于造成不少配偶离他们而去，或分房而睡。可想而知，这些人的牙齿磨损严重，提前松动或脱落，结果使得牙医生意兴隆。"

难怪金融一条街上都有牙科诊所呢！眼下哪个行业竞争不激烈？哪个人的精神负担不重？所以，现代人天天叫喊要补钙、补钙——因为牙齿就是一种高钙质的东西，补钙也等于补牙。到下个世纪，会不会人人都有一副"钢嘴铁牙"？

比较起来还是中国人更厉害，为了适应新形势，为自己生存得更好，干脆多长几颗牙或在不该长牙的地方也长牙。某报报道：沈阳一个30多岁男子，一侧鼻腔长期不通气且伴以出血，以为得了鼻窦炎，到医院一查才知鼻子里长出了一颗牙！

——医生称其为"多生牙"。

好，现代人仅仅嘴里有牙是不够的。有那么多好吃的东西需要咀嚼，有那么多可恨的事情想用嘴去咬扯，最好连眼睛里、耳朵里也长出牙齿。

　　人们常常挂在嘴边的"老掉牙"三个字，描绘出人老了以后的惨景就是掉牙，没有牙就失去了战斗力、失去了竞争力，也象征着生命力已经衰颓。现代人强大的标志就是要有一口好牙，或一身好牙——过去人们用"武装到牙齿"来形容最凶恶的人，现代人则希望用牙齿武装到全身。

小城雨

卢振光

隔年一归，又是春雨霏霏时。

开出大城的客车，像在城里惯遇阻塞那样停停走走，逾时半日抵小城，撒黑才摸到弟的家。弟领我走上新修竣的水门大桥，跨过西枝江，眨眼间行到城东的一家小店夜宵。以往要从东新桥拐过来，没有大半个钟点走不到。城西那厢有许多新开的大酒楼，色香味不在广州名家之下，要吃四川菜越南菜也是方便的。尝小食还是城东地道。菜格外嫩，粥格外鲜，带着浓浓的乡味。

今晨早起，裹着微雨穿过老街，来到西湖边。有人匆匆上班，有人婀娜早操，都在静悄悄地运作着，像故友相逢寒暄起来和声细语那样。有人把早点担到湖边应市。油条很脆，米糍很糯。回歇时我顺路看看菜场：蕹菜比大城的绿，豆芽比大城的白。买回浇上比大城香纯的花生油，又可以品尝到小城独有的精致韵味了。

说起来要品尝精致韵味，也是小城人翘望多时，直到近年才揽到的好运道。往日这里以农业经济为荣，却生产不出上乘的农副食品。西湖时而干涸，时而混浊。人们行得难，住得窄，干得憋，又有什么心情去讲究食味呢？蕹越种越粗，豆芽多出一截毛尾巴，油条又长又硬，豆腐豆花粗制滥造，大失为人乐道的细腻特色。如今人们登高望远，百业兴旺，手头宽余了，好日子就越来越有滋味了。看看平常百姓的家庭餐桌吧：海丰膏蟹，陆丰马鲛，铁冲蚝豉，杂桂鱿鱼，横沥三黄鸡，和平冬菇，本地湖鲜，鲜菜生果，错杂交织，大有越吃越精之势。

这里出产的电话机，也颇有小家碧玉的妩媚，使人倾倒，一举占领了大半个中国市场。近水楼台先得月，小城人谁家里不装上个方便伶俐的电话？从那部厚厚的本城号码本，我查到许多亲朋故友的大名，抓起电话拨将过去。铃声响，人不在。往年我到街上遛达，10分钟之间会碰上10位熟人。今朝我很寂寞，他们上哪儿去了？弟告诉我，他们都很忙，忙得不可开交。有的去新县城，有的去新开发区，自己驾着小车，或乘着公车早出晚归。留守老城的，又跑出跑入做生意去了。当年与我厮混过，或缘悭一面的大学同学，在大城里饱受了十多年闲气，至今仍被当成"年轻人"踢来踢去。我的同学辈在这里得酬壮志，正在参与主持新开发区和新县城的大建设。让一些来视察的北京要员惊讶的"一夜新城"，就是这群干练而成熟的建设者们用朝气和才华浇铸出来的。

不用多久，老县城、新县城和新开发区，将组合成一个崭新的"大城"。未来的东方夏威夷，还是像澄清过的西湖水那样明澈洁净，荡漾出"苎罗西子"那样的朴质秀气为好。白面狼乌眼鸡似的你塞着我，我阻着你，消耗无数宝贵的能源，弄出种种粗糙低劣的产品和人品。这种现代文明的臃肿症状，千万千万不要传染到明日的"大城"里去了。

没有腴厚的物质基础，便没有精致的品味。要保持优越的韵致，也不是仅仅有钱就可以办到。创造澄明的人文空间，和发展丰裕的经济环境同样重要。弟在城里作商品流通工作，突然被指派下郊镇挂职锻炼。他先是惶恐，继而坦然，再是对我莞尔。做今日的小城人，真爽！

人行车流，西湖无语，小城不小。在绵绵春雨的涵盖下，正勃发着晶莹发亮的无限生机。

1992年4月5日，惠州雨朝。

咬

小蜂房主人

福建诗人陈侣白，40年代开始写诗，兼擅新旧体。邹荻帆为其新诗集《被遗忘的南国梦》作序已详言之。

陈侣白有一首七律《赠张震》，小序中说，张"十年浩劫中被流放武夷山区，沦为'牛鬼蛇神'，实乃蛇医圣手，为山民疗愈蛇伤不可胜数。十一届三中全会后，任大竹岚蛇伤防治研究所所长及武夷山蛇资源开发总公司经理，始展宏图，卓有建树。"

我在1985、1988年两到武夷山，也曾听说武夷山区几位异人，其一是在武夷山区树立毁林纪事碑，一心保护山林，但处境欠佳的陈建霖，有幸一见，惜未深谈；另外的名单中就有张震，但缘悭一面。

近些年也从别的报告文学中得读一些别的"蛇医"的事迹。我所以留心于此，倒不是因为自己曾列入"牛鬼蛇神"，而是杯弓蛇影，"一回被蛇咬，十年怕井绳"的缘故。世上蛇亦多矣，能如白蛇白素贞、青蛇小青者有几？伊索有寓言，毛泽东复述之，蛇之为害，中外共鉴。而咬人者自然未必非蛇不可，狗亦咬人，人亦咬人，"贼咬一口，入骨三分"，不知最早是谁的经验之谈，亦不知俗语辞典有无著录，不过可见贼咬一口之害，或有甚于蛇，至少可与蛇毒相比，而必有甚于一般的狗咬，狂犬病的带菌者差足拟之。

　　毒蛇、恶犬，人人骂，人人恨，人人可得而打之。咬人一口、入骨三分的"贼"，却时或招摇过市。毒蛇可用其毒入药，蛇身也还有其它可供"开发"的资源；咬人的狗，除狂犬外，也不妨食其肉寝其皮；至于咬人而至入骨之贼，对于绝大多数人来说，难道还有什么可用之处吗? 谁知道?

《狼与公羊》　　　　　　　　　　　　　　　　　　（英）阿·派克

以鼻取人

蒋子龙

　　你只要稍微留意一下每天的报纸和电视节目，就会感到处处都是谎言和欺骗，各种诈骗案层出不穷，花样翻新。现代科技那么发达，现代人那么精明，难道就找不出能识破谎言、杜绝诈骗的办法吗？

　　回答是：有。

　　对什么都爱研究一番的西方人，已经找出了现代人说谎的规律，知道了是哪些人爱撒谎，他们撒谎的时候有什么特征。结论是惊人的：原来学历越高的人越爱吹牛撒谎。美国——又是美国的弗吉尼亚大学的研究人员，对3000名来自不同阶层的人士进行分析，受教育程度越高的人，撒谎的频率也比平常人高。普通人每对话十分钟，会有五分之一的人说谎，但拥有大学以上文化程度的中产阶级人士，说谎的比例达到三分之一。因为良好的教育丰富了这些人的词汇并增加了他们的自信，令他们说谎的机会大大提高。当然，他们在大多数情况下是扯一些无伤大雅的"白色小谎"。还有就是受过良好教育的现代女性，吹牛讲假话的能力正在渐渐超过男性，她们不再像从前那样只在不得已的情况下才扯些小谎，而是开始向男性看齐，特别是涉及金钱和性的话题上也会自吹自擂一番。据调查发现，"美国有68%的男性在面试时扯谎，女性为62%。在办公室，越来越多的女强人学会了讲大话，为了利益撒谎。在以前，这原本是男人的专利。"

　　不管他们多么有文化和充满自信，在撒谎时也不能完全做到镇静如常。科学家们找出了撒谎者的23种特征，学术名词叫"撒谎时语言和非语言的客观指标"，比如：擦鼻子、口吃、清喉咙、避免凝视、较少眨眼睛、喝水多、咽唾液多、讲话爱出错以及否认自己说谎等等。美国最高法院的大陪审团在审定克林顿绯闻案时认为他说谎，根据之一就是克林顿在作证时一分钟之内摸了26次鼻子。芝加哥"嗅觉与味觉医疗研究基金会"的专家艾伦·赫希做出了令人信服的论证："人讲假话，鼻子的勃起肌便会充血肿胀，肿胀后的鼻子跟着就会发痒，迫使撒谎者搔痒、擦鼻摸鼻。"

　　难怪西方人的鼻子长，原来是撒谎所致。正好他们的文明程度高，受的教育多，经济发达，完全具备他们自己的科学家考证出来的撒谎资格。如此说来根据鼻子论人，还是鼻子小一号的东方人更老实一些。这一科研新成就还提醒现代人在谈恋爱、交朋友、招工或选上司的时候，要注意观察对方的鼻子，要挑选那些瘪鼻子、塌鼻子和小鼻子的人。对那些高鼻子、鹰钩鼻子、蒜头鼻子、酒糟鼻子要格外小心了。

　　自从我知道了现代科学关于撒谎的最新研究成果之后，再走进任何一个会场都格外注意周围人的鼻子，发现克林顿尽管口才极佳且以撒谎闻名于世，但跟东方的撒谎者相比又是小巫见大巫了。我见过的撒谎者大都正襟危坐，道貌岸然，鼻子不长，却言不由衷，嘴不应心，大谎一撒几十分钟甚至几个小时，从来不摸一下鼻子。你说高不高明？哪像克林顿那么笨，一分钟摸鼻26次，平均两秒钟摸一次。

　　但是，科学就是科学，只要你观察得认真，就会发现东方撒谎者的其他特点，比如"清喉咙"——在我们的会场上太普遍了，毛病可多了，貌似威严，实际是在掩盖撒谎。"喝水多"——出场或一上台手里必端个大茶杯，有人自己不端由服务员给端，中间还要不断地往茶杯里加水。"较少眨眼睛"——紧紧盯着手里的讲稿哪还敢眨眼睛，要不就是看着空中，眼睛无神，目光散淡。

　　我猜，不善撒谎的人读了这篇短文，根据科学家列出的特征判断撒谎者，使自己少上当。而惯于撒谎者读了这篇短文之后，一定会在暗地里加紧练习，希望能在撒谎时克服那些被科学家总结出来的"语言和非语言的客观指标"，做到不动声色地撒谎，撒了谎又不带出一丝痕迹，让人无从查考。最可悲的是逼迫性撒谎、职业性撒谎和习惯性撒谎，不撒谎不行，堂而皇之。听的人明知他在撒谎，不听不信还不行。

有位诗人发过这样的感叹：人啊——人，叫我说你什么好呢？

那就什么也别说。

《金鱼》　　　　　　　　　　　　　　　（英）惠　勃

婴儿之歌

■

绿　原

　　不知什么时候，不知什么地方，也不知在什么心情的支配下，读到了国外一位诗人写的一首婴儿之歌。歌词、题目以及写作年月也都记不得了，倒是那点充满戏剧性的小情节的确过目难忘。现在，试着用自己的语言把它转录下来，相信你读了，也会对那点小情节过目难忘，也会用你自己的语言复述给人听。不过，转录或复述的语言再有趣，要讲版权，它还得留给那位姓名、国籍均有待考证的原作者。诗曰：

　　　　　　妈妈为我请了一个小阿姨，
　　　　　　让她天天陪我出门去游戏。
　　　　　　她用小车把我推着又推着，
　　　　　　推到喷泉边人就溜之大吉。

　　　　　　只见她朝着一个青年飞跑，
　　　　　　两人跑到一块儿又吻又抱。
　　　　　　更可气把我当作玩偶一个，
　　　　　　两人冲我比划着又说又笑。

我又羞又愤实在难以表达，

只好大哭大叫来代替回答。

哪一天等到我学会了讲话，

我必定一五一十告诉妈妈。

那位小主人公后来当然学会了讲话。但他告诉了妈妈没有，小阿姨是不是向他道了歉，保证不再欺侮他？这首诗并没有写下去，它只让读者流连于婴儿无告的悲哀；悲哀往往产生美感，因此不得不叹赏作者对于无告婴儿的巧妙的移情功夫。叹赏之余，又不禁在"人物即作者"的庸俗观念的影响下，推断作者可能认为，婴儿似乎只要生下来会讲话，就不致受人欺侮，因此它呀呀学语的过程，可以说正是争取掌握防身武器的过程。然而，这件"武器"果真能保护把它掌握到手的婴儿吗？就在昨天，在公共汽车上，我明明听见一位青年女士对另一位窃窃私语道：

"他怕他哭？我才不怕咧！一哭，我就拿竹签杵他。一哭就杵，一哭就杵，一直杵到他再也不哭。第二天她妈来了，他还对她说，妈妈，我没哭，阿姨也没拿竹签杵我。他妈觉得奇怪，问是谁教他这样说的，小家伙倒真乖，硬说是自己说的，没人教他。"

这段偷听到的自白，固属个别，似亦无伤于它的典型性。典型本来并非平均数，更非多数，不过从质上来说，却不知怎么一下子，便鲜明地勾勒出某种共同的心态。把这段话照抄下来，放在"婴儿之歌"后面，没有批评这位阿姨（显然又是一位"小阿姨"！）的意思，她和前一位都不过利用合法的地位向弱小者施展了一阵小威风而已。类似的事情在生活中以不同的形式屡见不鲜，我倒想质问一下"婴儿之歌"的作者和读者：那个"小家伙"果然学会了讲话，但是你说，语言对他又有什么用呢？

鹦鹉作证

小蜂房主人

伦敦一所法庭上，法官艾力·杜文传鹦鹉"克力加"来作证。这只产自南美的金刚鹦鹉模仿男主人的话说："戴安娜，我爱你，让我俩在我的妻子回家前做爱吧。"法官说："我认为这只鸟儿所作的证词是真实的，因为它目击男主人与他的女秘书做爱的情景。"这宗离婚案的结局是，原告，女室内设计家伊莲·约翰逊胜诉，批准她与丈夫罗里离婚，并由男方赔偿一笔巨款。尽管这个被控告的丈夫不服，指责"这是一只说谎的鸟儿，它所说的话可能是从电视肥皂剧学来的"，却显得心虚无力了。

又一次证实"鹦鹉前头不敢言"，因为这种鸟儿在模仿时不会羼假的。也许将来会有肥皂剧编造新的情节，让人根据某种需要去训练鹦鹉，利用它作伪证也说不定。

鹦鹉如果还不会模仿人言，就没有危险了吧？会模仿唱歌也不行。美国佛罗里达州一个警员，从一家宠物商店经过，听到"安地戈里芬节目主题曲"的旋律，想起市民菲腊家被盗损失财物大约8000美元的同时，一只会哼"安地戈里芬节目主题曲"的聪明的鹦鹉"杜鹃"也被偷去；进门查验，果然不错，寄卖这只鹦鹉的青年法兰克于是落网了。

这只鹦鹉"杜鹃"唱的歌倒真是从电视节目学来的。对主人来说，它被偷去却提供了破案线索；对窃贼来说，它值钱是因为它会模仿，它可恶也因为会模仿。不过，如果窃贼不为贪小利而把它偷走，它虽会哼歌，还不会告状的。

我看过一个什么肥皂剧，那里面的鹦鹉不止于会哼歌，也有伦敦约翰逊宅中鹦鹉的急智，它把偷盗现场中窃贼同伙间打招呼的话，一遍就学会了。看来今后一切作案的罪犯不但要消灭人证，也得提防现场有鹦鹉在。

据说有一位年轻的记者曾说"新闻记者不等于鹦鹉"，有人不同意，她反诘："难道说'新闻记者等于鹦鹉'才正确吗？"殊不知，即使是只知模仿、不会思考的鹦鹉，在一定的场合，对违法犯罪的案犯也会形成威胁的。

鹦鹉可畏，何况人乎！

造神者

程关森

　　取名字的权力属于大人。给我取了这样一个既不好听又很费解更谈不到什么寓意的名字，据说是因关公救了我的命。

　　妈妈说，在我生下不久得了一场大病，是祠堂里的关羽为我治好的。为了感恩，就把我过继给他做儿子，名字上冠以"关"字，再加上"命中缺木"，便组成了如今这一雅号。妈妈说，村上的关羽菩萨很灵，经他治好了病的人不少，因此村上的"关"字派人物颇多，诸如关金、关木、关林、关水等等。每逢过年，他的嫡系为他做袍的做袍，烧香的烧香，在祠堂诸神中，他是最吃香的。

　　解放后参加了革命，不断增加唯物论的成分，对"继父"的信仰开始动摇了。又碰上接二连三的反封建运动，他的处境越来越艰难。土改时，有些积极分子就嚷嚷要烧他，被"关"字派人物藏起来了；到了复查，躲不过了，一尊尊菩萨都被清查了出来，在祠堂门前烧了整整一天一夜。

　　以后回家，祠堂里就看不到菩萨了，天长日久，对"继父"印象渐渐淡漠起来。这次到新开辟的金龙峰旅游，才算又见尊容。

　　金龙峰是新辟的佛教崖寺，佛是新修的。正厅正中是释迦牟尼、药师佛和阿弥陀佛，均慈颜善目，面形丰润，神态庄重；两旁是十八罗汉，千佛千面，形态逼真。尤其是那位挖耳罗汉实在够味，看去他的右耳非常痒，便将一根挖耙子伸过去细细地掏，舒服得脚也翘起来，嘴也歪起来，好像我也在分享这种愉快。

这些神像均出自青少年高手。他们是广丰人，三兄弟。他们最多读了初中，其余是小学，可是他们制作的艺术品恐怕是美术系的博士后研究生也不能望其项背的。

遗憾的是没有"继父"形象。当我问及时，小师傅答道："有的，有的，只是没有雕好。"他指着三弟正在用来调黄泥的平台："今后，关羽和济公就立在这平台上，你们看，那是他们的骨架。"

我循着手势向后厅望去，不禁吓了一跳：这就是我的"侯而王，王而帝，帝而圣，圣而天"的"继父"吗？他只是一具骷髅。这是用杉木条钉成的一副人体型骨架。以一根两米长茶杯粗的杉木棍为主轴，胸部两边每隔一寸钉一块杉条，是排骨；颈的上端正反面多钉一块厚木板，是头；手脚均用小杉树棍代替，手脚趾用的是铁钉。远看像骷髅，近看像骨架仪。

"杉为骨，麻为筋，"青年造神者解释："首先要有骨，然后才长肉长皮。"他说，木架钉好后，通身裹上一层麻丝，泥巴才能粘上去。为了增加黄泥粘稠度，要一层稀泥铺一层棉花，揉和后拌上桐油，才有附着力。肌肉丰满了，再捏五官，出神态，显表情。"泥巴干了不会开坼么？"我讲了一句很不恭敬的话，忧心地问。"不要紧，糊上棉纸就好了。棉纸上再粉石膏，贴金，金身就铸成了。"

"佛的眼睛是怎么做的呢？乌黑透亮，个个传神。""那是小灯泡，淘空了，灌进去了黑漆。"

这时我才大彻大悟：包括能"显圣"的我的"继父"在内，一尊尊神原来就是这样造出来的。可是他曾经救过我的命么？他能救命么？我，又感到茫然了。

至今犹壮英雄气

鄢烈山

　　如今有好些地方，在为争当古代名贤的故乡而扯皮。这固然可悲——缺少值得向世人夸耀的摩登玩艺只得仰赖先人，却也有可喜的一面——表明人们不再害怕当"帝王将相的孝子贤孙"，而且商品意识越来越浓，懂得旅游资源的经济价值。

　　争夺先贤也是古已有之的事，比如有名的关于诸葛亮隐居地"卧龙冈"的襄阳南阳之争。但古人争执的动机"纯粹"得多：不为"开发（财之门径）"，只是以贡献过名贤为荣。虽然有那么一点借"人杰"以夸"地灵"的小心眼儿，主要还是表达了对那些功在人间的英杰的景仰之情。以诸葛亮来说吧，人们不仅在史籍记载他剑及履及的地方建造了纪念物，而且不带一点私心，甘认牵强附会在长江岸边修了"孔明碑"、"八阵图"等胜迹供后人凭吊。"能使山川生色"，虚构又何妨？

　　何以"诸葛大名垂宇宙"？凭的是"伯仲之间见伊吕，指挥若定失萧曹"的雄才睿智和历史作用，"（隆中）一对足千秋"！不然，以权势而论，三代以降，大朝廷的宰辅数以百计，更有高居九五之尊一时权倾天下的历代帝王，多少人在世时比诸葛显赫威风得多，但在后人心中有几人的分量可与之相埒？

　　可叹的是，有些人就是无视这个显然的历史事实，总是迷信他们手中握有的权势，以为凭借权势就可以"永垂不朽"——殊不知"癞蛤蟆咬裤脚，拉起来讨人嫌"，徒惹后人耻笑。

以上我的这点感想与今人无涉，乃是游襄阳"古隆中——诸葛亮故居"时所生。隆中有五处景点记载着一件丑史：明朝弘治二年（公元1489年），袭封为襄王的朱见淑，垂涎隆中的山势佳奇，下令折毁诸葛草庐，在草庐的位置为他修陵墓（今"襄王陵"碑即置其封土堆上）。襄王的野蛮行径受到士民愤怒谴责；正德二年（18年后）武宗为息众怨，在附近另建诸葛草庐和武侯祠；万历年间有不平者勒碑纪其事（"明碑亭"）。另有"草庐碑"、"草庐亭"、"卧龙深处"，亦向后人讲述着这桩人心与权势较量的公案。

我不大相信朱见淑是由于迷信风水才冒天下之大不韪的。他当然知道他的高祖之所以发迹，并不是因为他家的祖坟在风水宝地上：有个姓朱的——朱文公朱熹曾抢得建阳学宫和崇安弓手的风水宝地，但朱熹并非他家远祖；朱元璋的父母死无葬身之地，何曾顾得上去考究风水！朱见淑对风水之灵想必也像许多人一样，抱着"姑妄信之"的从众心理。既然强占"诸葛草庐"无损于他作为亲王的泼大权势，管它有灵还是无稽，何为而不可呢？——他真正迷信的是他朱明王朝的权势，以为真可以"江山永固"，传诸万世而不移，故尔不用担心有一天倒行逆施被清算。不料不到200年，他的陵墓就与北京的十三陵、武昌龙泉山的楚王陵（朱元璋第六子朱桢强占汉代舞阳侯樊哙墓地所建）等处一起，被李自成付之一炬。

说起古隆中，谁不知是诸葛孔明当年躬耕养志之地？要不是亲履其地，有几人晓得什么鸟襄王朱见淑！返视这场人心与权势争长的历史公案，清人赵弘恩《题武侯隆中草庐》诗云："至今不冷英雄气，襄水缠绵晓夜呼"。是的，权势可以压倒一世数世，却不可以压倒永远；欲得长存不衰须有某种令后人铭感的永恒的东西。

"在我们今天，一切虚构都消失了。从今以后，众目仰望的不是统治人物，而是思维人物。一位思维人物不存在了，举国为之震动。今天，人民哀悼的，是死了有才的人；国家哀悼的，是死了有天才的人"（雨果《巴尔扎克葬词》）。在封建时代，雨果这个著名的论断就可以印证于中国的诸葛亮；中国社会越是进步，就会越是如此，我相信。

中国变色龙

牧慧

　　契诃夫的短篇小说《变色龙》，写的是金饰匠赫留金被一头小狗咬了一口，要求刚好路过那儿的巡官奥楚蔑洛夫主持公道，惩处凶手并让狗主人赔偿损失。开头，奥楚蔑洛夫也声称"绝不轻易放过这件事"；但是随着狗主人究竟是不是将军翻来复去的变化，奥楚蔑洛夫的态度也跟着转来转去，最后不了了之。这一切，活现出这位巡官只不过是一只随着对方权势大小极善于迅速改变态度的小丑，就如善于很快改变皮肤颜色以适应四周物体颜色的变色龙。

　　变色龙不是俄国的特产，咱们这里也多的是。

　　林冲被发配到沧州牢城营里不一会儿，牢城的差拨便来点视。尽管事先已有难友告诉过林冲，林冲却还来不及把"人情钱物"掏出来，这位差拨便马上变了面皮，把林冲骂得不敢抬头。等他骂够了，林冲送上五两银子给他，然后又送上十两银子给差拨的上司管营（实际上差拨又从中克扣了五两），这一来，差拨马上来了个一百八十度的大转变。不再骂"贼配军"、"贼骨头"了，是"好名字"、"好男子"；不是"在东京做出事来"的罪人了，是"高太尉陷害你了"；林冲不再"满脸都是饿文，一世也不发迹"，而是"这表人物，必不是等闲之人，久后必做大官"……等到林冲把柴进的介绍信拿出来，更是越发替他献计献策，把"太祖武德皇帝留下旧制"的一百杀威棒也免了。诚如李卓吾所说，"一喜一怒，倏忽转移，咄咄逼真，令人绝倒"。

类似场面的描写，在《水浒》中还有武松、宋江到达发配地点时如何对待差拨。但这后两处描写都有破绽，远不及此处的描写成功。差拨在林冲面前的前倨后恭，简直是一幅漫画，一段相声。当然，你也可以说它反差大得不可信。但是，就像舞台上必须脸谱分明，说水浒故事不可能像写《红楼梦》那样委婉曲折。

其实，在实际生活中，这种以"权"或"钱"为轴心的连轴转，尽管千姿百态，却是大有其人。宋朝有一位文士，在曾布当权蔡京靠边站时，写信给曾布说："扁舟去国，颂声惟在于曾门；笫杖还朝，足迹不登于蔡氏。"明年，曾布下台，蔡京得势，他只改动了几个字重写一次给蔡京："幅中还朝，舆颂咸归蔡氏；扁舟去国，片言不及曾门。"清末张之洞，在光绪锐意改革时，是他把梁启超等人推荐给光绪的；政变了，张之洞马上电请慈禧太后重惩维新党人。什么时候对什么人该用冷面、热面、情面、笑面，这些人十分精通。你在台上时，千娇百媚地取悦于你；眼看你倒楣了，马上头一个揭发你；然后，眼见你即将重新上台，又开始神不知鬼不觉地一度一度地升温。这种人，咱们不曾见过吗？今天批判张三，明天为张三的被批判鸣不平，后天又说张三罪该万死的随行就市风派理论家，咱们不曾见过吗？公子带着整箱银子进妓院，鸨婆高兴得忙问"是先吃脸、后洗饭还是先洗饭后吃脸"，等到床头金尽，马上把公子赶出妓院，这类小说咱们还不曾读过吗？

这位拿了十两银子后肯定林冲被高大尉陷害，久后必做大官的差拨，拿到陆虞侯交来高太尉送的一包金银之后，当场保证为高太尉效力，"好歹要结果"林冲，而且付诸行动，又来了个一百八十度，面不红心不跳，好一个"变色龙"！

中国文人的"损"

戴厚英

　　不知道外国的文人如何，中国文人实在是够损的。比如，把"按劳分配，多劳多得"说成"按捞分配，多捞多得"，再从文字结构上加以解释：劳从"力"，捞从"手"，只用力不伸手是捞不到的，但是只用手不用力行不行？也不行。所以，伸手的一定要靠着用力的。所以，"捞"的构成是"手"傍"劳"。

　　这话说得不是真神，而是真鬼。既构思奇突出人意表，又叫人不得不点头称是。"损"，已经成为中国文人特有的一种语言艺术。无论是书本中还是口语中，都有无数诸如此类的话语叫人拍案叫绝。就是鄙人，闲来无事也爱损他一损，其兴致不亚于写小说。

　　为什么要"损"？每人的动机大概不同，但我想有两条比较常见的缘由：一是卖弄，一是发泄。

　　"损"其实是一种心智游戏，和下棋，打牌，勾心斗角等心智游戏不同的是，它主要目的是卖弄聪明。人都喜欢卖弄。大力士卖弄腿脚，有钱人卖弄钱包，美人卖弄秀色……总之只要自以为奇货可居，都是要卖弄的。

　　文人腿脚无力，钱包干瘪，够格成为美人的也不多，能够拿来卖弄的当然只有聪明了。而且这种卖弄不用拉场子，摆姿势，费气力，只要轻轻翻动两张嘴皮就行。所以，文人常常听到的批评是"嘴巴没上锁"。即便是性格内向守口如瓶的文人，一旦有合适的气候和场合，也会滔滔不绝，妙语如珠。那妙语，多半就是"损"的。记得1962年给知识分子"脱帽"的时候，一位平时谨慎的先生突然上台卖弄，说什么不戴帽子要感冒，引得哄堂大笑，他更是得意洋洋。没有想到过不多久，为了防止知识分子伤风感冒，又为他们举行了"加帽典礼"，那位先生的卖弄真可谓本小利厚了。

除了卖弄，"损"还是医治文人心病的一贴良药，其性平和，其味微辛，其功效是泄气化瘀。

在人生的竞技场上，文人多半算不上什么"强者"（嘴强是不算数的）。挫折，失败，怀才不遇，造成了文人的常见病：心理亏虚。这种病说大不大， 说小不小，死不了也活不痛快，倘不设法导之泄之，小病也会变成大病的。不平则鸣， 鸣就是一种泄。但此泄太猛，容易虚脱。饮泣，也是一种泄，但又显得太湿，难见药效，于是乎，"损"便出场了。"损"，不温不火，怨而不怒，虽不如幽默之高雅，不若讽刺之尖刻，却有着近乎于艺术创作的美学情趣，又能释放出郁结于心的无端晦气。俏皮的话语投向社会，像石子斜飘过水面，激起浅浅的涟漪，虽然终不免沉没于水底，但是总不能说它窝囊到无声无息。这也足令人心安理得。

就说"捞"吧。文人大多是"劳者"，不是"捞者"。只是他们爱看别人捞，不但看热闹，而且看门道，见热闹不免心热手痒；悟门道，又不免于心戚戚。那就也伸出手，以"喝令三山五岭开道，我来了"的气势汲汲去捞就是。然而不行，有不敢捞者，不善捞者，不得捞者，不屑捞者。想来想去，还是"损"他一下为好。

"损"字也是从"手"的，不过这只手所傍的不是人中的一类——劳者，而是人的泛指——员。这只手在给"员"挠痒，而且能抓到了痒处。有时也煞痒，让人试到疼。但只要"损"不与"害"合伙，那是谁也伤不了的。所以，"损"实际上也是一种忍，因而也能被容忍。

装病和装没病

丁　耶

　　童年，因闯祸为逃过私塾老先生的"戒尺关"装"肚子疼"，没想到"文革"期间我已年近半百却顽童般地装了一次"大病"。那是因为做为"黑帮"的我，将轮到被"造反派"批斗了。"触及灵魂"我不怕，因为我已经是"运动"中的"种子选手"了，什么场面没见过，什么辱骂没挨过，何况我并没有"错误"。没做亏心事，不怕鬼叫门。但是对于"触及皮肉"我就怕了。我这副老骨架，再也经受不起折腾了。何况我还有两个未成年的孩子和久病不愈的老妻，都需要我养活。我不想学那只顾自己而不考虑子女亲人生计的"畏罪自杀"者，所以必须逃开这场拳打脚踢的野蛮"斗争"。急中生智我忽然想到装病这种战略战术。但装病必须得到医生的诊断证明书。那时的大夫也被列为"臭老九"，脑瓜皮薄，谁敢给你开假证明呢？我想来思去终于想到一位女大夫，她的爱人同我是老难友。我去请教她，她先相看我那浮肿的脸（那是营养不良所致）："像您这样的人得个什么病好呢？"她似乎在征求我的意见。我倒非常虚心地请教："您看我这副尊容得个什么病好呢？就是经过严格科学仪器检查也不会露出马脚来。"我这番话提醒了她。她灵机一动地说："您就得个肾炎吧，这种慢性病犯起来非常严重，浮肿，尿血，还有蛋白质……医生保准能给你开个证明。"她说她的丈夫就用这个办法逃避了"无情的斗争"。原来这还是个"家传秘方"呢！

在"开方"之前她警示我说:"这方可要保密,上不传父母,下不传子女……"
我知道她要为我担政治风险的,我点头答应说:"好,连我老伴都不告诉,这是
'绝密'文件。"

我依照女医生的指示,到省一级医院挂了号,把我预先准备的牙刷掏出
来,从牙花子上刷出点血又从牛奶瓶里沾了两滴奶一并放在尿器(小瓶)里。第
二天我手扶墙沿向"造反司令部"的头头说:"我身体不好,可能老病又犯,得
上医院去检查……"他对我们这些"老干部"是百分之百的不信任,让一个女红
卫兵陪我去医院,一路走着,暗暗庆幸,女的不会跟我上男厕所的。我拿预先准
备好的"道具"进了男厕……经过化验尿里有血,有蛋白质。血和乳的成分还相
当多,大夫抱怨我说:"你怎不早来医院检查? 太危险了,我还从没有看到过尿
里有这么多蛋白!"于是给我开了个"病休两周"的诊断书。我逃过了那场"触
及皮肉"的批判。

但斗争策略是要根据形势不断地改变的,用之不当就要犯大"错误"。我
有一位难友就犯这种"错误"。在"劳改"期间,他常闹病,不是装病而是真有
病。他肾不好,肝脏也有问题。但看来体胖腰粗,满脸肥肉,像个体育教练。其
实那是浑身浮肿,当然重体力劳动吃不消,经常请假,久而久之给人印象是"装
病"。有一次批判会上以他为重点,杀鸡给猴看,说他"装病"、"劳动态度有问
题"、"以装病来抗拒改造……"我当时也在场,很受教育。我那时身患七种病,
是真病,但我已有这个前车之鉴了,不敢再有病。有一次,我发烧到39℃还装
没病,在炎阳下铲地,铲到中途觉得头晕脑胀,以后的事就不知道了。等我醒来
强睁双眼,发觉自己是卧在一张病床上,经护士解释说我已发烧到40℃,昏迷
两天一宿,是农场派车送到医院的。当我降温后,回到农场时,连场领导都来探
视,破例以微笑的面孔看着我说:"老丁,你真坚强,说明你劳动态度很好,立场
有了根本性的转变,现在全场犯错误的人员正展开向你学习呢! 学习你一不怕
病,二不怕死的政治精神……"我心想,如果我死了,可能更得学习。

现在情况不同了。我有一位朋友,在身体普查时发现有癌症的苗头,组织
上强迫他到条件好的医院去治疗,他最初还坚持不去,要"鞠躬尽瘁",后来硬
用车送往医院。那位主治医生治好他的病后说:"幸亏发现得早,及时治疗,你
遇着这样的好领导多幸运啊!"

"空壳"眼光

陈大超

几位捡破烂的妇女，晚上撬开一家路边小店，在喝足了各种饮料洗劫了抽屉里的零钱之后，她们就把所有的易拉罐拉开，倒掉里面的饮料，然后就准备带走那些一个可卖一两毛钱的易拉罐空壳去卖破烂。"遗憾"的是，正当她们就要"大功告成"的时候，巡警如同天降似地出现在她们面前。

有人笑她们傻：只要带走几罐饮料去卖，也比卖那所有的空壳还划得来呀！可她们偏偏就有这种"空壳"眼光。

有这种"空壳"眼光的，或者说用这种"空壳"眼光看人看事看物品的，远非那几位捡破烂的妇女。

譬如有些享受公费医疗的人员，他们发现某种药品的瓶子可以当茶杯用，他们就跑到医院里去找医生开这种药。药一开出来他们就把里面的药丢弃了，而把那种瓶子当成了宝贝。

譬如有些自学业大函大电大的人，他们花了那么多钱，却并不认真学习，考起试来不是买通监考人员，就是千方百计地作弊。在他们看来，真正有价值的，不是取得某种学历必须具备的知识，而是那一个空壳文凭。

可以说正是这种"空壳"眼光的大量存在，我们的社会也才出现了大量的"空壳大学生"、"空壳教授"、"空壳学者"、"空壳名人"、"空壳企业"、"空壳经理"……也才有许许多多的人，发了"空壳"的财，走了"空壳"的运，享了"空壳"的福；同时另一些人，则吃了"空壳"的亏，倒了"空壳"的霉，遭了"空壳"的灾。

我想只要我们的社会还能让那些有着"空壳"眼光的人，有市场，有机会，我们的许多事情就干不好，我们的许多美好愿望就难以变成现实。

什么时候，能让那些有着"空壳"眼光的人，一再碰壁呢？

常识：只有一个窗口

于　坚

在医院里拿药，拿药的窗口只有一个。把单子递进去，让里面的医生抓药，医生一次只能抓一副药，所以递出来的药也就是一副。医生抓好了谁的药就叫谁的名字，谁就可以到那个小窗口把他的药取走。没有叫到他的名字他站在那个窗口也没有用，药不会因为他站在那里就自己从那个窗口里跑出来。

但是这些人似乎都不懂常识，医生没有叫他的名字他也要挤在那个窗口旁边，围住，可能的话，还要伸着脖子往里面看，其实他什么也看不见，他看见的只是医生的手，或另一个病人的长满牛皮癣的脖子。一个和人头大小差不多的窗口，却有10多个、20多个甚至更多个头围住往里面看。那个必须保持流通的窗口就给严严实实地封死了。

被叫到名字的患者，像穿山甲那样穿过这些固执地想通过接近窗口以接近自己的药的人体的后背去取他的药，他必须钻得快，在医生对他的名字失去耐心之前让手先抵达窗口，他必须有力气和礼貌，既要接触那些没有脸孔的背部又不使他们由于被触及而不高兴地转过脸来，如果这些心急如焚的脸有一张转过来的话，那么很可能要爆发舌头部位的战斗，那么他离那个小窗口的距离就会立即从五米后退到五十米。所以他必须非常小心，陪着笑脸，像蛇那样滑行，又像坦克那样用力。他必须像穿过雷区那样危险地游过那些可疑的背。那些背可能属于一个乙肝患者，一个痢疾病人，一个正在结核的肺，一个已经烂掉一半的胃。他必须通过一位妇女的乳房而不至引起她的道德感，在另一位有可能是泌尿患者附近移动而风度翩翩。

他终于在医生对他的名字产生"缺席"这种念头之前突破到了窗口附近，但他只能以一只拼命晃动的手来表示他与那个正在落下去的姓氏有关。他终于拿到了属于他的病的药。然后他又要以高超的技术从那些人体的岩石中退出去……

而如果他直线地走到窗口，只需要1分钟。如果每个人都站到窗口的两边，叫到名字才过去取药，那么加上医生抓一副药的时间是5分钟，一个人拿到药也不过需6分钟左右。但现在……常识，这是连小学生都应当明白的道理，好像我们从来没有学过，不信你看完这篇文章，立即就到随便哪一家医院或那些一次只能为一个人办事的地方去，诸如车站的售票处、银行的取款处、公共汽车的门口、邮局……

当然也不能怪这些人，因为他们是你的父母、你的兄弟姐妹、你的同志朋友妻子恋人哥们搭档邻居……大道理他们都懂，只是不懂常识。

话说酒广告

黄天骥

一位境外朋友来访。临别时，我问他，在华期间，什么印象最深？他举起一个指头，曰：酒。

我一听，心里一沉。近年我国发展神速，一日千里，怎么此君印象最深的却是"酒"？那朋友大概看到我脸上有不豫之色，赶紧解释，说是从荧光屏上看到的。

我无言以对。仔细一想，也难怪他有此印象。一到黄金时间，打开电视机，酒广告铺天盖地，前一段耳畔回响的总是"千万里，千万里"；你若听得不耐烦，换一个频道，广告时间也离不开酒，醇酒老酒，男酒女酒，香酒劲酒，爹酒娘酒，真是酒气熏天，弄得人眼花缭乱。

就指招徕顾客亦即商业手法而言，酒广告是成功的，君不见神州大地，大宴小宴，都离不开酒。"金樽清酒斗十千，玉盘珍馐直万钱"，当香喷喷的佳酿流进酒客的肠肚中，白花花的银子也就倒进老板的腰包里，至于荧光屏一天到晚营造酒池肉林的氛围，会有什么样的效应，老板们确也不必负责。

我并非反对喝酒。吉日良辰，花前月下，喝它三杯两盏，增添生活乐趣，又有什么不好！何况，适量饮用，还于健康有益。但是，酒广告狂轰滥炸，社会效益如何，则值得思索。近日报载，一些地方大学生饮酒成风，朋友来了"聚一聚",考试完毕"贺一贺",入党、生日"乐一乐",于是校园附近食肆酒馆,周末假日,家家爆满。至于酒后闹事,被校方开除者,亦颇有人在。大学生是国家希望的一代,这代人若有十分之一常在醉乡,岂不让人有十分的忧虑?当然,学生们酗酒,未必一定是受到酒广告的勾引,不过,荧光屏发射的酒信息,对"转变学生思想"难道就没有责任?所以,每当"千万里,千万里"之类广告词响起的时候,在粗犷的曲调中,我总听得夹杂着靡侈之音。

酒广告之多,说明酒厂之多;酿酒之多,说明需要的粮食之多。我国人口众多,可耕地的面积却不多。有识之士,对此不无忧虑。最近报载,我国浪费粮食的状况惊人,每年粮食收成后,浪费达9200万吨,占总收成额五分之一。而粮食之所以浪费,除管理不善,被大小老鼠偷吃外,与大量酿酒及挥霍有关,如此下去,如何得了!当人们在精心炮制并多番播放酒广告的时候,是否知道,一过了头,便是在煽动浪费的风气,在削弱社会的元气。

酒厂要卖广告,这可以理解;让荧光屏酒广告成灾,也不关酒厂老板的事,听说近年某些酒厂投标购买荧光屏的黄金时段,出价以亿万元计,利之所在,有人趋之所鹜,"精神文明"就只挂在嘴边了。前一阶段,人们大张旗鼓讨伐大街小巷乌七八糟的商店招牌,对此净化社会风气之举,我举双手赞成。招牌垃圾固要扫除,荧光屏的灰尘,是否也该抹抹?若以二者造成的负面影响比较,即使不说小巫大巫,也可谓半斤八两。不过,扫招牌垃圾易,而要清除荧光屏的灰尘,却谈何容易呢!

今之三多

■

张中行

　　昔有三多，原见《庄子·天地》篇，是寿、富和多男子，下有评论，是都不值得要，因为寿则多辱，富则多事，多男子则多惧。（俗）人为万物之灵，取头舍尾，并小变，就成为多福、多寿、多男子，讨好者挂在口头，耳食者闻而大悦者也。今亦有三多，而且多种，只说一种常在眼前摇动紧接着就钻入心房的，是：以欺骗（用狭义，有大力闯了祸诿过于天，有拿笔小力说东道西而非出自本心之类不算）为事业的人多，欺骗的办法多，受骗的人更多。这第一多和第三多的"人"都是"民吾同胞"，我们就不能不想到，我们常说的炎黄子孙之中，有不少品质方面有问题，是卑劣；有更多的人知识方面有问题，是愚昧。

　　如何救治？事过大，想躲开，只说说我由此而引起的一种感触，是建造人世的天堂并不像某些教义上讲的那样容易。这类的教义，我幼年时候听到过，中年时候又听到过，当然，也就见到过信士弟子的狂热。狂热的表现多种，其最上者是使少信者不能活。可是，流年似水，我由幼而中，由中而老，至今，目不明而尚能见，耳不聪而尚能闻，所见所闻却不是那个幻想的天堂，而是问题很多，仍是很难解决。难也有好的一面，是送来个教训，这是：狂热的信不如平静的"多闻阙疑"。至于疑之后如何办理，乃后话，这里从略。

可怕的笑话

■

林 希

好像听过一种什么议论，说如今的猫儿已经被人们娇养得不捉老鼠了。当时听了并不十分认真，觉得不过是一种愤世嫉俗的空话罢了，显然是故作惊人之语而已。但是就在今年的2月3日，天津的《今晚报》上刊发了一条社会新闻，果然是应验了愤世者的担心，如今的猫儿早已经被人们宠得连老鼠都见不得了。这条消息不长，姑且摘录在这里，也算是以飨读者了吧。

这则消息写道，住在天津河西区"一位姓臧的女士，为迎新春全家扫房搞卫生。在收拾床底杂物时，有一只老鼠窜出，臧女士与其母亲、哥哥三个人便追打起来，一会儿把老鼠围堵在墙角里。老鼠又凶又贼，用手抓怕咬手，用棍棒打不着。臧母忽然想起另外一间房里有一只从同事家借来的猫。臧女士跑过去将那只熟睡的猫抱了来，并顺手扔在有老鼠的墙角里。猫本来刚从梦中醒来，又突见一只硕鼠恶狠狠向它袭来，只听'嗷'地一声惨叫，瘫软在地上。开始全家人以为这只猫在玩什么新'绝招'，静等猫捕鼠那惊险一幕出现。然而两分钟过去，猫还是纹丝不动，而老鼠却在猫身上和地上跳来跳去。臧女士全家人才意识到猫被老鼠吓死过去了，赶紧抱起来拍打脸颊，按摩心肺，掐按'人中'，猫终于又睁开了眼睛。经过几天喂养照顾，待猫恢复正常后，臧家赶紧将这只猫还给同事。那只老鼠还是死于臧家的木棍下。"

读了这条消息，我被吓出了一身冷汗。这还了得？如今已经到了猫见到老鼠就要吓死的时代了。这一方面说明老鼠已经是较它们的上几代凶恶了；但另一方面，这也说明猫早已不再具有捕鼠的勇气了。何止是没有勇气了，它们几乎是被老鼠吓死的。如果这种现象仅仅是猫的生命退化现象，这倒也无所谓，科学进步到了今天，也许我们还可以再培养出一种新的动物来，代替猫们捕杀老鼠；但，猫呢？难道就真的从此退出生活舞台，而像观赏物那样，变成一种生活点缀了吗？

猫是一种悲剧性的生命，相传在很久以前，猫是一种极凶恶的动物，民间传说中说猫竟然是老虎的老师，由此不难想象猫的祖先是何等的凶残善斗。本来老虎向猫学习本领之后，是想把猫吃掉，从此在世上称王称霸的；但到底猫还有点心眼，它把捕杀猎物的本领传授给老虎，唯独不把上树的本领传给老虎。如是，在老虎自以为成势，反目想吃掉猫的时候，猫往树上一跑，老虎就没有办法了。那时候的猫，真是有勇有谋，不愧于猫科动物中坐头把交椅。

但从历史记载上看，猫又是一种退化现象极明显的动物，到了中国的唐代，就退化到"猫鼠同眠"的地步了，《新唐书·五行志》记载："龙朔元年十一月，洛州猫鼠同处，鼠隐伏，像盗窃；猫职捕啮，而反与鼠同，像司盗者废职容奸。"欧阳修老人修《新唐书》，于浩翰的历史事件之中，竟然一定要录载下这件小事，可见一定是从中悟到了一点什么"内涵"。老人于记载这件小事之后，感叹了一句"像司盗者废职容奸"，可见"猫鼠同眠"现象，是有着重大社会意义的。

而在出现"猫鼠同眠"事件的1000年之后，今天就有了老鼠吓死猫的"趣闻"，可见猫的退化速度实在太快了；再过1000年之后，会不会出现老鼠吃猫的"趣事"了呢？未可预料，这就看猫们自己的选择了。

老鼠吓死猫的事，虽然出在天津，但无论是什么地方的猫，如今都已经毫无战斗力可言了，除了叫春的本领没有退化之外，猫们个个都在过着自己舒适的小日子；君不见如今到处都有吓死猫的老鼠，也到处都有被老鼠吓死的猫吗？欧阳修老人说"猫鼠同眠"如"像司盗者废职容奸"，那么猫被老鼠吓死，就必然是"像司盗者纵奸为盗"了。

猫捉老鼠，还是"猫鼠同眠"，甚或是老鼠把猫吓死，再到老鼠吃猫，都是猫儿自己的事，只求这种现象不要延及其他生命，矣焉哉，倒真是杞人忧天了。

可畏的人言

牧 慧

外出归来，有好多信要回复，有好多报刊待翻阅，我仍然被《南方周末》胡雪梅一案的报道所吸引，一口气读完了《寒梅苦争春——一个弱女子的漫漫上访路》。

一位可怜的、不幸的弱女子，硬是被描绘成放荡、阴险、贪婪的女性，成为炮制伪证录音带的罪人。这些文字，分别发表在6家报刊上。已经倒楣透顶的胡雪梅掏钱疯狂地买下了她可能找得到的所有报摊的这些报刊，她害怕世人读到这些文章。这当然只能是痴心妄想。偌大一个中国，到处都有卖这类文字的报摊。你大量地买下，只能刺激那些畅销的报刊更大量地印制出类似的文字来赚钱。

它让人想起因"人言可畏"而自杀的阮玲玉。对于报纸的渲染与阮玲玉的死，鲁迅曾经在《论"人言可畏"》中说过："现在的报章之不能像个报章，是真的；评论的不能逞心而谈，失了威力，也是真的，明眼人决不会过分的责备新闻记者。但是，新闻的威力其实并未全盘坠地的，它对甲无损，对乙却会有伤；对强者它是弱者，但对更弱者它却是强者，所以有时虽然吞声忍气，有时仍可以耀武扬威。"不知道这6家报刊能否服从法院的判决，给被厄运弄得囊空如洗夫离子散百病缠身的弱女子以赔偿，不知道那些报刊的编辑和作者们能否读一读鲁迅的这篇文章，不要再担当"对更弱者它却是强者"这类角色。

如今可以读到的部分没有揭示有关执法部门在胡雪梅被强奸后由受害者变成诬陷者中有什么猫腻；但是，他们当中一些人的形迹可疑却是呼之欲出的。其中有一位女检察官在提审"诬陷犯"胡雪梅时有一句可圈可点的名言："一个女人如果真的不愿被强奸，那就不可能被强奸。"胡雪梅被激怒了："你也是女人，你怎么可以说这种话！"

确实，按照这位女检察官的逻辑，世界上就根本没有强奸，许多历史都得改写了。

《日本能够说不》的作者之一石原慎太郎发表过不少为日本帝国主义者侵华暴行辩护的言论。对于慰安妇的言论，对于慰安妇的问题，他不像某些人那样吞吞吐吐，而是声言存在有理："不满足士兵的性欲，军队就不能打仗。"石原此论，果然惊人；但是，人们不难反驳他说，这样一来，美军在冲绳强奸日本女学生岂不也一样有它的必要性吗？这一问，不知石原将如何回答。如果他还是个正常人，他将理屈词穷。如今好了，"一个女人如果真的不愿被强奸，那就不可能被强奸"！那位检察官的高论不仅给石原解了围，而且有助于石原从根本上否认日本侵华时曾经有过强奸这种事！

鲁迅说："孔夫子曾经计划过出色的治国方法，但那都是为了治民众者，即权势者设想的方法，为民众本身的，却一点也没有。"（《在现代中国的孔夫子》）那位检察官的高论可谓得孔夫子之精粹。

冷面滑稽

鄢烈山

时下流行一个新词"搞笑",我的耳膜对它难以适应。这词儿总教我想到节目主持人强扮笑脸勒索观众的"请大家掌声鼓励",想到那些港台电视短剧配录的莫名其妙的"观众"哄笑声。我喜欢看冷面滑稽,就是说表演者并不未言先笑甚至从不露笑脸,而是一本正经,却能让观众忍俊不禁。比如,葛优、严顺开的表演就常是"冷面滑稽"。更进一层说,好的"冷面滑稽"不仅不强挠人的痒痒,而且令人笑过之后,胸中五味绵长,回思不已。文学名著中的有些人物如阿Q、好兵帅克、堂·吉诃德,电影如卓别林的《摩登时代》等,都是冷面滑稽的好例子。说白了,成功的"冷面滑稽"具有优秀喜剧的素质,意蕴深厚,不论是揭破人生假相还是揭示社会病症,都有一种悲剧性的因素(荒谬感)隐含其中,发人深省。我这样说,当然是基于自己的审美趣味,并无排斥别人喜欢轻喜剧、闹剧之类的意思。

话说回来,现在文艺娱乐作品中"冷面滑稽"虽然短缺,实际生活中却所在多有,时时可睹。比如,最近有报道,湖南绥宁县实行"勤政廉政新举措":"从今年1月1日起,对县直机关事业单位汽车司机实行交流制度",凡50周岁以下、在一个单位从事汽车驾驶5年以上的,应进行换岗交流;凡与单位主要领导有近亲关系的,一律进行避亲交流。这则消息,在我读来就是很典型的冷面滑稽

"作品"。

我并不想对绥宁县的做法（不，是"举措"）妄加鄙薄，恰恰相反，在举世皆然的情势下，我不否认绥宁县这样的做法当属难能可贵。我赞成报道的"编后语"所说的，此举"无疑对领导管好身边工作人员有着积极的意义"，"使我们看到了在抓廉政建设中，不可忽视了从'细小'的事情着手。"但低头一想，便觉得反腐保廉要抓到这样细致，实在很可笑。领导干部实行交流制度古已有之，朝廷命官不得在原籍任职，地方官三年任满考核后一般易地作官，除非当地绅民的挽留请愿获皇帝俯允。改革开放以来，我们也曾多次把建立干部交流制度和任职回避制度提上议事日程；然而，大概是执行起来有很多实际困难，迄今基本"率由旧章"。所以，便有了绥宁县的"新举措"。这符合先易后难的渐进原则，却不免有避难就易之嫌。这"举措"也真够新的！想那些单位司机特别是领导乘坐的轿车的司机，大约相当于旧时"县太爷"们的"长随"（跟班），他们的工作无非是为领导做些生活服务之类琐事，如果领导人不是"没毛大虫"，他们怎能狐假虎威？如果领导为官清廉，没有见不得人的事要他们代办或"不得不"落在他们的眼底，他们怎敢挟（要挟）领导之威为非作歹？这样的新举措的应运而生，是说明我们的反腐倡廉工作越抓越细，还是在某些地方和某些方面越抓越不得要领呢？

看许多反腐保廉的要求与措施，都叫人未免产生滑稽感。试想一下，光为管住某些干部的嘴巴，多年来我们想了多少点子，发了多少"通知"？从规定"四菜一汤"盘数、金额，开征筵席税，到不准上白酒、洋酒，花样百出，言者谆谆听者藐藐，以致今年1月31日《人民日报》郑重发表"一位青年干部的肺腑之言：不能再这样挥霍公款吃喝了"！现在，举凡领导干部的衣（出国公款制装的标准）、食、住（从面积到装修规格）、行（从车子的出产国到牌子、排气量）、公务（从秘书的性别到办理出国出境访问的手续）、半公务（工作餐等）、私生活（是否洗桑拿浴、唱卡拉OK等）都有一系列明文规定，而且还须"三令五申"不已，而且还要不断推陈出新——因为什么高尔夫、保龄、桑拿、信用卡、俱乐部会员证之类新玩艺洋玩艺正层出不穷。真是难为了纪检监察部门，不知要忙到什么时候才可能有尽头。

正如江泽民总书记在中纪委八次全会上指出的，讲排场、比阔气、挥霍浪费的存在，"是更严重的腐败问题得以藏身和蔓延的温床，必须引起大家的高度重视，坚决加以整治。"中国人民正在从事空前伟大而艰巨的社会主义现代化建设，有多少大事情要只争朝夕地办，岂容浪费大量精力，跟着那些不守规矩的"顽童"屁股后面忙得晕头转向。

《迷人的乡村》 （英）法·布朗格文

买猴儿与霓虹灯

舒　展

文字笑话也会因书写者及其工具、字体和方法而显出不同的时代特点。甲骨文、小篆和隶书姑且不论，这里先从草书说起。

有个县官写字潦草——即不讲结构规范的瞎草。这一天，官老爷要请客，写了一张叫差役今天去买猪舌的字条。谁知县太爷把这个"舌"字写得太长，分得太开，差役一看"买猪千口"。急急忙忙跑遍城郊各乡，总算买到500口。他一想今儿完不成任务，便向老爷求情，先交这500口。县官一听大怒道："我叫你买猪舌，谁叫你买猪啦？"差役拿出字条应声道："老爷的草字难认啊！下回倘若要买肉，您老千万写得短点，要不我还以为您是要买'内人'呢。"

已故相声大家何迟塑造的"马大哈"，早已享誉全国，成为家喻户晓的名人。马大哈把"去东北角某厂买猴牌肥皂50箱"错写成"去东北买猴50只"，于是演出了一场非常荒诞的喜剧。何迟与马三立因为这个段子被"扩大"为"右派"，蒙冤22年。"难道俺们的商业干部是这样的吗？"呜呼——禁止相声艺术夸张直至达到荒诞的程度，那就等于取消这门艺术。对阿Q，也可以用这种"上纲法"来质问鲁迅："难道俺们雇农是这样的吗？"

现在的大城市，一到夜晚，霓虹灯争奇斗妍，成为书写现代文明的一个重要工具，也是人们欣赏美丽的不夜城的一大景观。有个小品里说，霓虹灯书写的大标语："北京欢迎您"，不久变成了"北京欢迎你"；又过不几天，变成了"北京欢迎尔"。托福托福，写和演这个小品的艺术家没有被打成"右派"。因为现在的棍棒"理论家"已经不那么吃香了，人们的文艺常识比起从前也大大提高了。

其实，霓虹灯病并不限于北京，其他大城市，所在多有。只因地处首都，故而显得特别扎眼罢了。

夸张，乃至荒诞，在艺术作品中不但是可以允许的，而且是艺术家想象力驰骋，才华特异的表现。原因在于生活中本来就存在着荒诞。在国外，由于有人的命运微不足道，普通人从希望到无望直至绝望，所以必然有《等待戈多》这样的荒诞戏剧产生；在中国，由于有韩复榘他爹这样不讲理的老太爷存在，所以有《关公战秦琼》这样的相声问世。毛泽东曾多次请侯宝林进中南海说相声，尤其欣赏《关公战秦琼》这个段子，很值得领导文艺工作的同志深长思之。行政命令，权力干预艺术创作，只能结出荒诞的果实。

几个记者朋友曾向我说起霓虹灯的荒诞见闻。例如："各种禽蛋"变成了"各种人蛋"，于是人类从胎生动物演变为卵生动物。"皇家饺子馆"变成"皇家食子馆"。细想想，也对，自古以来，皇家父子内斗，儿子搞掉老子，老子杀死儿子的故事还少吗？还有"熊猫"变成了"能猫"，"飞虹"变成了"飞虫"……不胜枚举。

如果说以上为相声，为传闻，那么前不久在中央电视台东方时空中公开报道的霓虹灯生病的信息，巩怕就属于百分之百众目睽睽的真实的荒诞了。您看："汽车配件"变成了"汽车配牛"，即令为了庆祝牛年，提高牛哥的地位，也不能让它上高速公路上去跟汽车配对儿呀；"烤鸭"变成了"烤鸟"，细想也对，广东人称烤鸡鸭鹅为烤三鸟；"天津狗不理包子"变成了"天津狗"，北京怎么卖起天津狗来啦？没听说天津培养出什么良种狗呀。据报道这类霓虹灯病，北京共计发生800多起，仅收缴损害市容罚款就达60多万元。

我相信，国家宁可不收一分这类不愉快不光彩的罚款，也不愿看到屡禁不止的霓虹灯恶作剧的发生。中华民族祖先创造的充满智慧的汉字，如此这般地被作践被戏弄，实在太跌份儿，太不文明，太给中国人丢脸了！叫海外侨胞、港澳台同胞和懂中文的外宾看了，是哭还是笑呢？如果将霓虹灯的文字残缺病编个荒诞的相声向社会示警，苍天保佑，我想大概不会出现第二个何迟吧？

评职的感想

谢　冰

　　最近听到两件事，都和评职称有关。一家杂志要组一期关于评职称的稿子，约一位很活跃的社会学家写文章，正赶上评职称，这位说，我正在参加高级职称的评定，评上了，我写一篇；评不上，我就写一篇今后永远放弃参评的声明。也许是有预感，这位很知名的青年社会学家终于没有评上，现在也不知他写了那个声明没有。另一件事，也发生在同一个单位，这是一个知名社科研究单位。评职称要考外语，这自然是没什么不对，但具体操作也不宜过分僵化。我听到的这件事是他们要让一位留学英国的专攻英美文学的博士考英文，这位博士受不了这种待遇，坚决不考，自然也就不要那个职称了。对这位博士的态度，圈内的朋友都很赞赏，以为这也是知识分子自由之精神、独立之思考的具体表现。这一两年来，我已多次听到许多朋友主动放弃评职称的事，这说明两点，一，知识分子还是有气节的；二，社会真是进步了，离了职称也能活，也能做学问。评职称是好事，但这十几年来，这件事也不知伤了多少读书人的心。

　　职称本为学衔，但现在的职称常常和学问无关，还要附加许多条件，由于职称和住房与工资连在一起，让许多人丢了尊严。现在工资已没有约束力了，只剩下住房还让人生畏。我听到许多人说，要不是为了房子，我才不去受那个罪呢！读书人有时还真有股劲，像前面我说的那两位，真让人敬佩。

人心之险

赵 牧

你打我一拳，我踢你一脚——这叫报复。如果没有能力或不便直接回击，就转弯抹角进行，比如打他的孩子，如果连他的孩子也打不着，又报复心切，那就可能殃及无辜。这种行径不但丑恶，在现实中还是相当普遍。

比如最近新华社消息说，今年7月9日，隶属河南省高速公路管理局一辆客货汽车因违章被交警查扣，管理局的"某些人"（消息原文如此）竟下令关闭郑洛汴高速公路达40分钟，以迫使交警交回查扣车辆，致使近千辆汽车严重堵塞。烈日当空之下，众司机和乘客不堪其苦、怨声载道，十几名交警汗流浃背地忙乎着维持交通秩序。交警部门在与路政部门反复交涉无望的情况下，只好强行拆除路障，恢复交通……

按消息的说法，这里的"某些人"的行为显系报复行为，报复的对象是正常执法的交警。但由于这个报复是通过间接的卑鄙手段实现的，所以其性质就有点模糊了。"某些人"并没有直接对抗交警执行公务——查扣违章车辆，因此就没有直接向法律挑战的事实。至于他们随意关闭高速公路，把成千台车辆和数千甚至上万乘客堵在毒日下，这又该当何罪呢？

消息说，河南省高速公路管理局负责人向记者表示，随意关闭高速公路是十分错误的（据此方知这是"错误"），高速公路管理局将对有关责任者严肃处理。

现在还不知道"某些人"将会得到怎样严肃的处理，笔者也不清楚高速公路管理方面是否有相关规定，所以一时无从援引相关条例，对"某些人"应该为自己的行径承担什么后果做一判断。不过，从上千名车主和乘客因"某些人"滥用权力的行为而蒙受的工时损失和精神折磨这一铁的事实看，却可以肯定是有某些法律适用于"某些人"的。

去年夏天笔者途经陕西，在一铁路道口也遇到类似的情况，当时道口看守因与一汽车司机发生争执，在明明没有火车通过的情况下硬是把道口关闭了半小时以上，待两边车辆积压了数百辆，司机个个火冒三丈，看守才心满意足地开关放行。此后，由于两边众司机急于冲过"封锁钱"，结果在铁路道口上一度形成犬牙交错难解难分的极其危险的局面。

人心之险，是很难预料的。如无有效的制衡措施，心术不正者只要有一点权力就可能搞出天大的事来，更不要说权倾一时或一方了。当然，后者可能就不是报复的问题了，比如慈禧太后名言："你让我一时不痛快，我就让你一辈子不痛快"（岂止是祸及个人）。当然，这样的问题也就需要另文讨论了。

养猪原则

张世昌

从去年底到今年初，又不断看到有关瑞士银行曾为纳粹"洗钱"的报道，还有瑞士政府对于建立犹太人赔偿基金的问题终于采取了缓和的态度。

这几年，我一直比较关注这方面的消息，因为从90年代愈演愈烈的世界性的腐败浪潮看，通过各种途径把赃款转移出境，已成为越来越多的腐败分子所喜欢采用的上策。

1990年，瑞士银行迫于国际舆论的强烈谴责，曾发表这样的声明："如果身为国家领导的人是一头猪，就别把钱存到这里来。"这个声明产生的背景有两大事件，一是罗马尼亚前总统齐奥塞斯库夫妇在瑞士银行有高达10多亿美元存款的黑幕曝光，二是菲律宾臭名昭著的前总统马科斯夫妇贪污1000多吨黄金的罪行败露。

瑞士银行的声明还说：他们"已经冻结了一批倒台原形毕露的猪猡的存款，其中有菲律宾前总统马科斯的7亿美元……"瑞士银行所以称这些搜刮民脂民膏的大盗为猪猡，源于当时国际舆论把瑞士称为"肮脏的猪圈"。当时有篇相当精彩的国际评论写道："据一历史文献记载，在1960年，保加利亚曾一本正经地建议公民们不要养狗，而要养猪。因为猪是没有原则的，它为每一个拥有刀子的人长肉增膘。瑞士银行奉行的正是这样的'养猪原则'。"

旧事重提的原因有三。一是瑞士银行这几年在这个问题上的表现已经说明，它不可能彻底放弃几十年来一直奉行的原则，这个原则就是为客户绝对保密，而且绝不过问钱的来源，无论数额多么巨大和可疑。瑞士银行充其量只能是"不告不理"或"不追不理"。事实上，如果不是犹太人长年不懈地穷追不舍，那么永远不会有"赔偿金"一说。

其二是，腐败分子境外"洗钱"未必非要到瑞士银行。比如，新加坡的法律规定，任何在新加坡注册的外国公司，只能以个人的名义注册。像这样的不同国情，腐败分子也会大加利用，曾经轰动一时的全国劳模于志安卷走巨额国家资产的事件，用的就是这个手段。

其三，这些数额惊人巨大且转移赃款出境的腐败案件，今天在中国也多了起来。而且因极难追回而造成严重后果。所以无论事前事后，都特别需要采取认真而有效的对策。出了事后，仅仅抨击别人奉行"养猪原则"是没有用的。

犹太人讨回公道的执著努力，包括二战之后不遗余力地在全世界范围内搜捕漏网的纳粹战犯，对其他深受腐败问题困扰的国家能否有所启示呢？

正面

姜珝敏

　　火车到开封已近午夜,我下车遛达。空荡荡的站台上看不到几个人影,却有凛凛的寒意扑面袭来。我打了个哆嗦,刚返上车厢踏板,一阵急沓的脚步伴着一个神色惶急的农村老汉,直奔我这节车厢而来。正要上车时,被站在车门口的女列车员当胸拦住:"拱什么拱?""俺上民权。""这不是你上的。""咋了?"那老汉停下来东张西望着。女列车员又重重地推了他一把,再不看他一眼。

　　我知道车是经过民权的。但从老汉衣着上判断,他不可能买卧铺票,而这是卧铺车厢。我想叫他向后去硬座车厢上车,不知怎么竟没开口。借着站台上凄清的灯光,我看清这是一个苍老憔悴、实际年龄估计不超过50岁的贫苦汉子。他衣衫单薄破旧,身子瘦弱干巴,迷茫的脸上灰蒙蒙地尽是皱纹和凹陷,难怪列车员歧视他。见到这样的人表情就紧绷,几乎已是许多服务行业人的本能。但他这是深更半夜赶火车呀!再贫贱也有权上他想上的地方呀!也许列车员认为他买不起车票?但没车票他怎能进站?至少,列车员也该问问情况,或者,告诉他到硬座去上车也不是费神的事呀?他双手提着两个沉重的布包,伛偻的背上还驮着一个用旧被单裹着的娃娃,瘦弱肮脏的小脸上,两只惊疑而泪痕点点的眼睛瞪圆着,怯怯地偷望着列车员。我的心不由得一揪,差点想为他向列车员求个情,或者,如果他向我央求,我愿意为他补票或给他几个钱。但不知怎么我只是同情地看着他，什么也没说。而女列车员又一次推开企图挤上车来的老汉，返身上车并迅速关上车门盖板。这下，那汉子更慌张了，喊了声俺要上民权呀，仓皇奔向前面的车厢。我看他跑的方向又是卧铺车，忍不住探出头想招呼他往后跑，但他已跑远了。瘦弱的孩子像一个干瘪的面袋在他背上急剧晃荡。我希望下节车厢的列车员会容他上车，却真真切切地听见一声更尖锐的喝斥：滚开！

这时，车缓缓启动了。我不安地站在车窗前，但见那汉子沮丧地痴望着在他面前无情滑动的一节节车厢，一动也不动。背上的孩子则更紧地抱住他的脖子，尖声大哭，哭声竟盖过轰隆隆的车轮声，在死寂的深夜听来那么凄厉、渗人……

我躺在铺上久久地辗转。我不明白面对这个贫弱无助的人，列车员为什么都表现得如此麻木不仁；我也不明白我怎么就不曾及时尽一下举手之劳的义务。说真的，我当时想起了鲁迅的《一件小事》，想起著名油画《父亲》和朱自清的《背影》。我面对的不是我父亲，也不是一个写满骨肉挚情与人生艰辛的背影，但我面对是一个充满期盼的和我们一样尊严的"人"的正面！虽然他并未对我开一下口，但那烙在我脑海的虬曲而深刻的每一条皱纹，都似乎在对我说：俺也是一个做父亲的人哪。而实际上，他所代表的那个群体，甚至说得上是我们民族的"父亲"呢！

也许下一趟车很快就会来的。后来我这么想着，终于迷糊了过去……

准时到校

赵 牧

去年深秋开车经过陕北黄土高原，发现一所中学醒目的校训竟是"准时到校"四字，而不是"好好学习，天天向上"。我颇感惊奇。第二天凌晨5时左右，驾车继续北上行驶在黄土高原，一路上发现许多背着书包的孩子，或三五成群或七八结伴而行，大一些的也都是三五人骑着自行车同行，我这才明白"准时到校"的含义，山里的孩子居住得太分散，而学校又太远。

老区的孩子读书原来还这么难！天亮了，途经几所小学，又见到了"准时到校"四字。我有点伤感，我刚读书时的条件也很差，但还没难到要起五更，摸夜路的地步。如果他们不能"准时到校"，"好好学习"又从何谈起？虽然伤感，但这些孩子比我们那时强一点的是，不用再背诵"世界上还有四分之三的人民处在水深火热之中等待着我们去解放"了，他们接受的教育是，只有准时到校才谈得上好好学习，才有可能救自己，才有可能对社会有益。

嘴上文章：空对空

何满子

　　少年时，我的一个舅舅常给我们小辈讲述历史故事，用以佐证他对我们的道德教训。给我最深印象的是，一次他告诫我做人不该拍马屁，向人阿谀，讲了南北朝十六国时期南燕皇帝慕容德君臣互调的故事。以后读史，读到这故事，真如恍见旧人，印象于是格外深刻。复述怕走样，在此就直录《晋书·载记·慕容德传》的原文吧：

　　后因宴其群臣，酒酣，笑而言曰："朕虽寡薄，恭已南面而朝诸侯……可方自古何等主也？"其青州刺史鞠仲曰："陛下中兴之圣后，少康、光武之俦也。"德顾命左右赐仲帛千匹。仲以赐多为让，德曰："卿知调朕，朕不知调卿乎！卿饰对非实，故亦以虚言相赏，赏不谬加，何足谢也。"

　　这位刺史大人拍马拍得没个边，竟把地仅数郡的一个小国之君歌颂为可比夏代中兴之主少康和东汉开国之君光武帝，他以为上头总是喜欢人戴高帽子的，就按照这一心理定势灌迷魂汤，反正胡吹一顿不花钱，又能讨好。不料慕容德倒是个可儿，非但还有点自知之明，而且十分滑稽，接过球来就用原招数掷回去，空口赏他一个大数目；这番回答得极妙：你既然拿我开玩笑，那我也就以玩笑来回敬。彼此都空对空，只在嘴皮子上热闹一番。

　　这件事还有点特别的是，古来只有臣下向皇帝和上司以讽喻的方法，转弯抹角地谏诤,名之曰:"谲谏";这回倒是臣下胡说,皇帝反过来谲谏式地讥薄他一顿,慕容德真够意思!

当今之世,抬轿子吹喇叭的现象可谓多矣。被抬被吹被戴高帽子者,对各种赞誉歌颂都受之而不辞,而且还是乐呵呵的。有时或心有内愧,假谦虚一番,乃至对歌功颂德者假意薄怨几句,也都是如朱熹所说:"其辞若有憾焉,而实心喜之。"捧来捧去捧得海阔天空没个边。这种狂捧滥谀,大焉者用于造神,小焉者则用于炒热某个大腕。虽然比照20年前的上下狂吹莺歌燕舞、放卫星之类的"浪漫主义"大发作已是小巫,但大大小小的无意吹捧或说滑了嘴的歌赞之辞依然洋洋乎盈耳。不过时新术语,已一律称"炒"了。

视角缩小至文场,不但一些才子哥儿们之间互相吹捧,互誉对方的并不怎么样的作品为了不起的杰作,炒之不已;连多数批评,也大抵按"炒经"办事,把勉强可读的小说捧成世界水平,最高价的形容词满篇。笔者曾戏称这号廉价的称美评论为"多糖哲学",保证不至招怨,可使受者甜丝丝的,浑身飘飘然,云里雾里。却从未见有人对这些不虞之誉来点儿抗辩,像慕容德那样地视过分的阿谀为对自己的调侃。温习一下这位南燕皇帝的故事是很有意味的。至少鉴古知今,也可莞尔一笑。

四

戏说打鬼

"非抓不可"

老　木

　　解放前，人们习惯把野鸡大学简称为"学店"。所谓野鸡大学，就是那些以办学为名，以赚钱为目的的私立大学。这种学校大都纪律松弛，只需交够巨额学费，就可以注册成为大学生。学校设备简陋，除了个别可当招牌的教授外，受聘的大都是廉价的兼职讲师教授，讲课质量如何校方并不在乎。学生当然都是富贵人家子弟，目的是游荡四年之后能混回一张毕业文凭，捞回一个学士头衔。有的更干脆只有一个空壳，同《围城》那间"克莱登法商专门学校"一样，只要交钱就可得学士、硕士或博士证书，名实相副的学店。

　　如今，这类学店是否存在，虽偶有所闻却不得其详，更值得引人注目的是出现了一种店校合一型的"新生事物"。学校并非私立，教师确是合格教师，学生也认认真真地在读书，没有丝毫"野鸡"味；但是，学校却同时又兼商店：除了学杂费之外，学生必须喝学校采购回来的饮料或吃某种食物（当然得收钱），有的还得交动辄上千甚至上万元的"集资费"，不按时交纳者被逐出校门。犹有进者，校方同时又是各种商品的推销人。如果这是为了方便学生，也还罢了。但是其中不乏强迫购买的事情。在同一天的《羊城晚报》就有两起：湖北长阳鸭子口乡厚浪沱中学设有校办商店，校方规定，学生每人每年必须在该店购买300元的商品，否则罚款（每少购十元罚款一元）。上海一些学校为推销商品而频出新招,搞智商测验(当然是非参加不可的),先买价值240元的保健药品一盒,参加春游须买"有利于健康和提高学生集体观念"的"校鞋"(运动鞋)一双。这就已经让学生家长叫苦连天了。更骇人听闻的是,由于同公司合办企业,不仅出租了教学楼内的教室和办公房屋,还出租了教学楼周边一排平房,操场被改为停车场。于是,这间设在首善之区的北京市宣武区的南菜园小学,终于发生了7岁小学生被订货车碾死于校园的事件!

这几十年,我们的教师、特别是农村的民办教师,确实有很多值得同情的地方。在市场经济活跃的情况下,出版社尚且想出不少高招来挖学生的腰包,学校想办法开点财源(美名"创收")来解困,似乎也很难要求他们从此罢手。但是,事情发展到强买强卖以及学生已无法读书甚至连生命安全也难以保障的地步,似乎已经到了用得着多年来使用频率越来越高的"非抓不可"那句话的时候了吧?

问题的解决,最好是在它刚刚冒出来的萌芽阶段。就如生病,早期发现和治疗肯定比晚到"非治不可"要有把握得多。最近听到一个但愿它是谣言的说法:有鉴于公款吃喝越来越严重,上头除了三令五申严禁之外,还一度规定酒席中不准喝白酒;但是,仅仅不准喝酒这一项,就反应非常强烈。问题不在于喝酒这一方是否有法不依,而是生产白酒特别是名牌白酒的酒厂马上叫苦连天。从电视广告中咱们不难知道白酒生产的"大好形势",而它们增产的白酒又绝大部分是供公款吃喝的酒席上消耗的。不准喝白酒不啻于宣布酒厂破产和酒税大量减少。于是,禁喝白酒的规定根本行不通,公款吃喝更是禁而不止。"非抓不可"的后面是"抓也不行",这是谁也预料不到的吧?

那么,学校经商的问题该不该"抓"和如何"抓"才好呢?

多保留一片绿地

林 顺

我曾经在一篇文章中对超级市场的"中国特色"发表一番感慨。本来应当以它的低廉价格招徕顾客的超级市场，在中国却变成高价市场。原因当然很多，最根本的一点是有关负责人学的只是人家的皮毛、形式，却根本忽视了它的实质。就如鲁迅说的那样，"可怜外国事物，一到中国，便如落在黑色染缸里似的，无不失了颜色。"

这回又有人撰文谈到木筷的引进了。

我说"又"，因为似乎已经不止一次谈过。木筷子这个"新生事物"，乍一传到中国的时候，曾让人产生过一种有利卫生的安全感。一天晚上，电视台的记者向我们曝光了这种"卫生筷子"的制作过程。印象特深的是那位老人光着不知多少天没洗过的脚丫，坐在炕上给筷子裹上一层薄纸的情景。作为观众，不由自主地遥感到那股熏鼻的臭脚味，同时为过去使用过这种从脚丫底下生产出来的筷子感到阵阵恶心。不知道发明这种筷子的日本人是怎样制作的；但是，可以预料，如果日本电视台告诉他们的观众木筷子是经过脚丫之后才摆到桌上，筷子公司非倒闭不可。咱们可没有那样娇贵，脚丫木筷照样插在小吃店的筷子筒里，照样畅销无阻。黑色染缸的厉害，可见一斑。

这回的文章谈的是木筷生产与绿化的冲突。文章说，发明一次性木筷的日本森林覆盖率达65%；但他们的政府明令禁止砍伐本国的树木来制造木筷，主要是从印尼和森林资源贫乏的我国采购。我国每年出口到日本的一次性木筷达200亿万双（他们当然不会买那些从臭脚丫底下生产出来的产品），折合成木材相当于40亿立方米，内销也绝不低于这个数字。不仅如此，咱们的一次性木筷用过后便扔进垃圾箱，人家却收集起来造纸浆。对此，林业专家发出警告：长此下去，咱们的森林都会变成一双双木筷子，将会祸及我们的子孙万代！

这回的警告有没有人听呢？谁来管这类事呢？我不知道。

此外，许多被白色的坟墓挤满的山头，又该毁去（至少是占用）了多少森林面积！无奇不有的是，在咱们这个提倡火葬的国度里，竟有一个市政府发布了"凡个人捐资3万元以上建桥代渡，奖售4.8平方米的墓穴一份，多捐多奖"的文件。这又将砍伐去多少森林？

此外，不知还有多少被填以一米左右的山泥而被冷落在一边的"开发区"。被挖去山泥的山是黄色的，被山泥填满的良田也是黄色的。至于什么时候盖工厂呢？什么人来办企业呢？路过的行人不知道，当地的官员也不知道。可以知道的是，森林被砍伐了，良田被消灭了。这是明明白白的"政绩"，可以写进工作报告当中去，然后让听众鼓掌通过的。

多保留一片绿地，希望不至于仅仅是一种愿望。

天价

舒 黔

新年读报，读到一条去年年底发生的新闻：在浙江房地产展览会中，杭州一幢别墅标价1680万元出售，把来宾们吓了一跳，一时惊为"天价"。

不是瞧来宾不起，"天价"云云，未免少见多怪。这年头爆炒"天价"是什么水平，谁都明白，"人有多大胆，敢喊多高价"，临到岁末，从杭州别墅传来这一声吆喝，虽然喊出了8位数，到底是"拾人牙慧"，百姓于它，怕是连眼皮也懒得一掀。乏了，不值得一惊一乍。

"天价"的疲软，多少有点始料不及。记得两年前，同样在杭城，有商厦挂出标价4万多元的"极品毛裘"，一时满城争说，观者如堵。记得一年前，广东汕头某家具商以100万元价格售出一张"黄金床"，虽说被大小传媒一起喝倒彩，毕竟也算"满堂彩"，"轰动效应"还是有的。其后温州书稿竞拍，欲为刘晓庆写真集卖个好价钱，谁知天价易出，小槌难落，于"亿元户"只是区区之数的38万元，倒成了一个坎，把"亿万富姐"的玉照晾在拍卖桌上了。及至岁末杭州爆出"天价别墅"，炒家自诩为"大手笔"，冀图收名扬天下之效，却不过在西子湖畔喧哗一阵，复归沉寂。如此而已。

商界"天价"从轰动走向寂寞，有专家说了，是"买方市场"出现后，消费者持币"抗议"的结果。说的也是。老百姓过日子，毕竟要"看菜吃饭，量体裁衣"，这日子该不该悠着点儿，全凭自个儿捏紧钱包掂量着过。不良商家鼓捣"高价消费"，欲以奢靡导之，欲求暴利谋之，违国情，悖民意，损民生，趋者无几，亦乃情理中事。

然而据此断言，"天价"就从此走向寥落，也不确。

如今市面上标价出售的东西，或曰以货币支付方式进入"流通"的东西，已有一部分不是原来意义上的商品了。即如清高的学位，严肃的官位，庄严的人民代表席位等，也有人大胆"解放思想"，引进"市场法则"——谁出高价谁得之。这就难保某些"非卖品"被卖出耸人听闻的"天价"来。

江西"县太爷"郑元盛欲圆"发财梦"，万把元就"卖出"一个科局级；广东包工头岑潮作欲圆"镇长梦"，3万元就"买进"26张人民代表选票。这两位，一个贱卖，一个贱买，都出了"跳楼价"，说来似有"暴殄天物"之嫌。至如广东中山几条金融蛀虫，靠着近水楼台"吃"进7亿元，倒是让老百姓开了一回眼，领教了"职务之便"到底值"天价"几何。

事实上，近年大案要案犯罪金额逐年上涨，权力"天价"眼瞅着直线飙升，对这个"卖方市场"的存在，人们已毋庸置疑。也正因为如此，民间才有"不给钱不办事，给了钱乱办事"这一说。我们的权力本来是人民给的，却被某些人据为己有，向人民漫天要价，天底下还有比这更可恶的事么？

一度甚嚣尘上的商界"天价"，在市场规律这根杠杆的撬动下，终于一落千丈。要撬动权力的"天价"回落，杠杆也是有的，那就是惩腐反贪。

戏说打鬼

邵燕祥

早就听说洛阳的北邙古墓博物馆里有西汉墓壁画打鬼图，这壁画墓是1957年在洛阳老城西北郊烧沟村南发现的。

过去的观念，人死为鬼，杜甫诗"访旧半为鬼，惊呼热中肠"，可以为证。人鬼殊途，幽明相隔，墓中打鬼图是人画的，言打鬼的是人还是鬼？已由人化为鬼的墓主，是打鬼的，还是挨打的？墓主后人豪丧厚葬，奉死如生，画打鬼图，当不是要叫先人挨打，而是支持已经作鬼的先人去打异己之鬼吧？

西汉时好像还没有传来释家的轮回观念，但认为人可成仙。如果成了仙，上了天，与黄泉之下的鬼，"井水不犯河水"，一个天上，一个地下，又何必打鬼？

可能是墓穴中的阔人，虽未成仙，却以为自己灵魂不灭，埋在墓中，还能够像活着时一样享受，一样宴乐，一样出行，前呼后拥，甚至比活着时过得更舒服更惬意；一些壁画上所画，正是他们希望死后继续享用的。

阔人变了鬼，鬼喊打鬼，打的就是无权无势也无钱的穷人变的穷鬼了。

如果穷鬼才挨打，其命运与穷人同，那么穷人无须怕穷鬼，只须防"阔鬼"作祟打人就是了。

逻辑地推论，阔人们的第一志愿自然是上天，不得已才下到"阴间"去：天上好，好就好在照样荣华富贵，却排除了他们认定的坏人，那些异己都理所当然打下地狱了；而上不了天，仍在阴曹地府做寓公的，为了在九泉之下的"神仙日子"免受干扰，还得不停地打鬼——以至打人云。

这是地地道道的鬼道理。突破这鬼道理的，男有钟馗，女有敫桂英。捉鬼的钟馗，本身已是鬼，而"（敫桂英）活捉王魁"则是鬼捉人——原来人分好坏人，鬼分善恶鬼也。

现代法律，对死人不再追究，如王宝森，倘若活着而曝光，自是"人人喊打"的人物；不知到了地下，成了鬼物，是否还遇到"鬼鬼喊打"？

带着这一串问题看了西汉壁画墓。原来那神虎吞噬的是造成赤地千里的旱鬼"女魃"，兽面怪人方相氏打的是以病害人的疫鬼。旱鬼疫鬼都在该打之列，但看来善良的人和善良的鬼所寄予希望的打鬼者，都不是普通的鬼，更不是普通的人，倒有点让人失望了。

学生的气质

谢 冰

　　我早就想写一篇关于学生气质的文章,所谓学生自然是大学生,所谓气质当然是精神气质。我的这个感受是从一件小事产生的。去年秋天,我在北京和一位朋友闲聊,中间来了一位刚毕业的学生。这位学生是这个朋友的朋友,由于喜欢写作,走动很勤,我这位朋友也很欣赏他在写作上的才能,觉得将来他还能吃写作这碗饭。但这位学生这次来却没有谈写作的事。他知道我这个朋友过去在省委政策研究室工作,他的同事中有几位已经是省一级的官员了。这个学生毫不隐讳地求我这位朋友,看能不能设法帮他引荐一下,给官员做个秘书之类的工作。我的这位朋友当着我的面就回绝了,而且说了一些实话,让那个学生很下不了台。

　　有了这点对学生的了解,我也很生感慨。今日的大学生从素质方面说,肯定比他们的学长们有了提高,但在精神气质上,似乎是务实超过了理想,愿意关注眼前而不愿多想未来了。俗世的生活是很诱人的,追求俗世的生活也无可非议,但这里有一个年龄的问题。一般说,人过中年以后,意志容易低落,人生阅历不断丰富,看惯了一个个理想的幻灭,转而追求一点俗世的生活,这是常见的,过去如此,今天也这样。仔细想想,这几年主张直面俗世,躲避崇高的人,大体也是中年或中年以上的人。对青年人来说,如果也选择这样的人生,从一迈进社会，就抱定这样的理想，我总觉得他们的精神气质是少了点什么。如果我是一个父亲，当我的儿女也要这样生活的时候，我会告诉他们，人生还有比这更丰富的内容。我们常说，一个民族的希望在青年，因为他们是八九点钟的太阳，但当这八九点钟的太阳已无力发出耀眼的光芒时，这个民族的前途不是很让人忧虑吗？

十几年前，我从一个小县城的师专毕业时，也有同级的人被分去给小官员做秘书，当然那个职业总是要由人来做的，本身也无可非议。问题在于：倘若一个青年人把这看成是最有利的进身之阶，那就有失人格了。

大学生还是要先有人格，先有独立的头脑，再去想从事什么职业。哪怕中年以后理想破灭，也不能从青年时代起就放弃理想。我一直不愿听到直面俗世之类的话，俗世生活，"三十亩地一头牛"，"吃中国菜，住欧洲房，要日本老婆"之类，虽程度有别，但这些东西与人的本能极近，不用学不用思索就会，而崇高不容易，但谁还不会堕落呢？向上是精神气质，谄媚是什么呢？说真话不容易，说假话谁不会呢？对大学生来说，我觉得还是要有一点正义的性格，这样的精神气质才能闪现出思想的火花。

一口咬定

谢 云

　　鲁迅在《事实胜于雄辩》中，讲了一个小故事。有一年，他在一家铺子里买过一双鞋，第二年又去原铺子同样买了一双，发现新买的这双鞋头又尖又浅。他把一只旧的和一只新的都排在柜上，接着发生了以下的对话："这不一样……"，"一样，没有错。""这……""一样，你瞧！"于是鲁迅慨然道："事实胜于雄辩"，"在我们中国，是不适用的"。

　　我很奇怪，鲁迅为什么不把题目写做"雄辩胜于事实"？后来一想，鲁迅是有道理的，因为那店员何尝有过什么雄辩，他根本没有辩。莫说雄辩，连劣辩也没有。他有的只是——一口咬定。

　　鲁迅写的虽是一件小事，但他通过这件小事揭示了我们相当一部分人用以说服或者战胜对方的一种战术，一种法宝。只要我们稍加留心，就不难发现：在买卖争执、邻里口角、夫妻吵架，甚至文场论辩、政坛攻讦中，往往总有一方甚至双方，使用了这种不顾事实，不讲道理，只是"一口咬定"的战术。

　　在历史上，运用这种"一口咬定"战术的事数不胜数。宋高宗和秦桧用"莫须有"害岳飞；明英宗、徐有贞以"意有之"杀于谦，就是最广为人知的典型。可见此术源远流长。

　　新中国成立，讲实事求是，讲摆事实、讲道理，情况自然不同了。但一口咬定之事,仍时有发生。批"小脚女人",反"反冒进","反右派","反右倾"中的表现,众所周知;到了"文革",一口咬定的战术,就运用得更为广泛了。只要一口咬定说你是特务,你就是特务;说你是叛徒,你就是叛徒;说你是反革命修正主义分子、三反分子、反动权威,你就统统都是。真正的事实是没有的,雄辩固不需要,劣辩也属多余。林彪一口咬定:成绩是最大最大最大的,损失是最小最小最小的,于是全国大唱:"文化大革命就是好!就是好!就是好!"一口咬定了,不好也是好!谁敢说不好,保他没有好!

近20年来,拨乱反正,重倡实事求是,揭示实践是检验真理的唯一标准。一口咬定法逐渐失灵,但阴魂不散,并未完全失传。有些事,既未经实践检验,也未经真正研讨、辩驳和论争,就一口咬定,或是或非,或好或坏。有一副对联:"说你行,你就行,不行也行;说不行,就不行,行也不行。"可算是一口咬定法的新注解。

一口咬定,大概是有用的吧,否则不会流传。但只要双方是平等的,那效用就往往有限。但在有权者那里,情况自然不同,一口咬定,一言千钧,遂成定论。不幸的是这种定论不能维持久远,过了一定时间,往往不但失效,而且还会走向反面。所以归根结蒂,这世界上最可贵最有力量的还是事实,它不但胜过一口咬定,而且胜于任何雄辩。一口咬定,其能休乎!

在血盆大口的背后

何 龙

用"大假若真"来概括这年头的许多事是有相当"力度"的——广东的几个主要传媒最近先后爆出一个新闻：厂长曾获得8000元"扭亏增盈奖"的广州珠江造纸厂，最近被查出连续8年亏损，累计亏损达6477万元，负债总额达1.2亿元！

珠江造纸厂厂长无疑可以"荣获""纸老虎"称号，称其为"纸老虎"，一点不敢含带轻视意味，只是因为这个厂姓"纸"，对国家财产而言，这只老虎的本性不但一点也不"纸"，而且有一个血盆大口，吞噬起国有资产来异常凶狠暴戾。饶有意味的是这只大口吞噬国家财产长达8年的老虎居然没有被发现，而且还能如此轻易地骗取"扭亏增盈"的美誉！这里面有没有人养虎为患为虎添翼？

"珠纸"的严重问题暴露之后，多方人士向它伸出了"听诊器"：有人认为这显示了国有企业改革的迫切性，实行厂长负责制后，所有权和经营权之间如何建立一种良性关系，既保证经营的独立性，又能对国有企业资产实行有效监控，这起码涉及两块管理问题，一是企业内部的财务管理如何具有相对的独立性、权威性和可监控性，各种民主监督如何真正落到实处，以免厂长一手遮天，上瞒下骗；另一方面，作为上级领导，也应严格监管下级，不致随意颁奖，乱发奖金。有人认为总体上的有效监督才是防止产生"珠纸事件"的关键。

俗话说"冰冻三尺，非一日之寒。""珠纸事件"决不是个别事件。由于长期缺乏有效监督，事实上我们的一些国营单位正被一些掌权者"占地而为王"、占财而私吞了。因为是公有私占，他们也就没有私有业主那份责任感。他们可以用数百甚至数千倍的公家财产去换取个人利益，近几年被法律送上审判台、被新闻媒介曝光的贪官污吏在这种损公肥私方面都有惊人的"业绩"。"珠纸事件"向人们加大了警钟的分贝：公有制下的权力私有化更为可怕：权力私有化让掌权者挥霍公有财产毫不痛心。事实告诉我们，凡是损公的往往必先肥私。在各类"老虎"血盆大口鲸吞国家资财的后面，除了"食道"通向挥霍浪费的"下水道"外，都有一些"食道"通向某些私人的腰包。

"纸老虎"能够隐形8年，表现了我们查错纠错机制的低能，8年时间我们能够把张牙舞爪的日本虎降伏，却不能更早地剥掉这个裹着大旗的虎皮，说明我们缺少机制上的武松——须知靠单枪匹马闯上景阳冈的武松是打不了太多老虎的。

北京人吃早点

肖复兴

北京人吃早点，说来有些让人脸红。首选品种单调：豆浆、油饼（过去叫果子），几十年一贯制，解放前是这老几样，解放后还是这老几样，无甚变化。豆浆没有，可以换成馄饨，改成牛奶，油饼的做法可以花样翻新：油条、焦圈、糖油饼、薄脆……但万变不离其宗，都是一回事。北京人爱吃炸货，但炸面包圈就是另一回事了。北京人几十年乃至上百年固守早点这几样单调的品种，任其朝代更迭、风云变幻，这根主心骨不变，也是北京人的本事。有些事情，坚持住比放弃要难。坚持，是一种骄傲的传统，是一种稳定的心态，也是一种因袭或遗传下来的性格。

北京人吃早点，早点摊一般都设在街头。像点样的早点铺，以前在北京的大街小巷还能找到，如今任你走遍京城的角角落落，也难找到一家了。原因很简单，仅仅卖豆浆、油饼，赚不来大钱。于是，愿意赚这些不起眼小钱的，便都临时支起锅灶，搭一块面板，放几张小桌，在街头四处开花。油锅里油烟蒸腾，小桌上油腻滚滚，人们吃得照样香喷喷，滋味天天依旧，却天天不同寻常。所有这些早点摊，几乎无一不是外地人开的。他们不是北京人，却摸准了北京人的脉，懂得北京人就是这样潜移默化地继承着老一代的衣钵，连口味都难以改变几分，生就了一副油饼和豆浆养育的胃口。

北京人吃早点，匆匆忙忙，永远像是在赶集。坐在早点摊前的，无论是衣着名牌的男人，还是手指染上豆蔻的女士，都顾不上汽车扬起的灰尘、排出的废气，和着它们一起吞进肚中，像往早点里加了一点佐料。公共汽车上，再拥挤的车厢里，也能见到夹着皮包、叼着油饼或拿着油条的上班族。汽车到站了，早点也吃完了。他们把早点和时间一起消化在车厢里。骑自行车的，车水马龙的大街再如何拥挤难骑，也要一手扶着把一手夹着纸包的油饼或油条，在红绿灯眨动中咀嚼着千篇一律的早点晨曲。一贯讲究卫生的北京人，吃早点时忽略了或者忘记了这一点。他们如今上厕所时学会了"去卫生间"，到百货商店买东西学会了说"购物"，但到大街上买早点，挤在公共汽车上、骑在自行车上吃早点，他们没有学会一个时髦的新词，便难以文雅潇洒起来，自然也就顾不上卫生。

北京人吃早点，很能反映北京人的生活态度，那就是随意、随和、能将就、会节省。这是北京人几代传下来的美德。他们不是不会讲究不会排场，但他们能够艰苦而达观地对待生活。

北京人吃早点，很能说明北京人对时间的态度，那就是前紧后松、珍惜和挥霍、节约和浪费共存。北京人宁可早点吃得时间紧张犹如脚后跟打后脑勺，不愿意挤出晚上的时间做一份早点备用，或早些入睡早些起床。晚上，北京人极愿意神聊海哨，愿意搓麻打牌，愿意守着电视机，不见屏幕上出现"再见"乃至雪花斑点绝不收兵。

北京人吃早点，也能道出北京人对外来事物和外面世界的心态。几百年厚重的历史和文化，又是紧靠朱红皇宫宫墙脚下生活，内心深处自然不自然有一种正宗正统的感觉，以为自己拥有的一切便是最好的。公允地讲，这几年北京人吃早点已经发生一些变化，牛奶已经和豆浆分庭抗礼，面包在侵略着油饼的地盘，但总体来说变化有限。仅看北京人对广东早茶的态度，即可看到这种心态的根深蒂固。

在景山公园旁边的大三元酒家、前门大街的老正兴饭庄几处均有早茶可吃，却难以普及，造成广州万人空巷聚集酒楼吃早茶的壮观。北京人认为那样吃早点太铺排浪费，浪费时间也浪费钱财，不大值得。至于说到早茶不仅可以品味品种繁多、味道不同，还可以促谈生意、联络情感、交流信息，北京人会摇头，说生意在早茶谈的不会是大生意，谈生意还是要正规；情感自然可以联络，早茶却不如晚餐更有情调与气氛；信息在早茶楼上传递，也不会是主渠道，充其量不过是小道消息居多，儿女情长居多……

可见得北京人时时处处显示出一副正宗和正统的姿态和心态。在这种心态之中，有几分执著，也有几分保守。当然，还有几分是衣袋里的钞票尚未赶上广州人的多，便只好还得留点儿面子。

不敢说"闲"

苏 叶

命题作文，而且电话频催，要我谈谈休闲。

这是有点为难的。虽说休闲二字已成了当今时尚，从食品到服装，从歌厅到广场，随处可见标榜的休闲在流行着，好像人们的日子已过得羽化而登仙，只愁着如何打发是好，但我却不敢响应这份隆重。在我看来，绝大多数人和我一样，有了一点空暇，是只能叫做休息，休假，或者叫休整，真正陶然于休闲状况的，绝少。闲，可是一个贵重的字眼，它是物我两忘，了无挂碍，随心所欲不逾矩；是野渡无人舟自横的境界。闲敲棋子落灯花；袅晴丝吹来闲庭院；桃花落、闲池阁……这一种深寂凝静，岂是滚滚红尘中的我们随便拾得的？现代人急于脱贫奔小康，得了一点空，鸡啄米似地忙：做家务，教孩子，照应人情关系，还有锻炼啊，旅行啊，玩啊吃啊，攒邮票倒古董儿啊……做哪一样都是目标明确，行动果断，计划周密，忙得忘心失肺，和闲情闲趣相去实在太远了。

然而除了上述的原因，我之不敢申言休闲，是觉得自己有些不配。我早已闲过了头，在最宝贵的青春时代，一切正当的美好的都被"斗批改"搞光了，轰轰烈烈之后余下的是不务正业的空荒。我已经是一粒瘪谷，我还敢说我要的就是空仓吗？

我常想起我住的那个大学宿舍楼院。"文革"前，家家窗口的灯光像竞赛似地看谁点亮得最晚最久。匡亚明先生曾带领部下深夜查访,他看到一片一片宿舍区的灯火激动不已,认为这些教书先生是吃草最少,挤奶最多的可敬的一群。

"文革"起来之后,惨淡的先不说它,在全国山河停工停产停课停业的大洪流中,楼舍的灯自然是寥寂沉落了。闲啊,可总得消闲啊,于是左邻右舍的女士们买来了剪子、尺子,学裁衣,学踩缝纫机。说什么魏晋汉唐,英伦希腊,通通踩进千针万线,连大衣都能做出来。男士们呢,不愧是和数学、力学、反应学打交道的,他们抄起锤子、钳子、焊枪、锯子,咣咣当当地敲起了煤油炉。那个认真,如在实验室。甲楼的造了个圆柱型,乙楼的打了个八角型,什么原子、粒子、分子,都不如这个煤油炉子!——也许,这也可以叫做休闲吧?然而这是一种怎样痛苦的、愤懑的、不甘的休!一种怎样委屈的闲啊!

10年!一颗种籽能长成大树的时间,活活地从生命中剜去了。当荒唐终于结束的时候,执手相看泪眼,谁也无复当年。只是灯光又能回到他们的窗口,彻夜不熄。该用怎样的针脚和电焊,才能追回那裁剪和锤打丢失的日子!

只有加倍地跑,加倍地追,加倍地劳作。

于是,皱纹横生,白发丛生,病癌器生。

他们中的很多人,我是知名知姓熟悉的,接二连三,倒在了奋起直追的路上。

北大佘树森先生故去也已有5年了!他的夫人曾告诉我,54岁的他临终前充满了对妻女的歉意,他说,他如果好起来,一定要陪她们母女去公园玩玩。然而那双新买的皮鞋,哪儿也没去,径直陪他走进八达岭外的墓地。

谁来赔偿他和他们的工作与休闲时间呢?

基于这种感触,当我看到现在的人们兴致勃勃地忙"休闲"时,我自己却不敢忘情。闲,对我来说是太神圣,太奢侈的字眼,也是太浮丽,太轻松的字眼。我消受不起。

我遗落丢失得太多了,从何捡拾尚无头绪,再一休闲,岂不是把自己都丢了?更何况我本身是个懒散怠惰的人,远不懂得惜时如金。我只是在心里提着醒,我可以休息,不可以闲在。是的,哪怕在再闲适的环境中,我内在的钟表发条像被拧过了头,咔咔咔地,任怎么也松活不下来。我知道这很可笑,但没办法,这是那10年给我留下的病。

　　自然我也有不甚忙碌的时候，逢当其时，我的喜好是散步，下棋，逛菜场。这是我换了一种方式在数自己的日子，换了一种节奏在演习我所余不多的人生之路，与休闲心境无关。

　　写到这里，我忽然想起今年是我的本命年。据说过本命年是过关——我不知道，但我的好友却特地送了一条紫砂大牛来。那牛躺着，闲着，挺自在。我的朋友深知我的心性，她是希望我今年睡下来万事不干，平安度过，做一条好乖好乖的大肥牛。我心领她的美意，也打算照她的话做。但是现在，还行吗？在我回首往事之际，我的蹄子已经不能安静了。

东方式决斗

莫小米

两个男人同时爱上了一个女人，糟糕的是，这个女人也同时爱着那两个男人。

要是在西方，这很好解决：决斗。谁赢了，谁得到她。得不到她，宁愿死。

东方人不是这样。以早年一位才女与两位文化名人之间的感情故事为例。

用今人简洁的语言来表述，才女与其中一位是夫妇，另一位则是第三者。当三角恋爱关系透明之后，夫对妻说：你是自由的，如果你选择了他，祝你们幸福。妻将这话告诉第三者，让他取舍。得到的答复是：你丈夫是真正爱你的，我应该退出。第三者终生未娶。据说在日后的几十年中，他们三个一直在一起，而且一直是好朋友。

这很像是一场东方式决斗。

西方式决斗是，两个男人都决心要得到——比力量。

东方式决斗是，两个男人都表示可退出——比境界。

西方式决斗，瞬间就决出了胜负。

东方式决斗，却需要较量一生。而且可能最终都没有结果，因为，他们其实谁都没有真正退出，也即意味着，谁也没有真正得到。

关于随感的随感

■

朱苏进

　　我已经习惯于散漫地生活，偶而把自己浓缩在一页稿纸上，或者一则随感里。生活的散漫与写作的浓缩，都是使我愉快的缺陷。

　　我觉得对待随感，咱们先别挑剔它正确与否，先应该看它是否新奇独特，是否表达出了一点独创甚至怪异、智慧甚至狡黠的个人感受，而且这感受还十分自然随意。千百万年，人类已积累了无可胜数的真理、知识与规范，它们不但养育着我们也常常压抑着我们。然而，新鲜活泼的生命总是不时地闯出常规，收获着同样新鲜活泼的疑惑、见解与发现。即使它是错误的，其错误的价值也许并不次于泛泛真理的价值。即使它是荒谬的，其荒谬也许刺激出旁人猛烈地反抗。于是，在它的周围可能暗藏着种种启迪，可能击打出种种创造。对于随感来说，恐怕不好论正误而只能论智愚。聪明的随感是一个诗化的思想，瞬间洞穿了厚厚的人生琐屑，带给我们一份突兀的尴尬，一处优美的创伤，一种无从还手的刁难……当我写作随感时，经常感到它不是常态的东西因而不能够用常态的写作捕捉住它，它的随意性排除严谨，它的个人性抵抗公众理性，它的巅峰意识仿佛人在失神时接近了天意，它自由到了危险的地步。同时，它也真实地表达出自己根本达不到又渴望达到的生存理想，以及这种两难状态。所以，对我来讲随感不是现实，只是一个个意境，意境的价值在于召唤现实，当然它也常常抵抗现实。

随感是个人的精神乐园。在那没有观众的一小方天地里，他不应该再矫情作态。长泣就是长泣，狂喜就狂喜。恣意放纵，不计利弊。之后，再新鲜活泼地精神抖擞地步入公众社会。

能把一个偌大的世界聚集到一根针尖上，不仅是智慧也是一种遭遇。精神不断地漫游才可能有遭遇。生命有限，我们走过的路不多，能够让你再走的路也不多。但是，一个冥想就能将我们掷到千万里之外，再回到原地时，地方已不再是原先的地方了，你也不再是原先的你了……孤独中，我们干嘛不把自己从人世尘嚣中拔出来，独自冥想一下呢？

教普通话

文迪（香港）

　　每当听到香港同胞把国内叫做"上边"、"大陆"，把国内来港的人叫做"大陆人"的时候，不知怎的总感到有一丝冷冷的、轻蔑的意思。仔细一想，香港是英国统治了100多年的殖民社会，有些香港同胞对祖国的概念模糊了，这是难以避免的。

　　曾有人问我："你是国内来的吗？"听了这话亲切感油然而生。好像彼此马上就有很多共同的语言。而我对香港同胞的爱国精神有进一步的了解，是在担任了香港公开进修学院的普通话教师之后。因我习惯于上一个新班级的第一堂课时，总要问同学为何要学习普通话。不同的回答有许多："为了拿学分"、"喜欢去旅游"、"要到国内去做生意"、"普通话优美好听"、"准备以后教自己的孩子"……共同的答案有一个：我们是中国人，我们要学会普通话，迎接香港回归祖国的日子……

　　同学们在回答中常常用亲身的体验来说明学习普通话的重要性，记忆最深刻的是有一位姓陈的同学说的一件事。他说："我的上司是美国人，一次我们一起去北京出差，一下飞机踏上祖国的大地，我便以主人翁的姿态抢先去叫计程车，自以为能听能说几句普通话。谁知我对司机说我们要去新桥饭店，说了两遍，司机摇摇头表示听不懂。'鬼佬'马上用普通话说了一遍，只见司机一面连连点头，一面用惊奇的目光看看他又看看我。'鬼佬'乘机用普通话诙谐地说他自己是中国人，而我是外国人。司机哈哈大笑。我难为情得无地自容。我想申辩，我想大声地说：'我是中国人，中国是我的祖国。'但我没说，说了司机也听不懂。在北京的那几天，我的'鬼佬'上司因一口流利的普通话，无论外出还是谈工作，无往而不胜。他倒俨然是个中国人。"

听完这番话，我感慨万端！

有时我真想一口气告诉同学们，我们的祖国是火药、罗盘、纸张、印刷的故乡；自古以来中国在科学领域就遥遥领先……但遗憾的是课堂上我没有时间讲这么多，因为我的教学任务是：教普通话。

每天都过愚人节

北　海

近日读报，读到了一连串的谎言和骗局。撒谎和设骗局的人形形色色，谎言和骗局之精、之奇、之大、之巧，简直到了令人眼花缭乱、瞠目结舌的地步。

先是广州一家连续两年上报赢利的国营大型造纸厂，原来是一只连续8年负债经营、累计亏损达6千多万、负债达1亿多元的"纸老虎"（见《南方周末》1997年3月14日四版）；接着又是闻名全世界的芭蕾舞女星嘉芙莲·巴萨，由于一次意外，竟被发现此人是个男儿身，全世界热爱芭蕾的人们受蒙骗达数年之久（见《作家文摘》1997年3月28日五版）；几乎是与此同时，一个小保姆的神话，在以惊人的速度迅速遍及全中国的时候，突然被披露此事纯属"天方夜谭"（见《南方周末》1997年月28日一版）……

我的天啊！不能再举例了，这就已经足够让我恐慌不已了。我担心，在我晚上打开电视或第二天清晨打开报纸的时候，又会被告知：你又受骗了！什么什么东西是假的，什么什么人也是假的……这并非我的杞人忧天，现如今不是流传着这么一句话："只有假的不是假的"吗？

西方有愚人节，在这一天每个人都能尽情地设骗局撒谎，借以娱人娱己，却不致误国误民。现在，我们简直每天遭遇愚人节，可惜的是，我们不仅没有得到快乐，反而收获了怀疑和恐慌。设局者行起骗来，简直如入无人之境，获利的是他们自己，被损害的却是整个社会，还有我们的心灵。

明天，我们还能相信谁？！

磨一身老茧

赵 牧

有个故事讲，幼儿园阿姨利用分苹果的时候对小朋友进行道德教育。阿姨问孩子甲：要大的还是小的？甲说要大的，结果阿姨批评他"自私"并给了他一只小苹果。又问孩子乙，乙说要小的，阿姨表扬了他并分给他一只大苹果。这样一来，其他孩子纷纷说："我要小苹果。"

这个故事相当精彩，天真的儿童看似在接受德育教育，其实更像巴甫洛夫进行反射实验中的小动物，儿童以为说假话（实际上他们是把这当作真话来学的）便能达到真实目的。可见拙劣的德育往往造成伪善。分苹果的小故事不过说明，"说真话"的结果是吃最小的苹果，甚至没有苹果吃，那么人们为什么还要"说真话"？

别以为这种低级德育问题只存在于儿童教育之中。在那个"史无前例"的年代，很多人所以拼掉老命表现得比别人更革命也情同一理。当一个人的处境如何（至少不会变得更坏）仅仅取决于所谓的"道德（政治）表现"时，天下相率为伪局面的出现就是必然。

还记得70年代初，"磨一手老茧，炼一颗红心"这句革命口号仍很流行时，我们厂里有个女工在宣读决心书时，竟冒出"磨一身老茧"的话来，我们一帮青工立即喷出饭来！

颂理想

张中行

记得不只一次，提到孔孟的"仁政"或"王道"，我评之为理想主义，意思是，虽然想得不坏，事实必做不到。这是偏重事实的想法，有所偏，也许不合适吧？还未再思三思，是昨天（1997年4月19日），事带理来，就真觉得不合适了。

事两件。一件，是上午，登上启功先生的浮光掠影楼，问候，顺便代沪上紫霜居士揩书法之油写"慈悲为怀，愿力无尽"八个大字。正如我在拙文中所说，启功先生是，只要你把他堵在屋里，他就勇于还账，言明要草书，他提笔"刷字"，一眨眼交了差。另一件，是傍晚，看未花钱的《新民晚报》18日第四版报道用铁器"敲头"杀死多名妇女抢劫以及侦破的情况。慈悲为怀是理想，杀人抢劫是事实，理想难实现，事实难变改，面对两难，我们能够于徒唤奈何之后去睡大觉吗？

显然，我们想活得安然，可行的就只有一条路，是勉其难，即求趋近理想。这理想是许多圣哲推重的立身处世之道，"慈悲为怀"，"爱人如己"，"己所不欲，勿施于人"，皆是也。现在，我们的问题不少，其中一个最大的是，有不少人不要理想，甚至不知理想。如何才能使不知、不要变为知而且要？总是值得尚未绝望的人们深入想想了。

一口咬醒梦中人

池 莉

　　已经不是新闻了，我说的是泰森咬霍利菲尔德耳朵的故事。这个故事本身也已经没有什么可以多谈的了，现在可以谈一谈的倒是我们，是人们。

　　去年的11月，我出差到杭州，在那儿看了泰森与霍利菲尔德的拳王争霸赛，从眼看着泰森摇摇晃晃地倒在霍氏面前的那一刻开始，我就期待着他们的复赛。泰森的战绩，泰森的收入，泰森的新闻，包括泰森臂膀上的刺青图案，都使泰森是那样地引人注目，尤其是1995年泰森出狱后的第一场比赛，他仅用了89秒便战胜了对手，这使泰森一举而成为世界拳坛的神话。霍氏打败泰森使神话受到了挑战。我们宁可相信这是一次意外和偶然。菩萨都有打盹的时候呢。我从复赛的前几天就开始坐不住了，反复地打听电视台播放比赛的确切时间，安排手头的工作，把比赛的那一天空出来；时时刻刻害怕停电。终于到了29日上午的9点半钟，我准时地打开电视机，端正地坐在了电视机前，在那儿与一场又一场的垫赛耗时间，一直耗到了中午。千呼万唤始出来，泰森终于露面了。以黑人为主的一群大块头汉子们簇拥着泰森，泰森在他们的簇拥下开始摇晃双肩作准备。著名的的经纪人唐·金，还是留着他那一头独特的怒发冲冠式的滑稽的发型。接着，霍氏出场，霍氏的嘴唇长得肥厚而宽敞使他有点收敛不住，这让他的脸上有了一种类似骄横的表情。到此为止，一切都不错，都很有悬念很有气氛，使我觉得我的等待物有所值。

拳台上有一个漂亮的姑娘，她准备为这场拳王争霸赛高歌一曲。从她明亮天真的双眸里，不难看出她为自己能够站在赛台上高歌而深感运气和幸福，这也许将是她歌唱生涯里听众最多的一次，她一定相信她的歌将与这场大赛相映生辉。著名的影星史泰龙和道格拉斯也出现了。平日是人们花钱去看他们，现在是他们宁愿花钱看这场比赛。从好莱坞到拉斯维加斯，他们自然也是下了决心的，自然也觉得他们的抛头露面物有所值。还有一位人物，这就是美国总统克林顿先生，他也坐到了电视机前等待着观看这场比赛，可以说克林顿是一个要有多忙就有多忙的人，他手中要处理的事情要说有多么重要就有多么重要，然而，克林顿也暂时放下了一切。据统计，现场观众有两万余人，全世界都在观看。我们相信我们将会看到一场我们想象中的郑重而精彩的顶级较量。而且我们蛮有把握，因为克林顿都在看，许多著名人物都在看，数十亿的人们都在看……

事实上比赛不仅是敢不精彩，而且泰森还敢要无赖。不就是把霍氏的耳朵咬掉了一片肉吗？你以为你是谁呢？泰森沉重地打击了我们。克林顿到底不愧为总统，他震惊之余立刻想到的是法律，他想知道联邦有没有相关的法律？我们简直就傻了呆了。只有我们楼下卖冰棍的老头声色不动。他说："这有什么好奇怪的，老早我爷爷就教导我：你如果打不赢，咬也要咬他一口。"老头对拳击规则嘲笑说，"什么规则不规则？人就是动物，动物的牙齿是最厉害的，动物急了就会使牙齿咬，这才是规则。什么报纸电台电视台，你就不要太相信他们了。"

事实证明老头比我们都对，老头的原始宁静在顷刻间瓦解了所有的现代文化。也许的确是什么都改变不了生命的本质。神话永远不属于凡人。

拥抱的技巧

蒋子龙

拥抱——是人类为了表达亲密、亲热、亲爱等等美妙情感的妙不可言的一种举动。不，不止是人类，动物也会拥抱，也有拥抱，在一些美妙的时刻也离不开拥抱。

心理学家早就论证过了，拥抱对调节精神，增进情感，加深交流，改变心理状态乃至促进人的微循环，都有莫大的好处。尽人皆知的例证是运动员在出场比赛前，被教练或亲人拥抱一下，就会缓解紧张情绪，在比赛中能正常发挥，甚至犹如神助，有超水平的发挥。

亲人们久别重逢；战友出征或大难不死凯旋而回；运动员得胜归来或悲壮地失败；朋友历尽劫波后相聚，无论是喜极，还是悲极，都需要拥抱，没有那紧紧地一抱，就不能表达那份特殊浓烈的感情。处于爱恋中的情人们就更不要提了，没有拥抱爱情就不知道该怎么办了……

人类需要拥抱是天性，是遗传下来的，每个人都是被抱大的。在幼儿阶段，不会坐，不能站，更不会走的时候，是不能离开母亲和其他人的怀抱的。人在告别这个世界的时候，倘若不幸久病在床，生活不能自理，再一次经历回到亲人的怀抱的阶段，那已经不是心理的需要，而是生存的必需了。哪个人不希望死在自己最亲爱的人的怀抱里呢？

　　拥抱的方式多种多样，拥抱的技巧层出不穷，拥抱的目的千差万别，影视作品里常可以看到这样的镜头：黑道人物、间谍或一些被坑害苦了的人，在拥抱中悄悄腾出一只手，掏出刀子、手枪或其它武器，给正陶醉在拥抱中的对方以致命的一击！

　　拥抱用来对付敌手同样有奇效。至少有两大妙用：其一，瓦解对方的斗志，让他产生幻想，还以为你真的对他好或想跟他亲热哪！其二，紧紧地抱住对方就等于捆住了他的手脚，这时候你想出拳脚或动刀子，就便利得多了！

　　希特勒在挑起第二次世界大战的前期，就曾和英、俄等国签订了友好和互不侵犯条约，在条约签字的时候双方首脑难免要相互拥抱一番。这是多么阴险的拥抱！在生活中受了伤害的人，很少是因为公开打斗被打得鼻青脸肿的，往往是吃了被拥抱的亏，即所谓"笑面虎"，"笑里藏刀"，以你的哥们、姐们、好朋友的面目出现，这些人不仅会拥抱你的头，你的脖子，你的臂膀，必要时还会拥抱你的腿，你的脚，那样你就更容易被摔倒了。鲁迅就曾提醒人们要横着站，横着站不仅能看到来自前后左右、四面八方的攻击，还能防备拥抱下的暗算。现代的腐化堕落也往往是在拥抱中发生和演进的，人情、爱情、亲情或金钱，都可铸造成手臂，把人拥抱得舒舒服服，晕晕糊糊，以至不知所以。

　　但是，出神入化地利用拥抱取胜的高手，是美国拳手霍利菲尔德。

　　他比泰森年长四岁，体重也比泰森轻，风传心脏不太好，且屡屡败给里迪克·鲍。而里迪克·鲍又是泰森的手下败将。美国赌博公司、拳击界的权威以及绝大多数看热闹的观众，公认霍利菲尔德对泰森只有1：7的胜率。因为泰森出狱后仿佛经过再造一般，横扫世界拳坛，如疾风吹落叶，有的用几秒钟，有的用几分钟，便把对手打倒在地。然而就在他史无前例地、登峰造极地创造了自己是不可战胜的神话的时候，却生生被一个大家都不看好的老"病夫"战胜了。

　　霍氏打败泰森的诀窍就是——拥抱！

　　泰森的特长是快攻、强攻、近攻，一上来就猛攻。然而从第一个回合的第一招开始，泰森一扑上去就被霍氏抱住，使泰森的铁拳变成了空拳，死拳。泰森不停地攻，霍氏不停地抱，死抱、强抱、硬抱，缠缠绵绵，难舍难分，每一个回合都需要裁判一次次强行把他们拆开，一次次向他们发出要出拳不要拥抱的警告。然而霍利菲尔德照抱不误。在拥抱的过程中，抽冷子给泰森来两下。

泰森大概什么都想到了，比如一场恶战，一场近身战，一场速战速决的快战，或者是一场艰苦的持久战，等等，就是没有想到霍利菲尔德会这么亲热地、熟练地、死皮赖脸地、心怀叵测地、反反复复地、有耐性有毅力地不断拥抱他。他先是被抱烦了，想冲开霍氏的拥抱，由于冲得太急被对方一闪一推来了个屁股墩。泰森一跌倒，方寸大乱，渐渐被霍氏的拥抱把性子给磨没了，给抱傻了，不知如何对付对方的两只长胳膊，而不是拳头。这时候主动权就由擅于进攻的一方转移到擅于拥抱的霍利菲尔德手里，想抱在他，不想抱也在他，一旦他看准机会就松开胳膊改用拳头狠揍泰森。泰森先被抱得手足无措，而后是被打得蒙头转向，焉有不败之理？

泰森30年人生受过两次重大的打击，都跟拥抱有关。第一次是强行拥抱华盛顿小姐，以强奸罪被判入狱4年。第二次就是被霍利菲尔德的拥抱抱掉了头上的光环，其损失不亚于前面的4年牢狱之灾。

西方有句格言：不要轻易松开拥抱着的双臂。还应该再加上一句东方式的格言：小心被拥抱。特别是在不该拥抱的地方被拥抱。

占茅坑

雪　狮

　　生动的语言，一般均有生动的"本事"。比如"占着茅坑不拉屎"看似想象之辞，未必实有其事，其实大错。1995年初，报载上海出现新行当，上海专有在厕所占窝霸坑为业者。这些人恭候情急者，对方若肯付钱，占茅坑的闲人才会让急人，谓之"厕霸"。语言之妙乃现实之绝耳。

　　"占茅坑"之类，无论指"本事"还是喻指"尸位素餐"，其存在自然不是好事。中国城市公厕曾多年屎尿遍地，后来竟成文明建设中的焦点话题。难怪当年数见同一则轶闻：于右任曾在公厕中写一条幅："不可随处小便"，有爱于书法者揭下，裁剪一番拼为"小处不可随便"。大白话经此一变，字面臊气顿消，可悬中堂，真是化腐臭为神奇的典型一例。

　　"方便之所"改造尚需时日，更不用说类似希腊神话中"奥吉斯亚牛圈"的工程。人生多有无奈，则不妨举一反三，学学语言点化之功，以免还未动工已经熏倒自己。

自愿不自由

牧 惠

在那个我工作过一年的县里，农民申请办理结婚登记、入学、盖房等手续时，都必需交上一笔数目不小的养老保险费。这种做法，引起当地群众的不满：小孩子才入学怎么就考虑到养老了？年轻人结婚就得考虑养老保险？而且不管你已交过未交过，每办一事都得交一回。于是，记者走访了有关方面询问到底是怎么回事。

记者问：养老保险是一种对群众有好处的福利事业；但是，上头规定这是以群众自愿参加为原则的。现在这种做法……

被采访的女副县长笑眯眯地回答：自愿并不等于自由。说着还情不自禁地对自己这番"机智"的回答得意地扫了记者一眼。

上面这个镜头，见之电视屏幕。没有录相，一晃而过，可能个别细节不完全准确；但是，事情八九不离十（实）就是这样。印象特深的就是那位女副县长自以为机智的一笑和"自愿不等于自由"这句话。

从概念上说，自愿同自由诚然不是一个意思。某甲自愿当强盗抢劫银行，却并无抢劫银行的自由。抢劫银行被抓住，不被判处死刑起码也得来个无期。推而广之，自愿贪污，自愿嫖娼，自愿公款吃喝跳舞卡拉OK腐败堕落之公仆，同样理应没有这样做的自由。以上说的是人们没有"自愿"干损人利己、损公利私种种坏事的自由。干好事呢？也有自愿亦未必自由的。林黛玉同贾宝玉互相爱得要死要活，自愿结婚；可是，贾母却偏偏不给他们这种自由。过去在旧政权统治下，自愿参加革命，可蒋介石也不给你这个自由。搞得不好，还可能不自愿地被关进班房，失去更多的自由。

也有不自愿也不自由的。《水浒》里那位卢俊义可为代表。卢俊义是北京一位大财主，做梦也不曾想到过会当强盗；可是，宋江吴用等人却千方百计地搞得他只好上梁山泊坐了第二把交椅。《水浒》108名好汉中，不自愿而坐了交椅的，还不止卢俊义一个。可见不自愿的不自由确实有。"自愿不等于自由"在这里变成了现实。

少年时代读《水浒》读到"吴用智赚玉麒麟"处，总有点闷闷不乐：当梁山泊强盗好处也确不少，但对于大财主卢俊义来说却一点好处也没有。人家压根不想不当财主当强盗，真不明白宋江、吴用何以死乞白赖地逼卢俊义入伙，甚至搞得卢俊义几乎掉了脑袋。后来才明白，宋江无非想增加梁山泊的实力。站在同情农民起义的立场看，宋江这一手未可厚非。何况，那故事又确实写得精采。

当强盗，只是在马克思主义输入中国之后才被当成一件光荣的好事，并且正名为农民起义。在这之前，当强盗即使如《水浒》描写那样的强盗，在一般老百姓看来，也最少是一件不得已而为之的称不上理想的事业；表扬强盗的《水浒》因此成为禁书并有"少不看水浒"这一说。在正史中，山大王则更属于乱国扰民理当剿灭的寇盗一流坏人。卢俊义不愿意是完全可以理解的。而养老保险则毫无疑问是一件好而又好的好事。既然是好事，明白事理的农民理当自愿参加，所以上头明确参加与否完全自愿。也就是说，农民可以参加，也可以拒绝参加。奇怪的是，在这位女副县长管辖下的农民，却在不自愿（多半是不理解，也可能是穷得交不出）的情况下获得了卢俊义式的非参加不可的"自由"，也即是不允许不参加的自由。能写出黛玉在宝玉宝钗结婚的音乐声中死去的高鹗（曹雪芹？），恐怕很难写出黛玉死乞白赖不愿意嫁给宝玉而被贾母捆绑上轿的荒诞故事吧？而这位女"父母官"居然完成了，佩服，佩服！发表这番高论，女副县长当然是自愿的，只是不知道，从法律上看，她有没有说这番话的自由？

《幽静的小屋》 （英）拉斐留斯

五

爱闲说

我画苹果树

铁 凝

在我看来，世界上有两桩事情最难：一是唱歌，一是绘画。可是，冰心老人在给我的一封信中却说"铁凝，你真行，会写文章，还会画画。"这是因为在羊年时，我曾画过一张贺卡寄给了老人家。

冰心老人对于我"画技"的称道自然令我兴奋，但我实在是不会画画的。而且，算来算去，至今我的绘画"作品"也不过三件。一件是上边所讲的"羊卡"；一件是我五岁时画的一只黄眼黑猫——父亲把这巴掌大的一块灰纸作过精心托裱后，一直收藏在他的书橱里；第三件是一个名为《苹果树》的挂盘。

我画苹果树，大约是因了八十年代初期的一段生活。那一年从春天到秋天，河北省作家协会在滹沱河畔被果园包围着的一个清新环境里举办创作班，我就在那里读书、写作，听著名作家、艺术家讲课。黄昏时分我和我的同学们常在苹果园里散步，从果树开花一直到结出青青的苹果。当果实沉甸甸地压弯果枝时，便偶尔会有熟透的果子"噗"地落在地上。使我想到，果实为什么会压弯枝头？因为它们不懂得保留。苹果扑向土地的景象让我获得了一份对果树永远不衰的感动。

回到家里，见父亲正用一种名为丙稀的新型颜料作画。父亲告诉我，这种颜料的优点在于它有油画颜料的力量，并且能够画在任何材料上不会剥落，比如可以用它在陶瓷上作画。父亲的画架旁边正好有几只白盘子，这雪白的盘子和新鲜的颜料都使我生出一种要画的冲动，于是我就在瓷盘上画了一棵结满青苹果的苹果树。这是一棵茂密得几乎要爆炸的果树，叶子好似腾空开放的礼花簇拥着浑圆的果实。事后，父亲看着我的"作品"问我："为什么你要把苹果树画成这样？"我说因为在我眼里苹果树就是这样。父亲告诉我，他很喜欢这棵苹果树。他说因为你画出了自己眼中的苹果树，而别人也相信了你对苹果树的理解和感受。我的一位俄罗斯朋友——汉学家托罗普采夫在看了它之后也表达过与父亲同样的看法。

我的苹果树显然不具备绘画应有的诸种要素，但没有人去挑剔它的"不地道"，相反它还受到过一些赞许。也许这是因为，除了我画的是我眼中的苹果树之外，还有我在绘画过程中拥有着心灵和手的充分自由吧？之后，我越来越觉得，拥有着这种心灵的充分自由的只有两种人，一种是世上少有的艺术大师，一种便是孩童。在孩童的画面上，一棵大树可以盛开出一座楼房，一个牛头可以大过整个宇宙，而行人也可以和鸟儿一同在天上散步。成年人却每每被这些看似荒唐的组合所打动。究竟是什么把大师和孩童联系起来的？评论家们不懈地做着研究且众说纷纭，但有一点他们的看法是一致的，便是孩童和大师共有的天真，是天真把他们的作品变得诚实了。

我画盘子是一次偶然，别人夸我也是一次偶然，我永远也不可能成为一名画家。我之所以喜欢欣赏绘画且把它看作世上最难的事业之一，是因为我发现在作家笔下无法发生的事情，在好的画家笔下什么都有可能发生。我之所以偶尔尝试绘画，是因为写作已经把我变为一个成人，绘画却能使我有权享受孩子的美梦。

边缘

北 村

　　我的个性使我的活动局限在书房，虽然它不会比某个法国书房舒适，但它毕竟是我主要的栖居地。我好像很久没有外出了，虽然我几乎每天都要出家门，但我将要遇见的是我的弟兄姐妹，他们是一些基督徒，我并不把这种外出称为出走，因为我感觉仍在家中。在我居住的这个城市里，我对不断凸起的建筑物所带来的变化一无所知，对我来说它成了外邦城市。我频繁外出的原因并不是因为购物或者工作，而是为了聚会。几乎每一周我都有五次以上的聚会，在这些聚会中我会见到一些熟悉的面孔，我的弟兄姐妹，我们在一起祷告、唱诗、传经，大声说"哈利路亚"，心中充满了喜乐。我每天骑着车穿行在日益繁华的大街小巷，只是为了奔赴那简单的几个地方，所以我对街上的一切视而不见。我们不厌其烦地聚会，在聚会中重复着同样的话。哦，我想我对这座城市是陌生的，以致于一个外地的朋友在福州反倒成了我的向导。他对我感到匪夷所思，说我深居简出，我说不，我几乎天天外出，但我不在街上逗留，我只经过它们。

　　这座城像金盆盛装的酒，在发酵。

　　因为偶然的原因我才真正上街，为儿子买一只风筝。但我走遍了城市的每一个角落之后，还是一无所获。掌柜的跟我说，现在人不玩这个了。我抬头望望天空，觉得也是，天已经这么小了，叫它怎么飞呢？更糟糕的是没有风，因为日益高大的建筑物阻挡了它，当然它同时也阻挡了视线。在我居住的八年中，我遥远的视线逐年被分割，一幢又一幢的大楼朝我进发，以至有一天，某位领导通知我：我们将在你窗前再立一座。我问：那阳光在哪里呢？

我四岁的儿子已经满口流行歌曲了，有一回他对我哼出一句"何不潇洒走一回"时，我竟有些瞠目结舌了。我看见他喜悦的是变形金刚和电子游戏机，于是我决计每周带他到城郊的沙滩上玩一次，我要告诉他，沙滩、河流、树木和天空是神的造物，我们应该活在其中。但他仍然活在人的造物中间，动画片中的机器人发出震耳欲聋的电声使人听上去恐惧和烦躁。

街上唱着"小芳"，人们在疲惫不堪的时候，可以想想小芳。"村里有个姑娘叫小芳，她长得好看又善良。"但我看得出，没有一个人想真正回到那村里去，只是回回头看见她站在小村旁而已，谁知道那是不是一个影子呢？

街上的书摊上同时兜售顾城的《英儿》，书的设计和导语显示了高超的促销艺术。有时我在书房想象诗人临死前浮躁的情状和凄厉的呐喊时，桌上却摆着报纸，上面有几家出版社争抢《英儿》的花边新闻。我想起了两个诗人的诗，一个说，我走到了人类的尽头；另一个说，人呵，我为什么是你们中间的一个？

还有一个民间社会，上面只是一些话语泡沫而已，我有一些朋友在上面沉浮。不过我不知道这个民间社会究竟是在都市呢还是在乡间，这是一个莫名其妙的地方。乡村在消失，据说我常去的那片沙滩和山峦已经被外商买下，即将成为高尔夫球场，到时候精致的进口草皮将代替野草的粗砺，我的风筝会和高尔夫球在空中遭遇么？

我继续着我的生活，继续一天一次的聚会。时间在我们身边哗哗地流过，使我们站立不住。在一个百万人口的大城中，只有几百人和我一样生活，是不是太少了一点？不。我们每天唱诗和赞美，歌颂我们新的生活，因为我们生活在别处。我每天都要经过大街，但不作停留，因为有更美之约在等待着我。

一个人的除夕

李兰妮

除夕那天上午才由外地回家。

越是临近除夕,过年的气氛越浓。人们早早地就没心思上班了,到处求人买飞机票、火车票、船票、长途汽车票,忙着买年货,清扫房屋,购置漂亮的新衣服。机场、火车站、码头、汽车客运站、商场、花圃、大街小巷,几乎到了人满为患的地步,似乎这些人过完除夕、初一就不打算再活了,快把钞票扔出去呀,快把贺年糖果、肥鸡肥鸭、发菜蚝豉、尤鱼干贝、木耳香菇、彩灯金桔各色鲜花好烟好酒……往家里搬呵。喜得发晕的人们乱哄哄地东跑西颠,似乎要把这一方天,这一方地捣腾得够够的,买光分光吃光。

家门口有花农卖花。卖花人想早点回去吃团圆饭,硬是说动我买下了一盆兰,一株桃。

家里只有我一个人,不想去买什么年货。如今种种年货也不过是些寻常之物,一年365天,哪天都能买到,实在不必特地劳神。

胡乱吃完晚饭,即兴出门,跳上一辆公共汽车"游车河"。

街上,彩灯灿若星河,行人很少,车很少。车厢里只有我一个乘客。这时才发现:原来广州的马路也有显得很宽畅的时候。眼下的羊城,是一位窈宨、娴静、清艳的美人儿。风儿温软,又有一丁点儿凉爽。祥云在天上飘,月亮不知上哪儿团圆去了,万里长空只有几颗不太亮的星,像我一样闲散地游逛着。一家工厂门前,守门的人不甘寂寞,弄来一个鼓一副铙:"咚咚隆咚呛──","咚咚隆咚呛——"，硬是造出一分冷清的热闹。

有点怕回家。又不想投弃亲友家。

本来正活得自在，一遇上"年"，不知怎么就有些不自在了。

推开家门，清香沁人，立灯的光线昏昏黄黄，客厅里好像有人，隐约可闻呼吸声。

似梦非梦。眼前分明端坐着两位丽人。兰姑娘斯文清雅，梅姑娘淘气地撒我一头粉红色的花瓣儿。

心里立刻有一种欣喜，一种活泼鲜跳的欣喜。

快泡茶。

哎呀得找出那套宜兴紫砂茶具来。喝凤凰单枞还是黄山毛峰？

就喝……毛峰吧。

慢着。再等等。

等什么？

沐浴呀，更衣呀。换一套素净柔软的衣裙，化一个淡淡妆。

茶是好茶。明目，清心。左边有兰，右边有梅，你看我，我看你，忽然很想这时候家里有一具古琴。

盘腿坐在红色的沙发垫上，白茶几，黑音响，一顶旧斗笠扣在立灯的灯泡上，清幽幽，静幽幽，花幽幽，人幽幽。

一盒盒梵乐的录音磁带转动起来。

心不再没着没落。

知道这时候天离我很近，地与我很亲，我是天地的骄子。

曾听过有这么一说："年"本是一个怪兽，要吃人。于是在"年"到来之时，人们必须聚在一起，敲锣，打鼓，舞狮，放爆竹，大碗喝酒大块吃肉，大声说笑，靠红火热闹壮胆，把"年"吓走。

我等着"年"朝我走来。

关了灯，闭目听着梵乐中的笙、箫、筝、磬演示着生命的尊严与希望，兰、梅起舞，花香满室，祥云缭绕，美极妙极，心中充满了做人的喜悦。

新年的钟声响起来了。

我慢慢睁开眼睛，平静地看着"年"一步一步从我面前走过。

聊天

吴 亮

聊天是件最轻松的事，轻松到了让那些无闲暇聊天的人感到了嫉妒和愤怒，以致他们就说聊天是一种浪费或者奢侈。生活是那么繁忙和不易，放着要紧的工作不做却在一边毫无边际地聊天，这当然是很不像话的。许许多多的人似乎相信，人们彼此间说话都是有目的的。他们相互交往，传递消息，讨论问题，处理事务，交换意见，这才使他们有话可说。此外，他们还会因为礼节、因为邂逅而相互寒暄相互问候，说说天气时局明星股票或者健康。我们不妨想一想，如果人和人之间没有了聊天，他们那些非常有目的的谈话最终又有什么意义？如果他们不是无目的、非功利、纯粹消遣性地经常聊聊天，他们的祖先发明了语言又有什么用？聊天是语言摆脱了工具性之后的一次自我解放，这里有全部的想象、幽默、主动和趣味。只有在聊天时，我们才会轻松自如地、没有负担地驾驭着语言，我们边说边走，这些话题根本不严肃，根本不希望进入历史——只有图谋进入历史的语言，图谋有意义有目的的语言，才可能发生谎言和歪曲。至于聊天，它即使是谎言也是无害的，因为聊天无异是日常生活中的语言艺术，而艺术是允许虚构的。

很长一段时间里，我都不太有机会参加聊天，大多数说话都是为了表达一个想法或愿望，说一件事情或一项计划。可生活不时证明我的想法常常是错误的，对事情的了解常常是片面的，计划常常是空想的，愿望常常是被粉碎的。那么我还能说什么呢？我于是找到一种方法。那就是聊天。我不再对自己所讲或已讲过的话耿耿于怀，不再深思熟虑，不再认认真真要求自己合乎逻辑，首尾一贯，言之有据，观点鲜明。我只是发出一连串声音，它们具有临时的含义，它们会引来会心的一笑，也会让人毫不在意。这就是"说过即弃"。这一切显得轻松极了，对这个世界你没办法不轻松。

以前，我对谈话者十分挑剔，希望他们的话题对我有所裨益。事实证明我错了。现在我有许多不同类型的聊天伙伴，他们能为我提供一个好的心情。至于他们讲得对不对，这变得一点不重要。因为我不抱奢望——聊天嘛！

一生只做一件事

池 莉

我有时候只长年岁不长心眼，真是痴长。

从前，我外婆家屋后有一座大园子，园子里头长满花草树木蔬菜和中草药。当然，后来就没了，支援了国家社会主义建设，盖了一家纺织厂。从此，我就一直心怀渴望，非常非常想养花种草。渴望与日俱增，可多年来就偏是没有机会，既没有自己的一寸土地也没有自己的住房。十几年熬过去，去年得到一套公寓，奔到阳台上一看，发现竟然留了养花槽。这一高兴，头脑轰地发热了，拿业余爱好当了正经事做。一连几日，提只篮子和小桶，四处挖湖泥。这样，花种上了，草也养上了，抱着肩欣赏了一番，真有一种了却夙愿的小感觉。每逢出差或开笔会，凡遇上奇花异草，都挺执著地弄点回来栽进盆里。家里间或吃点鱼、肉，也常记得将洗鱼、肉的水倒入花槽内。

可是，结果极不理想。去年秋天，葡萄才结了几颗，曾经盛开100余朵花的杜鹃在我家一朵没盛开，庐山植物园带回的碗莲之类也都死了。

为此，我特意找了《花经》来读。读着读着，心中渐亮。合上《花经》，扔下花铲，朝阳台上花花草草淡然一笑，告诉家人，我不再养花了。实际上《花经》这本厚书我只看了前面一小节：序言。序言里简洁地记叙了本书作者之父黄岳渊先生的一段故事。黄先生在宣统元年的时候本是朝廷一官员，斯时年将三十。黄先生想古人云三十而立，自己该立了，立什么？他认为做官要应付人家，做商又坑害人家，得做一件得天趣的事才好。于是毅然辞官隐退，购田10余亩（时田价每亩约20金），渐扩充至百亩，抱瓮执锄，废寝忘食，盘桓灌溉，甘为花木之保姆。果然黄家花园欣欣向荣，蒸蒸日上，声名远扬。每逢花时，社会名流裙展联翩，吟诗作赋。更有文人墨客指点花木，课雨话晴，深得启示：既浑浊之世，百无一可，惟花木差可引为知己。据说当时的文坛名人周瘦鹃、郑逸梅皆为黄先生的花木挚友。黄先生养花养出了精神文明，养出了人间知己，养出了《花经》这等著作。这才叫养花种草！这才叫做了人生一件事！

　　一件事要做好，岂能凭你心中有一点喜欢？三天想起来浇点水，五天想起来上一点肥？

　　少年狂妄，自以为聪明。这也想做做，那也想试试，好听人评价个多才多艺。近年国家大兴经济，文人纷纷"下海"，我也曾与人发议论说作家的智商是足够经商的。最近由读《花经》而获顿悟：人的一生只能做一件事。政客们终身搞阴谋，商人终身搞欺骗，情种（比如贾宝玉）终身搞爱情，黄岳渊先生终身搞花草。一生的时间并不多，一生的精力也不多，要搞好一件事，可真是不容易。用去一生，搞好了一件事，那也就够可以了。不知多少聪明人，一生没搞好一件事。

　　总之，我是不敢再说文人经商的话，也不敢做腔做调再养花，连剪裁时装、研究烹饪之类的兴趣也谈了下来，只偶尔为之，决不长期牵肠挂肚。

　　该是不受诱惑的年纪了。傻一点儿，笨一点儿，懒一点儿，就做一件事——我这一生。

闲居

柳 荫

生活中会有多少闲暇时刻呢？

四年前，我终日奔彼忙碌着，身心总是感到像背山似的疲惫，有时一进家，连鞋都顾不得脱，先直楞楞地放平在沙发上，刚迷迷糊糊地合上眼睛，又偏偏被追来的电话铃声唤起。那时候我最大的愿望，就是希望有一天，没有什么事情缠身，没有什么人来打扰，偎在被窝里美美地睡上一觉。如果这天是个阴雨天，听着风吹雨打树叶的声响，渐渐地沉入梦乡，那就再美不过啦。我想那准是人生的一大快事。

然而，这向往，总难实现。更多的时候，带着这殷殷的期望，我又投入新的忙碌之中。就这样年复一年地过了许多年。

真没料到，就在我惯于忙碌的时候，就在我放弃祈盼的时候，闲暇蓦然来到身边，由于没有丝毫的精神准备，以至于刚开始时有点不知所措。

往日的奔波忙碌，神经的弓弦总是绷得紧紧的，乍一松弛下来，反而觉得没着没落了。有的朋友跟我说：你不能闲着，总得找点事情干呵。想了想，倒也是。我学着别人，养花，练字，读书，时间倒是打发了，只是心绪依然烦乱。这时我才真的明白了，那些多年忙惯了的人，从岗位上退下来以后，为什么性情会变，为什么会生病，有的不得不再重新寻找忙碌，那失衡的心态才会平复。

人啊，真是贱骨头。忙碌时渴望闲暇，闲暇时寻觅忙碌。人的一生就是在这样反反复复的自我折磨中度过。

我呢，从年岁上讲，还不到退休的时候；从体格上看，还可以胜任一点重负。倘若不是在那种情况下失去工作的权利，这四年间，无论如何是可以做点事情的，想起来，实在不甘心这白白失去的好时光。可是再退一步想，这何尝又不是福分，在没有完全"路断途穷"（未到退休的时候）之时，先让我领略了退休的滋味儿，或者说是有个退休"预备期"，这总不是什么坏事。一旦真的到了退休的那一天，就不会在心理上有什么负担，我想我会坦然地办理退休手续。

体会过忙碌的烦恼，品尝过闲暇的滋味儿，这人世间的冷暖亲疏，都一股脑儿地揉进了变换的岁月里。它如同一副清醒剂，让我找到了属于自己的那份感觉，而这感觉只有经过冷暖之后才真实。从这个意义上讲，这段闲居的生活，我实在应该好好地感谢。

早年那个美美地睡一觉的愿望，四年来已经成为我每一天的现实，有急事时不得不拨动闹钟起床。这种散淡的闲居生活，我完全适应了，实在不想再去奔波忙碌，哪怕是有更大的诱惑在等待。人总归要回到宁静中生活的，既然拥有了这份可心可意的宁静，还奢望别的做什么呢？

安静的力量

陈 染

清晨，伴着"沙沙"的雨声醒来。

我蜷缩在床上，眼睛却眺望窗外灰蒙蒙的天空和深褐色的秃树干。尽管屋里依然是冬天那一种暖暖的干燥的热气，但我可以预感，房间外边已是早春的湿湿润润的气息了。

迅速起床，推开阳台上的窗户。果然，一股湿淋淋的由土地呼出来的雨水的味道沁入干燥的肺腑，我感到所有沉睡一冬的小虫子肯定都会在这个雨雾蒙蒙的清晨睁开眼睛。

阳台上的龟背竹又长出了嫩绿的新芽。回想起来，已经很久没有感受到这种浑然一体的宁静的气息了，甚至，已经几年没有看见早春时节街道两旁满眼的树木是如何发芽抽叶的了。一直以来，城市的噪音、人群的纷争以及四面八方潮水般涌来的压力，使我对身边这些安宁的事物几乎视而不见。不知是这第一场春雨，还是什么莫名的奇怪的引力，这会儿我终于重新看见了它们，一时间，竟恍若隔世，惊叹自己何以多时以来浑然不知？

其实，此时天地万物的和谐之感，首先是缘自我近日内心的安静。

这几天，我感到一股奇妙的安静的力量在内心里生长，它们先是一团模糊不清的东西，进而渐渐成形，然后它们成为一股清晰而强有力的存在——那是一团沉默的声音，它们一点一点地侵蚀、覆盖了我身体里的那些嘈杂，然后一直涌到我的唇边、涌到我的指尖上来。我清晰地听到了它们。这样，我的唇边和指尖都挂满丰沛的语言。我无须说话，无须表达。但是，如果你的内心同我此刻一样恬静，你就会听到它们。

由于它们的存在，当我独自一人对着墙壁倚桌静坐的时候，我的眼前不再是一堵封闭的墙，相反，我的视野相当辽阔，仿佛面对的是一片丰富多彩的广袤景观，让人目不暇接，脑子里的线路与外部世界的信号繁忙地应接不断；而当我置身于众多的人群中，却又如同独处一室，仿佛四周空空荡荡什么都不复存在，来自身体内部的声音密集地布满我的双眼。

这感觉的确相当奇妙，但外人却难以察觉。它似乎是一种回家了的感觉，也似乎是复苏了的感觉。以前很多时候，人在外面，在茫茫人群里，嘴和脚是动着的，但是，我可以肯定，心脏和血液几乎是死的。而此刻，尽管肢体一动不动，但心脏和血液却都活了起来。多么美好！

桌上的这一页白纸，几天前它就空洞地展开着，张着嘴等待我去填充，如同一个空虚的朋友，饥饿地等待着灌输。然而现在，我对它依然不置一词，可这张白纸却分明在我的眼睛里忽然涂满了字，充满内容。

电话机安静地卧着，像一只睡着的小动物。但是，它的线路却时时刻刻在我和我的对话者之间无声地接通着，我无须拿起话筒，交谈依然存在。

泰伊的弥撒曲远远地徐徐地飘来，其实我并没有打开音响，那声音的按钮潜藏在我的脑中，只需一想，那乐声便从我的脚尖升起。我甚至不是用耳朵倾听，而是用全身的皮肤倾听。

天色渐渐黯淡下来，我一个人倚坐在沙发里，看着室内橙黄色的灯光与窗外正在变得浓稠的暮色，看着它们小心翼翼地约会在玻璃窗上，挤在那儿交头接耳。再仔细倾听，窗外的晚风似乎也在絮絮低语，间断掉落的树叶如同一个个逗号，切割着那些凌空漫舞的句子。

……

你肯定有过这样的感觉。

这种时刻，所有的嘈杂纷争、抑郁怨忿甚至心比天高的欲望，全都悄然退去了，宁静、富足甚至幸福感便会从你的心里盈盈升起。

爱闲说

董桥（香港）

（一）

闲最难得。闲和趣相似，袁宏道说是如水中之味、花中之光、女中之态，虽善说者不能下一语，惟会心者知之。现代人慕闲之名，求闲之似，于是品茶赌马以为怡情，逛街打牌以为减压，浪迹欢场以为悦性。那只是闲的皮毛，沾不到闲的神情。闲，得之内省者深，得之外骛者浅。内省是自家的事情，常常独处一室，或读书，或看画，或发呆，终于自成一统；外骛是应酬的勾当，迁就别人多过自得其乐，心既难静，身亦疲累，离闲愈远矣。

袁宏道说趣，其实还有一句说"趣如山人之色"。我不信，只好不引。古代掌管山林的官员叫山人，即山虞，掌山林之政令也；那倒是实实在在的职务，有事可做。袁宏道的"山人之色"指隐士，爱竹林山水，烟岚与居，鹿豕与游，衣女萝而啖艺术，大半是些适应不了现实社会的人，只得避世，只得隐居，摆出山林大架子，染出一脸清高色。这样的人既无真趣，心也甚忙，有什么色好看！我反而很想见识一些旧时从事卜卦算命职业的山人，好歹帮人避凶趋吉；也想亲近几个归田种菜的大学问家，他们起码还事生产。

（二）

今人之迹，什九市尘，既无陵薮可以小隐，大隐于朝市也不是人人都做得到的修养,求闲于是只剩了追求大忙中的一点闲忙而已。大忙是俗务,身不由己;闲忙是雅兴,浮生之中偷来的。所谓善琴者不弦,善饮者不醉,善知山水者未必真要一头钻进青山绿水之中。李晔《味水轩日记》说:客持文徵明著色山景一帧,渲染虚浑,用赵孟家法,画的是古柏、草亭、竹筱、涧流,上系一诗曰:茗杯书卷意萧然,灯火微明夜不眠;竹树雨收残月出,清华凉影满窗前。那是值得偷闲看看的景致。李晔是万历二十年进士,官至太仆少卿,却不喜仕进,一旦通显,志在谦退,归田园居,杜门却扫,好收藏,善鉴赏,跟董玄宰、王惟俭一样醉心金石书画。虽说李晔性格落穆怡淡,经济条件还是好的,不然也不可能看破放下。他在人家家里看到文承寿草书二诗,有"寂寂寥寥无个事,满船风雨满船花"之句。那寂寥无事的境界,一般人殊难消受;朝市忙人惯见的是满船的风雨,追慕的是满船的繁花,得此片刻之闲,于愿足矣。

(三)

"闲"字其实最怕惹上太多的正气和太多的霸气。王家凤写桂花,说到刚刚归属阳明山国家公园的阳明书屋,原本是国民党党史会的所在地,其中中兴宾馆则是蒋介石生前最后一处行馆。宾馆里处处桂花,既有两层楼高的几株四季桂,后花园还有一株稀罕的丹桂。问满脸风霜的老花匠:是蒋生前偏爱此树?他说:"贵气临门啊!"不巧"桂"与"贵"谐音,闲闲几株瑶草琼花,竟都披上了满枝的使命。再问他:如此香甜的丹桂,当年可曾采下来做江浙人最喜爱的桂花酱?老花匠指一指楼上一角,说那是"总经理"孔二小姐的房间,她在楼上可以看到这株树:"谁敢碰她的花!"汉宫秋老,佳人迟暮,终归不许人间过问一树的荣枯。

我怕清高,也怕圣贤,更不相信后花园的丹桂碰不得,平日谋稻谋粱之余,不忘寄意画中的山水,涉猎乱叠的杂书,求的正是忘却缰人的头巾,拾回片刻的闲散。月前孙立川提起我劝董建华读点闲书的旧作,说是"天地"也正在编印一套闲书系列,要我写序。我倒觉得闲书不必有序,免得撩起正气,一下子驱散了水中之味、花中之光、女中之态,"谁敢碰她"?

在炉火前梦想

斯 妤

写下这个题目我既怦然心动又怅然若失。因为这是多少年以前的愿望，又是在多少年时光的打磨下日益遥远日益陌生了的愿望！青春消失，鬓角渐白，少年、青年的梦随着斗转星移，世事沧桑，已变得遥远，模糊，陌生了。我们以为有些东西是恒久不变，永驻心田的，其实蓦然回首，它们不知不觉间就要销声匿迹，无影无踪了，你不赶快伸手去抓，你就要永远失去它了。

在溪水边发呆，在炉火前梦想，在山脚下的木头房子里读书，思考……这曾经是一代人的生活目标，生存极致，如今，它只剩下若有若无的影子，而且马上就要悠然远逝了。信息时代，工业时代，使人类注定要抛弃农业社会安静恬淡的梦想，转而对迅捷，轰鸣，五光十色侧目而视，怦然心动。人们在日益现代化，机械化，物质化的生活中，也渐渐变得现代，机械，物质起来。

但是心灵有时会突然出来反对躯体。它会出其不意地让正在心驰神往的感官瞬间终止，思路蓦地回到20年前，回到溪水边，炉火前，回到臆想中的木头房子……心灵在这些瞬间重新成了主宰，她牵着躯体的鼻子，一次又一次重访梦境。

或许正是有了心灵的这种反叛，人类才得以反观自身，反省现状，才不至于在利润和物质的"权威"前一味地唯唯诺诺，俯首帖耳。骚动不宁的人类、欲望无限的人类,的确需要对自己的反叛,反省,反观,需要对自身发出警告,予以节制。

文学,哲学,美术,音乐,戏剧,这些源于人类的怀疑、不满、超越和拓展的活动,除了其固有的美学意义外,其社会学意义也在于此。这另一种声音或许逆耳,刺耳,或许偏执,过激,但杜绝了它,人类将陷入另一种境地,人将看不清自己。

就个体生命来说,喧嚣是一种存在,平静也是一种存在——甚至是更重要的存在。因为究根寻底,心灵需要的是安静而不是嘈杂。只有在静寂中,你才能重温童年的梦,少年的心,你才能重新倾听内心的声音,知道此生此世,你真正爱的是什么,你真正想达到的,是什么样的境地。

消磨时光

莫小米

　　与一位心思很相通的朋友见面时，他先问我是否很忙，是否可以多聊几句，我说怎么啦，以前从来不这样。他说他曾打给我好几次电话，他从电话里听出来我总是很忙。我心一沉，这么说我曾在电话里流露过不耐烦了吗？

　　最近读到一个熟人的文章，他怀念以前那些文友清谈的日子，但也仅仅是怀念而已，今天如果有个人来坐坐，没有谈上几句就觉得在浪费时间，对方亦有足够的聪明来察觉这一点，于是匆匆告辞。

　　我们大家都很忙，我们都没空消磨时光，这不是一件坏事情吧。

　　但，这是一件好事情吗？

　　我的一位朋友是个大龄未婚女子，她与一有妇之夫曾爱得如痴如狂，那个男人是许诺要离婚娶她的。我常对此生疑，她却深信不疑。最近遇见，问她事情有进展吗？或者有变化吗？她说：他还是与我保持那种亲密的关系，只是每次来去匆匆，他现在不像以前那样愿意陪我消磨时光。我告诉她这可不是个好兆头。她很通情达理地说：他太忙，我理解他。我私下以为正因这般通情达理她才能一直拥有那男人。要是死缠着要他陪她消磨时光，那个好忙的男人也许早已拂袖而去。

　　是的，今天大家都很忙，无论为事业、为赚钱、为生计、为责任，甚至为感情，总之都很忙。即使有一点点空，我们也宁愿独处。再不像多年以前，经常你找我、我找你地打牌、吃饭、聊天——消磨时光。那时的消磨时光与浪费时光几乎是同义词。

而今天消磨时光已变成了一种奢望。譬如那位女友，她其实是多么希望她亲爱的人能与自己消磨一些时光，尽管她表示能理解他。

我们不妨问问自己：你现在是否还愿意为谁消磨时光？在这个世界上，是否还有人愿意为你消磨时光？

当你与年迈的父母及年幼的孩子相处时，是出于不得已？

是为了尽责任？

还是感到了一种享受？

你有没有觉得那会耽误时间影响工作？是不是常用送钱送礼物来代替与他们消磨时光？

你和你的爱人当然都很忙，你们知道在这样的年代，各自都有长进才能更好地拥有对方。买洗衣机买速食品请钟点工都是为了节约时光，好不容易节约下来的时光又岂能随便消磨掉？

爱的确有多种多样的表达方式，其中一种、而且挺重要的一种，就是消磨时光。以前常有、现在不常有的一种对爱的描述就是：两人在一起，时光不知不觉就过去了。爱消磨了时光。爱需要消磨时光。

忙是为了什么，时间节省下来又是为了什么？

请记住并且情愿与你的爱人、亲人和友人消磨一些时光，要是你真爱他们的话。

这不是浪费而是珍惜时光。

雨天读书

刘伯毅

记得小时候，一到雨天，父母怕我弄脏弄湿了衣裤，便找了许多连环画给我看，不准我出去玩。久而久之，自己也养成了爱雨天读书的习惯。虽然现在有时也不免浮躁，但在下雨的日子里，我还是喜欢一个人静静地坐在书房里，让自己的身心融合到书本的缤纷世界里去。

窗外是风雨世界，窗内是我的天地，只要一册在握，一杯清茶就足以令我独自逍遥，哪管他窗外的风狂雨骤、淫雨霏霏。因为是雨天，琐事杂务相对少了些，正好把自己喜爱的唐诗宋词找来慢慢地品读。有时自己得意起来，也禁不住摇头晃脑地高声吟诵起来。因是雨天，无须感到羞涩，不必环顾左右。外面雨声大，雾蒙蒙的，别人听不到也看不见，我真成了一个活脱脱的书痴。"养性莫若修身，至乐无如读书"，更使我认识到读书人心灵相通，古今皆然。

有一类书，是需要边读边思考的，那就是只有等待雨天了。因为雨天能使思考得以专注、持续而深入。平时上班下班，忙忙碌碌，没有时间思考或者是思而不通的问题，在雨天里，竟会想不到地"柳暗花明"了，犹如一条小山溪，七转八拐流到了大河里，给人豁然开朗之感。

雨天是读书的好时节，也是思考的好境界。在雨天里，我们还能做些什么呢？唯有读书和思考了。

湖畔树影

赵丽宏

　　天是铅灰色的，似乎整个天空正在慢慢地压下来，压向布满森林和湖泊的大地……没有风，湖水出奇地平静，湖面上看不见一丝波纹。湖水的颜色就是天空的颜色，所以湖水的颜色也是铅灰色的，犹如一块巨大的大理石。有几只黑色的水鸟从湖面上掠过，鲜红的小脚擦到了湖面，湖的平静在一瞬间被打破，湖面上漾起小小的一圈圈精致的涟漪，就像丝绸被微风吹动时出现的褶绉。小鸟远去，湖面复又成为灰色的大埋石。湖岸的森林倒映在湖水里，仿佛铅灰色大理石边缘上的一圈不规则的黑色纹路。离我不远的湖滩上，有一颗巨穴的松树，黝黑的树影倒映在湖水里，给灰色大理石涂上一簇奇异的黑影，似乎是一位大气磅礴的版画家，把一棵大树的剪影刻到了大理石上。仰头望大树，很费力，从水里看那棵松树，就轻松得多。树的扭曲的枝杈，茂盛的绿叶，从湖面上可以看得非常清楚，比起它的原型，这水中的树影看起来更高大更蓬勃多姿，而且有一种迷人的神秘感。凝视那树影的时间久了，黑影仿佛凸出湖面，游离于湖水，成为一片浑厚的浮雕。我的感觉，这水中的树影，似乎比它的原型更有诗意，更有魅力。大树在林中随处可见，这版画、浮雕一般的水中之树，却难得见到。这是在俄罗斯和芬兰的边境，离著名的芬兰车站不远。当年列宁就是在芬兰车站下车，为了躲避警察的追捕，隐居在离这儿不远的湖畔树林中，在一个尖顶的小草棚里写《国家与革命》，策划一场震撼世界的大事变……我想，当年列宁在湖畔的草棚里隐居时，他眼里的景色大概和我此时见到的相去不远。他若是凝视湖面，眼中或许也会出现这样奇妙的树影……大半个世纪过去，人间风云变幻，几度沧桑，轰轰烈烈的壮举，早已成为遥远的历史，而大自然却风貌依旧。突然地，起风了。虽然不是狂风，却也吹皱了平静的湖面。风吹得毫无规则，湖面上的皱纹便也没有规律，鱼鳞状的水纹向四面八方荡漾，使人无法知道这风究竟来自何方。风中的湖面不再像大理石，而是成了一块巨大的绸缎，在天空下优雅地飘动。这时，很难确定湖水是什么颜色，似绿，似蓝，似黑，又似银灰。再看大树的倒影，竟再也找不到，它仿佛就在起风的刹那间消失，融化在湖水里……抬头看湖滩上的大松树，依然巍峨而挺拔，只是它此时正在风中微微摇动，墨绿色的针叶不停地颤抖着，发出窸窸窣窣的声响。大树好像在风中叹息……我知道，刮风的时间不会太久。等风平息下来，湖水又会平静如初，变成一块大理石；而湖畔的树影，还会落到湖里，成为一幅版画或者一块浮雕。不过，这湖中的树影再迷人，总是虚无的。

窗口

季红真

一

　　住在五楼，人如被束之高阁。上下楼一趟，免不了气喘嘘嘘。人到中年，百事缠身。即使有浪迹天涯之心，也没有摆脱杂务之闲。原本是山野之人，却整日价闷在房间里爬格子。好在西墙开有窗口，正面对一排大杨树，挺拔着长过邻院的五层楼。凭窗望出去，就可看见在高楼的缝隙里，密实实的一排树冠。于是，我便拥有了自己的四时佳境。

　　初春，树冠由鹅黄到翠绿，逗得心里生出一丝惆怅，怀念起春山泛绿的野旷。继而长出一串串棕褐色毛茸茸的花穗，飞絮飘在春风里，如雨雾蒙蒙，好不让人迷惘。花穗落尽的时候，满树都是墨绿的老叶，风吹过哗哗作响，如遥听海浪拍打堤岸的潮汐。酷夏里，看那片浓荫，就生出清凉。直到密集的树枝上出现片片黄叶，才惊异秋天到来的迅速，计算着时日，懊悔着整个夏天都没有做什么。满树黄叶的时候，秋意正酣：从微红到老绿，树冠在阳光中浓缩着变幻出整座秋山的色调。

　　此时，寒冬来临，树冠裸露着光秃秃的灰色枝条，直挺挺地伸展向瓦蓝色的天空。傍晚，金盘满月，挂在树叉上，框在窗口的风景，简洁得如一幅套色木刻。心里渴望着春天的鹅黄早点出现。然而，又感叹着，人生何以如此短暂，想起先哲"人不能两次踏进同一条河流"的名言。于是明白，我们苦熬着岁月，却不可能两次渡过同样的春天。逝者如斯，树叶生了落了，在一荣一枯之间，生命又消耗了一岁。

人的处境是无奈的，无论我们怎样努力，我们最多只会拥有一个窗口，我们只能在窗口中看世界。

二

熬不住冬日的枯索，到市场购物时，便常买回一两盆花草。洗净枝叶上的灰土后，摆在窗台上。最先买回的是一小棵水仙头，用水养在青瓷描花的小盆里。三、五日后，竟长出了两三片嫩芽，这使家人大为开心。又趁兴买了文竹与橡皮树。断断续续，窗台上摆满了花草。

每日早晨醒来，第一件事就是拉开窗帘，看看花草是否有变化。窗外的树冠此时成了背景，熹微的晨光，剪出花草的轮廓。精心地施肥浇水，摘掉黄叶，修整枝形，是忙里偷闲的一大乐趣。日复一日，从市场买来时冻得半死不活的花草，渐渐有了生气。文竹抖擞着细碎的枝叶；兰草的长叶柔韧而光泽；橡皮树两片老叶中卷曲的小芽，舒展出一片紫红的嫩叶；瓜叶菊的花苞，羞羞地开出了一朵红红的小花；水仙的叶子中也蹿出了花蕾……大自然的一派清纯，由窗口蔓延到整个房间，洋溢在温馨中。

窗口的风景，因这几盆小小的花草而得以丰富。人生短暂如白驹过隙，转瞬之间，我们所能期待的，也只是在窗口看看风景而已；我们所能做到的，也唯有像在窗台上养几盆花草一样，给已有的风景再增添一点意趣而已。

听雪

张 枫

雪落下来，是在夜里。

你坐在斗室，听雪无声地飘落。如豆的灯光，艰难地爬行在雪般的纸笺上。你的灵魂如一只黑蚁。灯花灿灿地闪烁，在漆漆的夜里成一粒盛开的蚕豆花。夜色从四面八方聚拢过来，在屋内荡漾。

你看不见雪花飞舞，雪中的一切都在屋外迷蒙，枣树，竹丛，还有那片荒芜的园地。你的眼睛，移过窗外停在墙上。朦胧的黄晕笼着几多恬静几多温暖。尽管炉子已经熄灭，炭灰已经死寂，思想的羽翅却翩翩起伏，飞临遥远的世纪之初。

这片天地是混沌未开，这片天地是茫茫一团。这是拨不开的雾霭和难以复燃的灰烬。这样的氛围是那般沉闷，这样的气象是如此的单调。

而窗外，梦幻的另一世界，你知道美丽圣洁的雪花开始铺满大地。那漫天飞舞的雪花似三春的柳絮，如翩翩的蝴蝶，你看不见她的仙姿，却听得到她轻盈的舞步。"沙沙沙沙"，若有若无的自然界的天籁，正似潜涌的夜潮滚滚而来。这是冬天的脚步，也是春天的气息。

但你却倦伏案几，埋首书的围城。你身后的小小红泥火炉之上那半壶微苦的酽茶，如那烦乱嘈杂的日子，涩涩地飘一缕芳馨。你已不再少年意气披肩鼓满大风在雪野里恣意狂奔，潇洒的黑发不觉间已随岁月的流失浸染得斑斑点点。"昔我往昔，杨柳依依，今我来思，雨雪霏霏"一路所行之处，莓苔已见展痕，唯有静坐，方觉时光的钟声依稀遥遥伴着脉搏跳动。

黑夜里的落雪，依旧悄然无声无息。风很凉，冷冷有如琴音，慢慢浮上窗棂，让你感觉出它的色彩。这必是乳白色，幽幽的像月光撩拨窗台下那坛疯长的枯草。这凄凄枯草又一定正被飞沙似的雾霭渐渐遮没，隐在莽莽皑皑的旷野之中。

雪落无声，大地正亲密地拥抱着自天而降的一个又一个精灵。这精灵是地上的水天上的云，是游子流浪终如叶落归根。

你想听雪，听雪俏然飘落，如低吟的秋虫和风摇月影的清音吗？

雪落下来，是在夜里。

丁香小院

忆明珠

在丁香小院住了一个半月。这期间，画了半个月的画，写了半个月的文章，其余几天是闲逛，走亲访友。

七八年前我曾住过这小院。这次是偕妻同来的。妻怕热，南京的夏天蒸人、烤人，谁都受不了。在盛暑来临之前就听见她嘀咕道："这可怎么过啊！"我说："我带你到一个'清凉世界'去吧！"于是我们就逃出了石头城的火炉，来到淄川的琳弟家。因琳家院中有棵丁香树，遂以丁香小院为宅名了。

淄川，是蒲松龄的家乡。丁香小院跟"聊斋"应算是近邻的。

藤萝的枝叶层层叠叠地覆盖着门楣，显得那黑漆的院门不但狭窄且更低矮了。推开门，便进入了由藤萝营构成的绿色隧道。那棵丁香树从小院中心张起伞状的树形与藤萝的枝蔓相接。还有石榴、山楂、紫薇等花果树木。榴果正由青变红，榴花却还继续开着。从堂屋到厨房之间搭起一架葡萄，从厨房那厢到南墙之间又有着一架丝瓜、扁豆。墙面遮满爬墙虎的鳞状叶片，墙角遍植月季及其它我说不出名字的花木。草丛里蜿蜒着蓝色的牵牛花和红星闪闪的茑萝花。这个小院几乎整个沉浸在绿荫中。花香、蝉鸣、鸟唱，一片静谧安适。妻站在院中心，惊讶不已地说："这简直是一处神仙洞府啊！"

侄女却埋怨我们来得太晚了，说是春天来就会看到一串串紫藤花穗，从门里一直垂到门外，招来的蜂蝶往衣裙上扑。又说这丁香花是白的，开成一片，像雪似的。

不过，我们却很满足。

觉得这时来仍不失为黄金季节，仍有花在盛开，果实也渐渐熟了。我天天清早起来，翘脚伸手摘架上先熟了的葡萄吃。很甜，琳家的人却喜欢吃带酸的，这架葡萄就由我来独享，哪里吃得赢？到我们告别小院时，架上的葡萄全都熟透了，一颗颗像紫水晶琢成，上面还抹着一层薄霜。少了我这个食客，谁来光顾它呢？

在丁香小院从大伏天到立秋，我们不曾用电风扇，不曾铺凉席，夜里睡觉还得盖棉被，未遇上一天热浪扑面、汗流浃背的日子。因为今夏多雨，这样的凉爽，在当地也是极少见的。多雨正好，我喜欢雨，喜欢听雨，尤喜欢听夜雨。雨，落在小院的花木梢头，"沙沙沙——"一阵阵时紧时缓。渐渐地，这雨声洒进了我的清梦里，或者说我的清梦被融进这雨声里了。待到雨止，梦醒，开门见落红盈阶，真不忍心踏下脚去。好在夏天万物生机盛旺，枝头依然红碧烂漫，繁花不减，是蘸着雨，初开的。

丁香树下有一张六角形的石桌，周围摆着几张帆布椅、小板凳，每当我写、画倦了，便坐在这里休憩，吸烟、翻报、啜茶、吃水果。有次雨下得较大，侄女怕我被雨淋着，在屋里喊我。喊声被雨声隔断，我没听见，她就撑起伞跑出屋寻我。其时我正坐帆布椅里，捧着紫砂壶慢慢地啜茶。这丁香树一层层密叶上又罩着藤萝的一层层密叶，怎能筛得下雨点来呢？侄女见我安然如山，稳坐不动，也笑着收起伞，来我身边避雨了。

离开丁香小院回南京来已一个星期了。今夜有雨，我梦见自己仍坐在丁香小院的绿荫下，安闲地啜着茶，却被一阵雷声惊醒。我很怅然。于是拧亮灯，写下这段文字。我期望那满院的绿荫，花香，蝉鸣，鸟唱，还有再属于我的机会，在另一个暑天里。

窗外的风景

■

沉　韵

　　居住在都市里的朋友，家居的窗前，大都没有什么风景可望，但我的窗外还有一片小小的树林，小树林长在不大的一个土坡上，有相思、人心果和一些不知名的杂木，树径都有碗口粗，树龄怕也有四、五年了。

　　林子的旁边是一条小河涌，说是河，其实在没有下雨的季节，不折不扣是一条黑水沟，只有在暴雨来临的时候，才翻腾成一条小河。小河的两岸，有农民不经意种上的姜花，那如刀剑的叶子，在夏天的时节，掩映着雪白的花蕾，常使我怀疑这姜花是不是拥有一个很高洁的胸怀，拥抱了一涌污水，而香雅依旧。偶然，我们也摘下一枝、两枝姜花，插于家中朴拙的宽口粗陶瓶中，沁出的香气，足以媲美玫瑰、茉莉。

　　小树林从初夏便攀缘起一片牵牛，紫色的喇叭花日出而开，日未落便谢。因为有了这片由牵牛的藤蔓织成的密实的网络，遮住了由远处而来的河涌，使这条小河显出了很有意味的蜿蜒；也正因了这高低错落的林子，我们的视线竟不能穿越这片小小的坡地去对远方的空间作一个探寻。于是，在摇曳的树叶的缝隙间，就隐约窥见红檐褐瓦的老式房子，带着恬淡的风情，很有村野气息地活着。那是否是一户男耕女织的人家？是否庭院里种有菊花？菊花地里藏着觅虫的小鸡？在这片日益寸土寸金，日益驱赶田园风光的地方，他们还能再种几茬油菜花? 再收几轮红番茄、紫茄子、绿冬瓜?

我的窗外因为有了这片小树林而令周围的风景显得很秀丽, 我的心灵也因了这片风景的抚慰而变得很滋润, 四周的空气因为有了小树林的过滤而变得洁静, 这是我们生存的这片小区中最有生气最有野趣, 最天然也最入眼的地方。

一个月前, 这片小树林突然被清理, 晨起时它还郁郁葱葱, 晚归来已是杂草不留, 光秃秃的土坡显得很丑陋。这块空间少了林子的屏蔽, 突然就像有人在公众场合裸身一样令人难受。蜿蜒而来的河涌一览无余, 成了名副其实的臭水沟, 红檐褐瓦已成破败残垣, 新的脚手架悄然立起。

林子消失了, 由林子营造的野趣闲云、男耕女织、鸡鸣狗吠、油菜花、兰豆苗、姜花、牵牛也将一一死去, 我们用它们的生命换来拔地而起的高楼大厦、车水马龙, 我们享受都市的繁华, 然后诅咒它的纷扰嘈杂, 再以昂贵的经济代价、舟楫之劳到遥远的地方去寻找大自然。

窗外的风景不复存在, 心灵的空间便在林子失去的这一刻骤然缩小。我们将要得到的繁华, 代价都很大, 我们很无奈, 但我们——又有谁不是乐此不疲的呢?

叶子说——给女儿：大自然和梦幻的童话

潇　渝（加拿大）

一场秋雨过后，我和女儿从刚刚躲雨的岩石缝中钻出，放眼四望，满山遍野，层林尽染。被雨洗涤后的秋叶，黄、桔黄、桔红、红、深红，在翠绿墨绿的山林陪衬下，透着格外的清新，一直伸向无垠的北方。脚下，小河涨水了，与山上不停淌下的雨水、泉水汇拢在一起，急急地向前奔忙着，像是要去追赶什么。身边，一棵笔直高耸的白桦树，那叶子闪动着，像一双双眼睛看着我们，好像要看透我们的心底，捉摸我们在想些什么。

此时此刻，我们站在山顶上，只想把这美丽的北方秋天的景色，贪婪地尽收眼底，牢牢地记在心里。冬来时再去和女儿一起慢慢体会，静静回忆。

北方的秋天落在寂静的湖面上，起伏的山峦躺在辽阔的湖波上，爽朗的天挽着朵朵白云铺在湛蓝的湖水上，五颜六色的含着秋霜的叶子嵌在无限大的湖所拼成的天然画板上。

叶子说：北方的秋，是世上任何油画大师都望而兴叹的奇景。即使神笔也不能临摹到秋的气质，描绘出秋的内涵。谁又能画出大自然生命中蕴含了一整年最富魅力、最辉煌的时刻？这是山、湖，这是我们每一片叶子精诚合作一年的最佳杰作。这是天地灵性间的结合。

起风了，山里秋天的风有些刺骨，但却非常清爽。风从一个山头推到另一个山头，风转到哪里，哪里的树就一齐随着风向弯一弯腰，摇一摇头，像是恭候着秋的到来，叹息着夏去得太快！

山林有节奏地唱起秋天的歌。歌声从一座山峰滚到另一座山峰，又从一个山谷跳进另一个山谷。于是整个北方回荡起秋天的歌，秋天的歌是夹杂着火红的热情的歌。

秋歌里，叶子诉说着一代一代久久流传的故事。秋歌里，叶子说：

春天时我从苞芽里挤出，春风给我抹上一层嫩绿，春的气息拥抱着我，春的露滴舔吻着我，春的山林摇荡着我。我和我周围的叶子们一起飞舞，回报给北方一片新绿，奉献给北方一片希望。

夏天时我膨胀起全身的力气，迎着北方无云的晴空，吸着山林中潮热的气息。我和我周围的叶子们一起长大。北方的山林带着我们一起缩短了与太阳的距离。温暖的太阳在我们身上留下晒过的痕迹。眨着眼的太阳笑对着北方丛林的一片葱郁。

秋歌里，我们听到山泉的合唱；秋歌里，我们听到飞鸟的共鸣。于是我和女儿扯开嗓门，披着北方漫山秋叶，迎着山林回旋的风。我们开始认识了北方的秋……秋歌有些凄凉，有些迷离。一团白雾从遥远的北方山林里慢慢升起，把秋叶、我和女儿一起卷裹在北方第一场飘近的白雪里。

叶子说：降落的白雪将遮盖住北方的秋意，当辽阔的北方一片银装素裹时，秋歌还会在雪下面不停地响起，吟唱着春给我们的气息，夏给我们的勇气，鸣奏着我们在秋天累积起的诗情画意……白雪中的我们将传递春的信息，春暖时雪水将滋润我们不息的躯体。

于是我们体会到了秋的襟怀，于是我们明白了北方秋的含义。

低级食客

李 洱

乔伊斯的《尤里西斯》里写了一个叫布卢姆的人,此人不吃羊腰子,胃口就吊不起来。我的许多历史知识(或者说常识)都是从小说里看来的,看知识性的书记不住的东西,只要它出现在小说里,我基本上都能记住。"羊腰子"就是一例:我至此才知道犹太人吃这东西。如果哪天我遇见了一个犹太人,如果我跟他没什么话可谈,那我就可以跟他谈谈羊腰子,不必担心犯人家什么忌讳。

我本人也是一个腰子爱好者。在我漫长而尴尬的单身生活时期,多亏了它,我才没有饿死。那微微的膻气,真让人感到安慰啊。我还记得在一个冬天的深夜,我的肚子又叫了起来,我爬起来,到街上找那东西填肚子,看到街上还有个卖羊肉串的摊子,我还没有闻到羊膻味,就有点醉了。我吃着那烟薰火燎的油乎乎的腰子,啃着烧饼,觉得生活真是美好啊。我当时想,羊腰子都吃上了,还有什么理由不好好活着呢?

即便身上有了钱,也不是什么时候想吃就能吃上的。在我们这座城市,以前卖羊肉串的,大多是外地来的农民,现在不同了,里面有些人是下岗工人,我还碰上过几个当过知青,后来混到科长一类,又下了岗的。而我现在关心的是,为什么我身上带着钱想去吃羊肉串的时候,却并非每回都能吃上。我骑着车,或者打着面的,挨街找,有时候却找不到一家。后来,我才搞清楚,是有关部门在查，发现他们，就把他们那副家当全都"提溜"走，他们在这样一个晚上，只好躲起来，把我这一类渴望羊膻味熏陶的人，晾在了那里。这是一种猫捉老鼠的游戏，而我这种低级食客，只好成为这场游戏的"受害者"。

　　不是一次，而是好多次，那些执勤的人将他们的烤具和肉没收走。通常情况下，第二天他们还会再来，他们每人都准备有多套烤具。我经常和他们聊这方面的话题。他们说，那些没收他们烤具的人，他们都认识，有些还是朋友，那些人大多也是腰子爱好者，对他们谁烤得好，都心中有数。他们从不把他们赶尽杀绝，如果没有他们这些烤肉的，没有这些罚款对象的存在，他们的机构也就没有了存在的理由，如果全国人民都老老实实只生一个孩子，那各地的计生委也就该取消了。这是一个生物链。

　　和我最熟的一个烤羊肉的人，叫老二。人们都这么叫他，他也这样自称。他最喜欢吹"老二"烤得怎么干净、嫩滑，给"老二"作广告。在我看来，吃老二烤的羊肉，实在是一种荣誉。老二本人经常这样吹：一天，那些执勤的人把他们百十号人逮住了，交了罚款之后，一个领头的问，"听说你们当中有一个叫老二的，烤得不错，谁是老二？"老二就站了出来，老二说，别人都放走了，只把他一个人留下来，那些人让他当场烤肉烤腰子，就着肉和腰子，喝起了五粮液，因为他烤得实在好，那些人还开恩地赏给了他两盅。现在我知道了，当我找不着老二的时候，这小子正在那里晕着呢。